Fun! Fun! Korean

高麗大學韓國語 3

高麗大學韓國語文化教育中心　編著

朴炳善博士 陳慶智博士　翻譯、審訂

前言 머리말

한국어는 사용 인구면에서 세계 10대 언어에 속하는 주요 언어로, 지금도 많은 사람들이 세계 곳곳에서 한국어를 배우고 있습니다. 이러한 한국어 학습 열기는 국제 사회에서 한국의 위상이 높아짐에 따라 앞으로 더욱 뜨거워질 것으로 전망합니다.

고려대학교 한국어문화교육센터는 설립 이래 25년간 다양한 학습자를 대상으로 한국어와 한국 문화를 교육해 왔으며, 체계적이고 효율적인 교수 방법으로 세계적으로 정평이 나 있습니다. 그리고 그동안 학습자에 따른 맞춤형 교육을 실시해 오면서 다양한 한국어 교재를 개발해 왔습니다.

이 교재는 한국어문화교육센터가 그동안 쌓아 온 연구와 교육의 성과를 바탕으로 개발한 것입니다. 이 교재의 가장 큰 특징은 한국어 구조에 대한 이해와 다양한 말하기 연습을 바탕으로 학습자 스스로 의사소통 활동을 할 수 있도록 구성했다는 점입니다. 이 교재를 통해 학습자는 다양한 의사소통 상황에서 성공적인 한국어 의사소통을 할 수 있는 능력을 기르게 될 것입니다.

이 교재가 나오기까지 참으로 많은 분들의 정성과 노력이 있었습니다. 무엇보다도 밤낮으로 고민하고 연구하면서 최고의 교재를 개발하느라 고생하신 저자들께 감사를 드립니다. 또한 고려대학교의 모든 한국어 선생님들께도 깊은 감사를 드립니다. 이분들의 교육과 연구에 대한 열정과 헌신적인 노력이 없었다면 이 교재의 개발은 불가능했을 것입니다. 이 선생님들의 교육 방법론과 강의안 하나하나가 이 교재를 개발하는 데 훌륭한 기초 자료가 되었습니다. 이 외에도 이 책이 보다 좋은 모습을 갖출 수 있도록 도와주신 번역자를 비롯해 편집자, 삽화가, 사진작가께 감사를 드립니다. 또한 한국어 교육에 관심과 애정을 가지고 이렇듯 훌륭한 교재를 출간해 주신 교보문고에도 큰 감사를 드립니다.

부디 이 책이 여러분의 한국어 학습에 큰 도움이 되기를 바라며, 한국어 교육의 발전에 새로운 이정표가 될 수 있기를 바랍니다.

2010년 2월

국제어학원장 조규형

前言 머리말

韓語就使用人口層面而言屬世界十大主要語種，目前也有許多人在世界各地學習韓語。這股韓語學習風潮隨著韓國國際地位的提升，放眼未來將會更加發光發熱。

高麗大學韓國語文化教育中心設立20多年來，以來自不同背景的學習者為對象，教授韓語與韓國文化，以有系統、有效率的教學方法廣受國際一致好評。同時隨著這段期間因應不同學習者而施行的個別教學法，開發了各式各樣的韓語教材。

本教材是以韓國語文化教育中心這段期間累積下來的研究與教育成果為基礎所開發。它最大的特色是為了讓學習者達到溝通無礙，而透過了解韓語結構及豐富多元的口頭練習作為基礎所構成。藉由這套教材培養溝通能力，讓學習者能因應各種情況隨心所欲地用韓語表達自己的想法。

多虧諸位人士的熱誠與努力，這套教材才得以問世。首先得感謝終日苦思、研究，為了開發最佳教材而勞心勞力的作者們，以及向高麗大學的所有韓語老師致上深深的謝意。如果沒有這群人對教育與研究投注的熱誠與奉獻精神，就不可能開發出這套教材。這群老師的教育方法論與授課中的一切成了開發這套教材時最佳的第一手資料。此外，也謝謝譯者、編輯、插畫家及攝影師們的協助，為本書更增添了不少可看性。同時也對關注、關愛韓語教育，為我們出版如此優秀教材的教保文庫表達無限感激。（註：原書在韓國為教保文庫出版。）

由衷希望本書能對各位在韓語學習上有所幫助，也期盼本書能成為韓語教育發展上新的里程碑。

2010年2月

國際語學院長 **趙圭衡**

凡例 일러두기

概要

《高麗大學韓國語 3》這本教材，是為了讓已學習400小時左右初級韓語的學習者，能夠更加簡單且有趣地學習韓語而編著的。本文的組成是以日常生活的相關資料為主，這讓學習者能夠更加熟悉在日常生活中必需且有用的主題與表現，特別是在日常生活中可以有效地傳達自己的想法。此外，本書並非只是以文法概念、結構，以及單純的語彙解釋所構成，而是以有趣且多樣的口說活動組成。透過這些活動，韓語學習者在實際生活中便能在不知不覺間，自然地表達出自己的想法。

目標

・培養使用公共設施和維持社會關係時所需的溝通能力。
・理解並培養表現社會性／抽象性主題的能力。例如：性格、公共禮儀、韓國生活、職業、事件等常見的題材。
・學習情感、想法、共同生活、基礎業務或社會現象相關的語彙及表現，並且適切地使用。
・學習韓語自然的發音，以及分辨隨著句子意義的不同而改變的聲調。正確理解演講內容，並且有效率地表達自己的想法。
・理解日常生活或社會現象中複雜的內容。
・學習說明、描述、比較、引用等方法，並且能書寫簡單的廣告、公告、說明文章。

單元結構

《高麗大學韓國語 3》是以15個單元所組成。這15個單元將焦點放在韓國生活中學生可能會遇到的各種實際情況。各單元的結構如下：

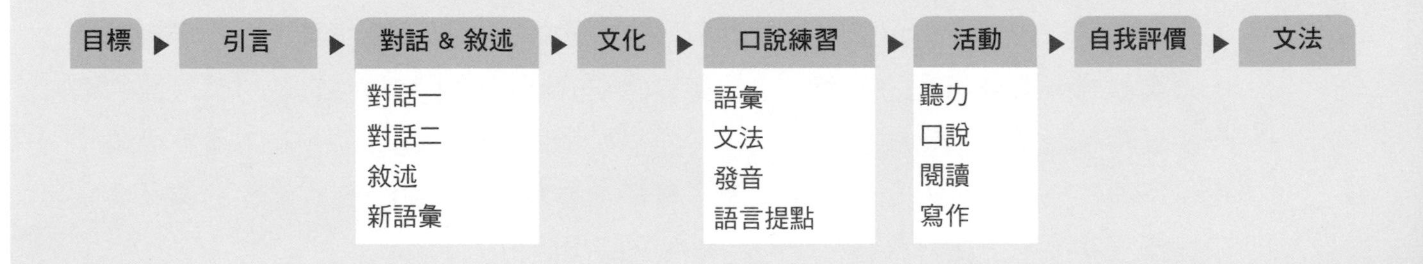

目標

藉由單元目標及內容（主題、功能、活動、語彙、文法、發音、文化）的詳細說明，讓學生在學習前就可以了解各單元的目標及內容。

引言

提示與單元主題相關的照片，在下方包含若干提問。透過這些照片及提問，學生可以事先思考單元的主題，以做好學習的準備。

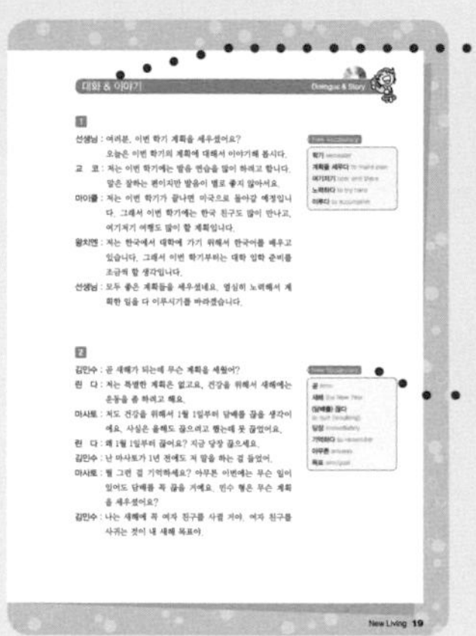

對話&敘述

這一部分是為了讓學生們能在單元學習結束後正式運用的對話範例，包含了兩個對話和一個敘述。學生們不僅能夠透過範例瞭解單元的目標，更可進一步知道詳細的事項。

新語彙

藉由範例旁生字與表現的意義説明，讓學生們可以更加理解對話及敘述的內容。

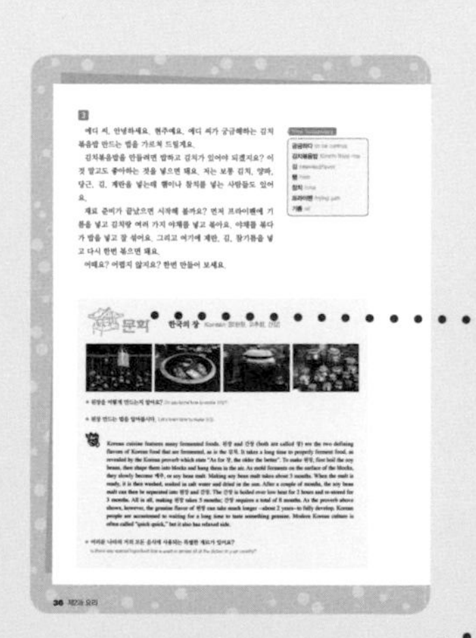

文化

這一部分將介紹與各課主題相關的韓國文化。以韓國文化的理解為基礎，學生們將會更加理解韓語，也可以更加自然地使用韓語。在介紹韓國文化的單元中，並不只是單純地傳達韓國文化，而是藉由與其他學生互動的過程來學習對方的文化。

口説練習

這一部分為練習，以及文法、語彙的複習，讓學生們學習單元主題所列舉的口説技巧，並且實際使用。練習題並非平凡的練習題型，而是以實際會使用到的狀況讓學生們能熟悉語彙與文法。

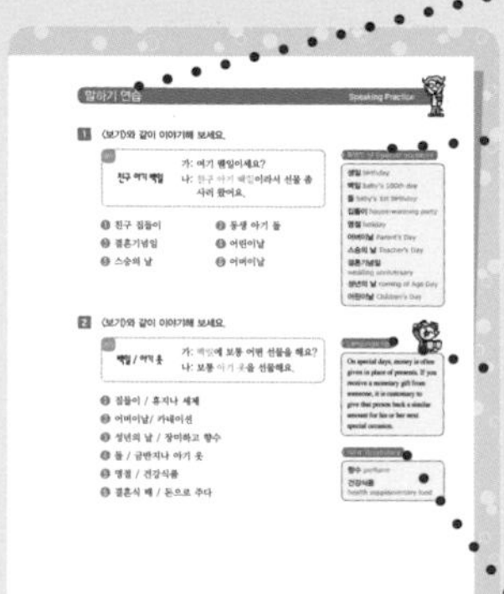

語彙

除了語彙的練習外，另外將生字依照字義做出分類。（舉例來説，如與飲食／職業相關的語彙）

語言提點

這一部分是在需要特別説明時，針對特定的表現及其意義做深度的解釋。

新語彙

為了讓學生們能夠更輕易地學習生字，附上即時的語彙説明。

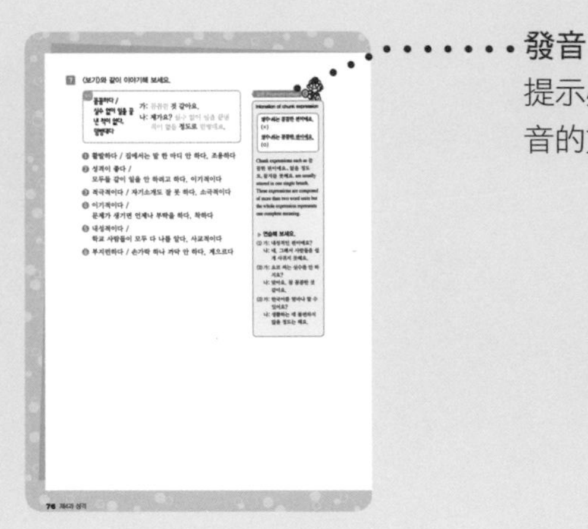

發音

提示必須清楚區別的發音。為了讓學生可以更加準確地發音，簡單地說明發音的方法，並舉出一些可練習的單字或句子。

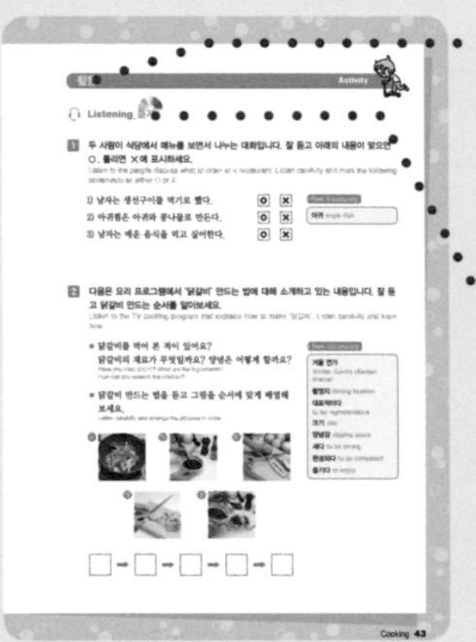

活動

這一部分著重於實際對話的狀況。使用在口說練習階段中學到的文法與表現，完成聽力、口說、閱讀、寫作等實用的項目。

聽力

這一部分是用來提升學生的聽力。由內容或功能相異的兩部分所組成，且利用對話或獨白的方式讓學習者能接觸到各種型態的內容。透過這些多樣的聽力活動，讓學習者能培養日常生活中韓語的理解力。

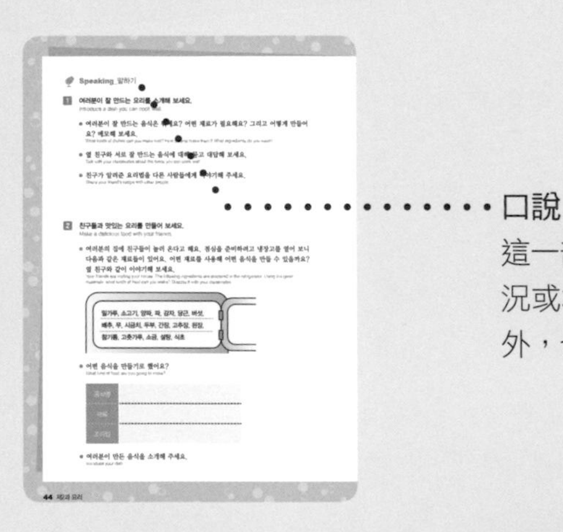

口說

這一部分是用來提升學生的口說能力。主要是以現實生活中可能會遇到的情況或相關的內容所組成。其中包含了各個階層中的各種對話。除了對話之外，也會讓學生練習口頭報告時的語氣。

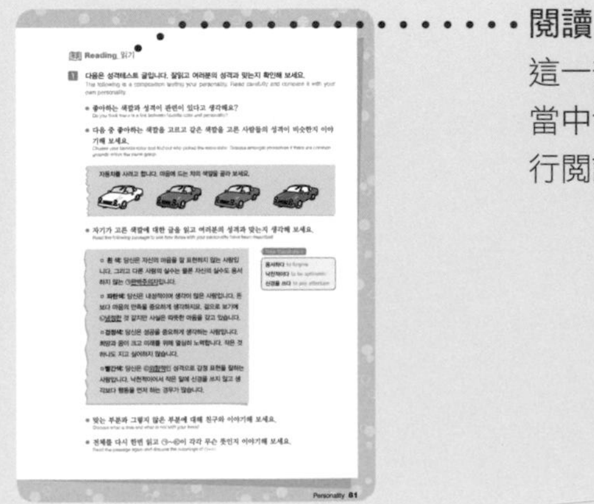

閱讀

這一部分是用來提升學生的閱讀能力。因為挑選的本文都是學習者實際生活當中會遇到的情況，所以在本文的種類以及內容的理解上，將能更有效地進行閱讀練習。

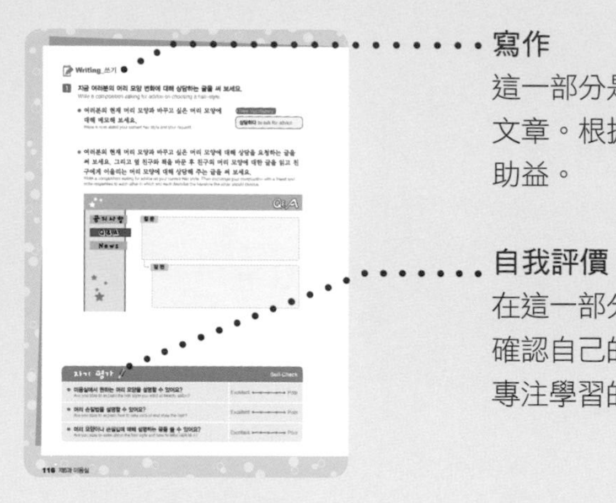

寫作

這一部分是用來提升學生的寫作能力，能讓學生們書寫實際生活中會用到的文章。根據本文的主題以及種類，對於學生們培養有效的寫作能力將有很大助益。

自我評價

在這一部分提示讓學生們可以檢測學習成果的自我評價表。學生們不僅可以確認自己的學習量以及缺點，也可以檢視各單元必須學習的內容和自己必須專注學習的部分。

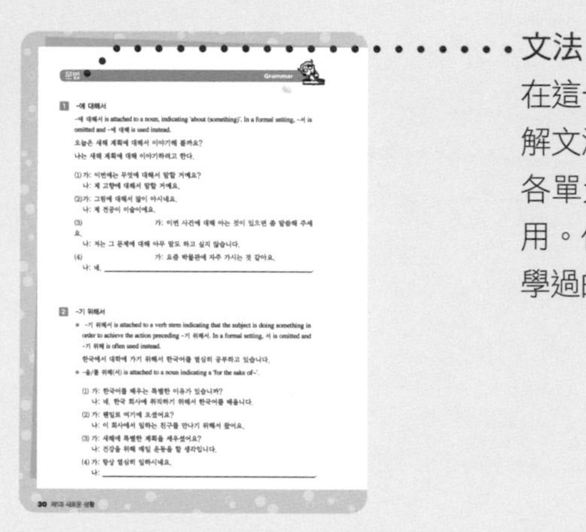

文法

在這一部分，因為具備了各單元的文法說明與例句，所以將能使學生更加瞭解文法。此外，因為這部分是以課堂時所學習的項目所組成的，所以放置在各單元的最後，讓學生獨自學習時可以很輕易地找到，也有文法字典的功用。作為文法練習中的一環，例句中的最後兩個句子設有空格，讓學生能將學過的文法填上。

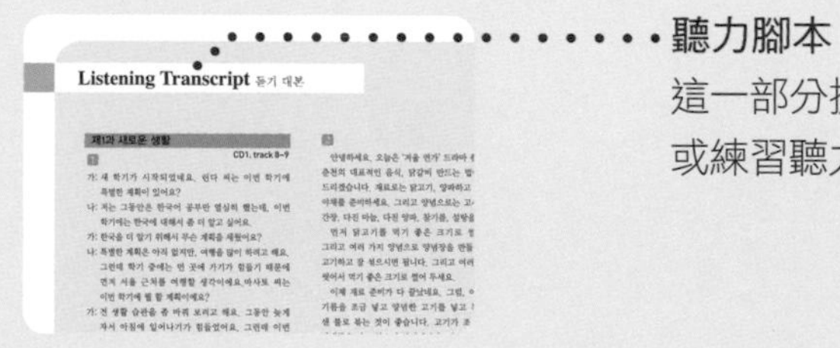

聽力腳本

這一部分提示聽力活動的所有腳本。藉此，學習者能透過聽力腳本自我學習或練習聽力。

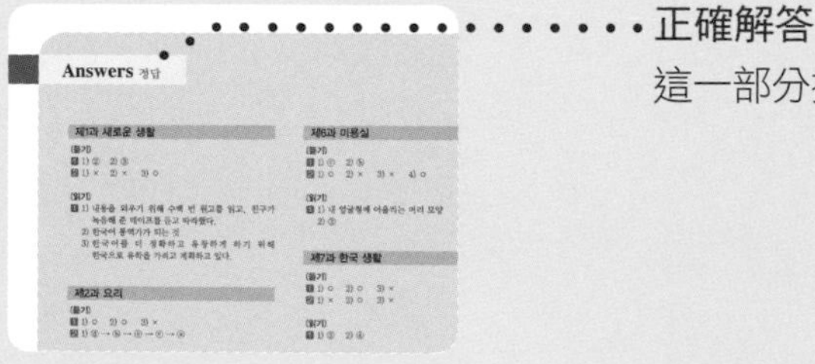

正確解答

這一部分提示聽力及閱讀活動的解答。

索引

按照韓國文字「가나다」的順序整理出教科書中出現的所有單字及其意義，並且標示說明所在的頁數。

目次 차례

教材結構 교재 구성

단원	주제	기능	활동
1 **새로운 생활**	계획과 희망	• 새로운 생활에 대해 이야기하기 • 계획, 결심에 대해 묻고 답하기	• 듣기: 새 학기와 새해 계획에 대한 이야기 듣기 • 말하기: 새 학기의 계획에 대해 대화하기, 앞으로 1년간의 계획에 대해 설명하기 • 읽기: 장래 희망과 계획에 관한 글 읽기 • 쓰기: 새 학기의 계획에 대해 쓰기
2 **요리**	요리	• 음식의 재료 및 조리법 설명하기	• 듣기: 조리법 설명 듣기, 요리 방송 듣기 • 말하기: 조리법 설명하기, 음식 만들기 상의하기 • 읽기: 레시피 읽기 • 쓰기: 자기 나라의 음식을 소개하는 글 쓰기
3 **소식 · 소문**	소식과 소문	• 들은 이야기 전달하기 • 소문에 대해 이야기하기 • 소식 전하기	• 듣기: 소식 듣기, 소문 듣기 • 말하기: 소식 전하기, 소문 이야기하기 • 읽기: 자신에 대한 잘못된 소문에 대한 글 읽기 • 쓰기: 최근에 들은 소문에 대한 글 쓰기
4 **성격**	성격	• 성격 설명하기 • 성격의 장 · 단점 이야기하기	• 듣기: 성격에 대한 라디오 인터뷰 듣기, 성격의 장 · 단점 설명 듣기 • 말하기: 성격에 대해 묻고 답하기, 자신의 성격 이야기하기 • 읽기: 성격 테스트 읽기 • 쓰기: 자기 성격을 설명하는 글 쓰기
5 **생활 예절**	생활 예절	• 공공장소에서의 생활 예절 이야기하기 • 규칙에 대해 묻고 답하기	• 듣기: 한국인의 예절에 대한 내용 듣기, 공공장소 안내 방송 듣기 • 말하기: 예의 없는 행동에 대해 이야기하기, 나라마다 다른 생활 예절 이야기하기 • 읽기: 공공장소 예절 광고 읽기 • 쓰기: 자기 나라의 예절을 설명하는 글 쓰기
6 **미용실**	미용실	• 머리 모양 설명하기 • 어울리는 머리 모양 권유하기	• 듣기: 미용실에서의 대화 듣기, 머리 모양에 대한 상담 듣기 • 말하기: 머리 모양 권유하기, 머리 모양 설명하기 • 읽기: 얼굴형에 어울리는 머리 모양에 대한 글 읽기 • 쓰기: 어울리는 머리 모양에 대한 상담 글 쓰기
7 **한국 생활**	한국 생활	• 한국 생활의 느낌 말하기 • 이유 설명하기 • 경험 말하기	• 듣기: 한국 생활에 대한 이야기 듣기, 재미있는 한국어에 관한 경험 듣기 • 말하기: 한국 생활의 놀라운 점, 재미있는 점 이야기하기 • 읽기: 한국 생활 중 재미있는 경험 읽기 • 쓰기: 한국 생활에 대한 글 쓰기
8 **분실물**	분실과 습득	• 유실물센터에서 분실물 찾기 • 분실한 물건에 대해 설명하기	• 듣기: 잃어버린 물건 설명하는 대화 듣기, 분실물 신고 방송 듣기 • 말하기: 분실물에 대해 묻고 답하기, 잃어버린 경험 이야기하기 • 읽기: 분실을 찾는 공고문 읽기 • 쓰기: 분실을 찾는 공고문 쓰기

어휘	문법	발음	문화
• 계획 • 노력	• -에 대해서 • -기 위해서, -을/를 위해서 • -아/어/여도 • -기	'연'	세계인의 새해 결심
• 음식 재료 • 조리법 • 음식 이름 • 양념	• -(으)로 • -다가 • -아/어/여 놓다/두다	'-고', '-도', '-로'에서의 모음 상승	한국의 장 (된장, 고추장, 간장)
• 신상 변화 • 상대방의 말에 대한 반응	• 간접화법 (-다고 하다, -냐고 하다, -자고 하다, -(으)라고 하다)	'사'와 '시'	소문과 관련된 속담
• 성격	• -잖아요 • -지 못하다 • 아무 -(이)나 • -(으)ㄹ 정도	덩어리 표현의 억양	혈액형과 성격
• 공공 규칙 • 예의 없는 행동 • 예의 · 질서	• -게 하다 • - 줄 알다/모르다 • -다면서요 • -(으)ㄹ 텐데요	'- 줄 알다/모르다'의 억양	한국인에게 나이란
• 머리 모양 • 미용실 이용 • 머리 손질법 • 외모가 주는 인상	• -게 • -아/어/여 보이다 • -던데요 • ㅎ 불규칙	어두 자음의 경음화	한국인이 좋아하는 머리 모양
• 외국 생활 • 한국인의 특징	• -아/어/여서 그런지 • -나 보다, -(으)ㄴ가 보다 • -거든요 • -(으)ㄹ 겸	관형형 '-(으)ㄹ' 뒤 자음의 경음화	한국 사람이 다 됐다고 느낄 때
• 분실 · 습득 • 분실 경위 • 가방 종류 • 무늬 · 부속물 · 재질	• -만 하다 • -자마자 • -(이)라도	한자 복합어에서의 경음화	아이구! 지하철에 물건을 놓고 내렸네.

단원	주제	기능	활동
9 **연애 · 결혼**	연애와 결혼	• 연애와 결혼의 조건 이야기하기 • 연애 경험에 대해 이야기하기	• 듣기: 남자/여자 친구에 대한 설명 듣기, 배우자의 조건에 대한 견해 듣기 • 말하기: 남자/여자 친구에 대해 이야기하기, 배우자의 조건에 대해 이야기하기 • 읽기: 배우자 선택의 조건에 대한 설문 결과 읽기 • 쓰기: 배우자 선택의 조건에 대해 쓰기
10 **선물**	선물	• 선물 문화 설명하기 • 선물 문화 비교하기	• 듣기: 선물 문화에 대해 듣기, 잊지 못할 선물에 대한 라디오 사연 듣기 • 말하기: 선물 문화에 대해 설명하기, 기억에 남는 선물 이야기하기 • 읽기: 선물 문화 차이를 비교하는 글 읽기 • 쓰기: 선물 문화 차이를 비교하는 글 쓰기
11 **사건 · 사고**	사건과 사고	• 사건이나 사고가 일어난 원인 설명하기 • 사고의 결과 설명하기	• 듣기: 도둑이 든 사고에 대한 대화 듣기, 사고 뉴스 듣기 • 말하기: 사건이나 사고 경험 말하기 • 읽기: 사건 관련 신문기사 읽기 • 쓰기: 사건 · 사고 경험 쓰기
12 **실수 · 후회**	실수와 후회	• 실수 이야기하기 • 후회 이야기하기	• 듣기: 실수한 일에 대해 듣기, 후회에 대한 이야기 듣기 • 말하기: 실수한 경험 이야기하기, 후회하는 일에 대해 이야기하기 • 읽기: 실수에 대한 글 읽기 • 쓰기: 후회하는 일에 대한 글 쓰기
13 **직장**	직장	• 직장 선택의 기준 설명하기 • 직장 선택에 대해 충고하기	• 듣기: 직장 선택의 기준에 대해 듣기 • 말하기: 원하는 직장 설명하기, 직장 선택의 기준에 대한 설문 조사 발표하기 • 읽기: 직장 선택에 대한 신문기사 읽기 • 쓰기: 직장 선택의 기준에 대해 글 쓰기
14 **여행 계획**	여행 계획	• 여행 계획 세우기 • 여행 장소 추천하기	• 듣기: 여행 계획 세우는 대화 듣기, 여행사에 전화해서 예약하는 대화 듣기 • 말하기: 여행 계획 세우기, 여행지 추천하기 • 읽기: 여행 광고 읽기 • 쓰기: 여행지를 추천하는 글 쓰기
15 **명절**	명절	• 명절 인사하기 • 명절 풍습 설명하기	• 듣기: 명절 연휴에 한 일에 대한 대화 듣기, 명절 풍습에 대한 발표 듣기 • 말하기: 자기 나라의 명절 소개하기 • 읽기: '단오'에 대한 설명문 읽기 • 쓰기: 자기 나라의 명절을 소개하는 글 쓰기

어휘	문법	발음	문화
• 이성과의 만남 • 이성에 대한 호감 • 연애 • 결혼 • 연애와 결혼에 대한 후회 • 배우자 선택의 조건	• 만에 • -(으)ㄹ수록 • -던	받침 'ㄱ, ㄷ, ㅂ' 뒤 경음화	맞선
• 특별한 날	• -(으)려다가 • -지 알다/모르다 • -도록 하다	문장 중간의 구 억양	한국의 재미있는 선물 문화
• 사고 • 인명 피해 • 재산 피해	• -는 바람에 • -(으)로 인해서 • 피동 표현	한자어의 받침 'ㄹ' 뒤 경음화	태안의 기적
• 주의 • 부주의	• -느라고 • -(으)ㄹ 뻔하다 • -(으)ㄴ 채 • -(으)ㄹ걸 그랬다	'ㄴ' 첨가	'소 잃고 외양간 고친다'
• 직장 선택의 조건 • 근무 조건	• -다면 • -다 보니 • -지	초점이 있는 부분의 억양	한국 대학생의 달라진 직장 선택의 기준
• 여행의 종류 • 여행 상품의 특징 • 여행 경비 • 숙소	• -(으)ㄹ 만하다 • -대요, -냬요, -재요, -(으)래요 • -는 대로	ㄴ-ㄹ	한국 지방의 특징
• 명절 • 풍습	• -더라 • -까지 • -는/(으)ㄴ데도 • -(이)나	ㄹ-ㄴ	한국의 명절 음식

제 1 과 새로운 생활
新的生活

目標

各位將能談論有關新學期與新年的計劃、希望。

主題	計劃與期望
功能	談論新的生活
活動	聽力：聆聽一段有關新學期與新年計劃的對話 口說：談論新學期的計劃、說明未來一年的計劃 閱讀：閱讀有關未來計劃和希望的文章 寫作：書寫新學期的計劃
語彙	計劃、努力
文法	-에 대해서、-기 위해서、-을/를 위해서、-아/어/여도、-기
發音	연
文化	世界各國的新年決心

제1과 **새로운 생활** 新的生活

도입 引言

1. 지금은 언제입니까? 세 사람은 무엇에 대해서 이야기를 하고 있을까요?

2. 여러분은 올해 어떤 계획을 세웠어요? 또 어떤 결심을 했어요?

대화 & 이야기　對話&敘述

1

선생님 : 여러분, 이번 학기 계획을 세우셨어요?
　　　오늘은 이번 학기의 계획에 대해서 이야기해 봅시다.
교　코 : 저는 이번 학기에는 발음 연습을 많이 하려고 합니다.
　　　말은 잘하는 편이지만 발음이 별로 좋지 않아서요.
마이클 : 저는 이번 학기가 끝나면 미국으로 돌아갈 예정입니다.
　　　그래서 이번 학기에는 한국 친구도 많이 만나고,
　　　여기저기 여행도 많이 할 계획입니다.
왕치엔 : 저는 한국에서 대학에 가기 위해서 한국어를 배우고
　　　있습니다. 그래서 이번 학기부터는 대학 입학 준비를
　　　조금씩 할 생각입니다.
선생님 : 모두 좋은 계획들을 세우셨네요. 열심히 노력해서
　　　계획한 일을 다 이루시기를 바라겠습니다.

新語彙

계획을 세우다 訂定計畫
이루다 實現、完成

2

김민수 : 곧 새해가 되는데 무슨 계획을 세웠어?
린　다 : 저는 특별한 계획은 없고요. 건강을 위해서 새해에는
　　　운동을 좀 하려고 해요.
마사토 : 저도 건강을 위해서 1월 1일부터 담배를 끊을
　　　생각이에요. 사실은 올해도 끊으려고 했는데 못
　　　끊었어요.
린　다 : 왜 1월 1일부터 끊어요? 지금 당장 끊으세요.
김민수 : 난 마사토가 1년 전에도 저 말을 하는 걸 들었어.
마사토 : 뭘 그런 걸 기억하세요? 아무튼 이번에는 무슨 일이
　　　있어도 담배를 꼭 끊을 거예요. 민수 형은 무슨 계획을
　　　세우셨어요?
김민수 : 나는 새해에 꼭 여자 친구를 사귈 거야. 여자 친구를
　　　사귀는 것이 내 새해 목표야.

新語彙

곧 很快、馬上
새해 新年
(담배를) 끊다 戒（菸）
당장 馬上、立刻
기억하다 記得、記住
아무튼 反正
목표 目標

3

한국어를 공부한 지 6개월이 지났다. 나는 빨리 한국어 공부를 끝내고 한국 회사에 취직을 하고 싶다. 한국 회사에서 일하려면 한국어도 잘해야 하고 컴퓨터도 잘해야 한다. 그런데 내 한국어 실력은 중급 수준이다. 그래서 이번 학기에는 한국어 실력을 늘리기 위해 열심히 노력할 생각이다. 신문기사와 좋은 글을 많이 읽으면 도움이 될 것이다. 그리고 주말에는 학원에 가서 컴퓨터도 배울 생각이다.

나는 이 목표를 이루기 위해 다음의 세 가지를 꼭 할 것이다.

1. 하루에 30분씩 신문 읽기
2. 컴퓨터 배우기
3. 아무리 힘들어도 포기하지 않기

新語彙

중급 中級
수준 水準
신문기사 新聞報導
포기하다 放棄

세계인의 새해 결심 世界各國的新年決心

- 여러분은 새해를 맞이할 때 특별한 계획을 세우거나 결심을 합니까? 다른 사람들은 어떨까요?
  各位在迎接新年時，會訂定特別的計畫或決心嗎？其他人又如何呢？

- 다음은 세계인이 많이 하는 새해 결심에 대한 글입니다. 잘 읽고 보통 사람들은 어떤 결심을 많이 하는지 알아보세요.
  以下的文章是世界各國的人們最常做的新年決心。請讀完之後，了解一下一般人最常做什麼樣的決心。

世界上最普遍的新年決心是「多運動」，以及同時兼顧工作和家庭。對這些自己立下的約定，在西方的社會裡是不太會受到重視的。但相反地，在亞洲的許多國家當中，定下新年決心的人，卻會誠摯且努力地去遵守。
89%的韓國成年人都會立下新年決心。最為普遍的五個決心是「多與家人相處」、「少喝酒」、「戒菸」、「減肥」、「自我成長」。景氣不好時，則會增加「減少支出」、「還債」等決心。韓國人通常會在國曆年後訂定新的新年決心，並且於農曆新年時開始實踐。

- 자신이나 여러분 나라 사람들의 새해 결심/계획에 대해 이야기해 보세요.
  請試著談談自己或各位國家人們的新年決心與計畫。

말하기 연습 口說練習

1 〈보기〉와 같이 이야기해 보세요.

보기

새 학기의 계획 / 한국어 공부를 열심히 하다

가 : 이 시간에는 새 학기의 계획에 대해서 이야기해 볼까요?
나 : 저는 한국어 공부를 열심히 할 생각입니다.

❶ 새 학기의 계획 / 발음 공부를 열심히 하다
❷ 이번 학기의 계획 / 말하기 연습을 많이 하다
❸ 이번 학기의 계획 / 열심히 공부해서 장학금을 받다
❹ 새해 계획 / 한국 친구를 많이 사귀다
❺ 새해 계획 / 좀 더 부지런하게 살다
❻ 올해 계획 / 모든 일에 최선을 다하다

新語彙

친구를 사귀다 交朋友
부지런하다 勤勉的、勤勞的

2 〈보기〉와 같이 이야기해 보세요.

보기

매일 아침 운동을 하다

가 : 곧 새해가 되는데 무슨 계획을 세우셨어요?
나 : 저는 매일 아침 운동을 하려고 해요.

❶ 한국 친구를 많이 사귀다
❷ 돈을 많이 벌다
❸ 담배를 끊다
❹ 여기저기 여행을 다니다
❺ 운전면허를 따다
❻ 봉사 활동을 많이 하다

계획 計畫

담배/술을 끊다 戒菸／戒酒
담배/술을 줄이다 少抽菸／少喝酒
운전면허를 따다 取得駕照
자격증을 따다 取得資格證
봉사 활동을 하다 做服務活動
돈을 벌다 賺錢
한국어 실력을 늘리다 增進韓語實力
취직 준비를 하다 準備就業

3 〈보기〉와 같이 이야기해 보세요.

보기

새 학기 /
한국에서 대학에
가다, 입학 준비
를 조금씩 하다

가 : 새 학기에 어떤 계획을 가지고 계세요?
나 : 저는 한국에서 대학에 가기 위해서 입학 준비를 조금씩 할 생각입니다.

新語彙
부자 有錢人、富翁

1. 새 학기 / 한국을 잘 알다, 여행을 많이 하다
2. 새 학기 / 장학금을 받다, 열심히 공부하다
3. 새해 / 한국 회사에 취직하다, 취직 준비를 하다
4. 새해 / 건강해지다, 운동을 하다
5. 올해 / 대학에 진학하다, 읽고 쓰는 연습을 많이 하다
6. 올해 / 부자가 되다, 열심히 일하다

4 〈보기〉와 같이 이야기해 보세요.

보기

건강, 열심히
운동을 하다

가 : 새해에는 어떤 계획을 가지고 계세요?
나 : 저는 건강을 위해서 열심히 운동을 할 계획입니다.

新語彙
시간을 내다 空出時間、抽空
미래 未來

1. 가족, 시간을 많이 내다
2. 어려운 사람, 봉사하다
3. 회사, 열심히 일하다
4. 취직, 외국어 공부를 열심히 하다
5. 한국 유학, 한국어를 열심히 공부하다
6. 미래, 열심히 노력하다

5 〈보기〉와 같이 이야기해 보세요.

보기

한국에서 취직을 하다 / 한국어를 잘하다	가: 한국에서 취직을 하고 싶어요. 나: 한국에서 취직을 하려면 한국어를 잘해야 해요.

1. 건강하게 살다 / 운동을 하다
2. 장학금을 받다 / 성적이 아주 좋다
3. 한국말을 잘하다 / 한국 친구를 많이 사귀다
4. 의대에 가다 / 생물학을 잘하다
5. 모델이 되다 / 키가 크다
6. 부자가 되다 / 돈을 아껴 쓰다

6 〈보기〉와 같이 이야기해 보세요.

보기

힘들다, 담배를 끊다	가: 저는 아무리 힘들어도 담배를 끊을 거예요. 나: 꼭 그렇게 되기를 바랄게요.

1. 바쁘다, 매일 운동을 하다
2. 일이 힘들다, 열심히 노력하다
3. 대학 입학이 어렵다, 꼭 입학하다
4. 시간이 없다, 가족들과 시간을 많이 보내다
5. 돈이 없다, 기부를 하다
6. 여러 번 실패하다, 포기하지 않다

新語彙

의대 醫學院
생물학 生物學
아껴 쓰다 節約使用

발음 發音

연
發연這個音時，必須按照이＋어＋ㄴ的順序發音。請注意切勿發成「옌」或「욘」。

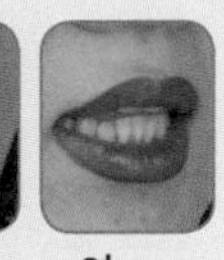

이 여 연

연

▶ 연습해 보세요.

(1) 취직을 하려면 한국어를 연습하세요.
(2) 내년이 되면 비자를 연장해야 해요.
(3) 2000년에는 변화가 큰 편이었어요.

노력 努力

노력하다 努力
최선을 다하다 盡全力
포기하다 放棄
성공하다 成功
실패하다 失敗

시간을 보내다 度過時光、打發時間
기부를 하다 捐贈

7 〈보기〉와 같이 말하고 써 보세요.

보기

매일 운동하기

❶

____

❷

____

❸

____

❹

____

8 〈보기〉와 같이 자신의 새 학기 계획을 쓴 후 말해 보세요.

열심히 공부해서 장학금 받기

저는 이번 학기에 열심히 공부를 해서 꼭 장학금을 받을 거예요.

1) ____

2) ____

3) ____

9 아래의 사람이 되어 새 학기와 새해 계획에 대해 친구와 이야기해 보세요.

〈새 학기 계획〉

A
목표 : 장학금을 받는 것
방법 : 예습, 복습을 열심히 한다.
한국 친구와 자주 이야기한다.

B
목표 : 어휘 실력을 늘리는 것
방법 : 책과 신문을 많이 읽는다.
단어장을 이용해 단어를 외운다.

〈새해 계획〉

A
목표 : 한국어를 잘하는 것
방법 : 한국 친구를 많이 사귄다.
텔레비전을 많이 본다.

B
목표 : 건강해지는 것
방법 : 매일 운동을 한다.
규칙적인 생활을 한다.

新語彙

규칙적이다 規則的
예습 預習
복습 複習
어휘 語彙
단어장 單字表
외우다 背誦

활동 活動

聽力_듣기

1 두 사람이 새 학기 계획에 대해 나누는 대화입니다. 잘 듣고 질문에 대답하세요.
這是兩人正在談論新學期計畫的對話。請仔細聽完後，回答問題。

1) 린다는 어떤 계획을 가지고 있어요?
琳達有什麼樣的計畫呢？

❶ 책을 많이 읽는다. ❷ 가까운 곳을 여행한다.
❸ 한국 친구를 많이 사귄다. ❹ 한국어 공부를 열심히 한다.

2) 마사토는 어떤 계획을 가지고 있어요?
正人有什麼樣的計畫呢？

❶ 책을 많이 읽는다. ❷ 공부를 열심히 한다.
❸ 아침 일찍 일어난다. ❹ 저녁 늦게까지 열심히 일한다.

2 다음은 어떤 사람이 자신의 계획을 설명하는 이야기입니다. 잘 듣고 아래의 내용이 맞으면 ○, 틀리면 ×에 표시하세요.
以下是某人說明自己計畫的內容。請仔細聽，如果下方的內容正確的話，請標示O。錯誤的話，請標示X。

1) 이 사람은 한국 대학에 다니고 있다. ○ ×
2) 이 사람은 말하기와 읽기 연습을 많이 할 계획이다. ○ ×
3) 이 사람은 글을 빨리 읽는 연습을 할 계획이다. ○ ×

新語彙
잡지에 실리다 刊登在雜誌上
문학 작품 文學作品

口說_말하기

1 3명이 한 조가 되어 계획에 대해서 친구들과 이야기를 나눠 보세요.
請3個人一組，與朋友們聊聊自己的計畫。

1) 이번 학기에 어떤 계획을 가지고 있어요?
這學期有什麼樣的計畫呢？

2) 그것을 이루기 위해서 구체적으로 무엇을 할 예정입니까?
為了實現那個計畫，打算具體做些什麼呢？

3) 계획을 세우면 잘 지키는 편입니까? 그렇지 않다면 그 이유는 무엇입니까?
如果您訂定了計畫，都會嚴格遵守嗎？如果不是，那理由是什麼呢？

4) 계획을 세우고 실천하지 못한 일이 있으면 이야기해 보세요.
如果您有訂定了計畫，卻無法實踐的經驗，請與大家說說看。

2 여러분은 앞으로 1년간 어떻게 살 계획을 가지고 있어요? 앞으로 1년간의 계획을 잘 정리해서 발표해 보세요.
各位未來的1年計畫怎麼過呢？請仔細整理未來1年的計畫，並且發表看看。

- 먼저 어떻게 이야기할지 구상해 보세요.
請先構思該如何說。

1) 가까운 미래, 혹은 장래의 희망이 무엇인지 밝히고, 왜 그 꿈을 가지고 있는지 생각해 보세요.
請先表明不久的將來或是未來的希望是什麼，並且想想看為什麼會有那樣的夢想。

2) 장래 희망을 위해 앞으로 1년간 어떻게 살아야 할지 생각해 보세요.
為了未來的希望，想想看之後1年必須要怎麼過。

3) 1년간 구체적으로 해야 할 일을 밝히고, 자신의 의지를 보여 주는 말로 이야기를 마무리하세요.
請具體表明1年內必須要做的事，並且以展現自己意志的話語作結。

- 친구들에게 자신의 1년간 계획에 대해 이야기하세요.
請跟朋友們說說自己未來1年的計畫。

- 친구들에게 조언을 해 달라고 부탁하세요. 그리고 친구들에게도 도움이 될 만한 말을 해 주세요.
請朋友們提供自己建言，也提供朋友們有益的建議。

閱讀_읽기

1 다음은 한국어 말하기 대회에서 대상을 수상한 학생이 장래 희망에 대해 쓴 글입니다. 잘 읽고 질문에 답하세요.
以下的文章是在朗讀大賽中獲獎的學生針對未來希望所寫的文章。請仔細讀完後，回答問題。

- 제목을 보고 어떤 내용이 들어 있을지 추측해 보세요.
  請看完題目後，推測看看裡面會有什麼樣的內容。

- 빠른 속도로 읽으면서 예상한 내용이 맞는지 확인해 보세요.
  請一邊快速的閱讀，一邊確認推測的內容是否正確。

* 한국어 말하기 대회 대상 수상자 소감 *

수백 번의 연습이 대상의 기쁨 가져다 줘

통역가 되기 위해 한국 유학 계획 중

아직 부족한 것이 많은 제가 말하기 대회에서 대상을 받게 되어서 무척 기쁩니다. 사실 이 대회에서 꼭 상을 받고 싶었습니다. 그래서 사전을 찾으면서 열심히 원고를 쓰고, 내용을 외우기 위해 수백 번 원고를 읽었습니다. 그리고 정확하게 발음하기 위해 한국 친구가 녹음해 준 테이프를 수백 번 듣고 따라했습니다.

저는 앞으로 한국어 통역가가 되고 싶습니다. 통역가가 되려면 한국어를 더 정확하고 유창하게 하기 위해 노력을 많이 해야 합니다. 그래서 저는 내년 3월에 한국으로 유학을 가려고 계획하고 있습니다. 통역가가 되는 것이 아무리 어려워도 열심히 노력해서 반드시 훌륭한 통역가가 될 것입니다.

新語彙

수상소감 受獎感言
대상 大獎
기쁨 喜悅、高興
가져다 주다 帶來、帶給
부족하다 不足的
상을 받다 領獎、得獎
원고 草稿、原稿
녹음하다 錄音
유창하다 流暢的
반드시 一定
훌륭하다 了不起的、優秀的

- 다시 한 번 읽으면서 다음 정보를 파악해 보세요.
  請再讀一次，並掌握以下的資訊。

1) 이 사람은 말하기 대회에 나오기 위해 어떤 노력을 했어요?

2) 이 사람의 꿈은 무엇입니까?

3) 꿈을 이루기 위해 이 사람은 어떤 노력을 할 계획입니까?

寫作_쓰기

1 여러분이 최근에 세운 계획을 글로 써 보세요.
請各位試著寫下最近訂定的計畫。

- 여러분은 지금 어떤 계획을 가지고 있어요? 그리고 그것을 이루는 데 어떤 노력이 필요한지 정리해 보세요.
  各位現在有著什麼計畫呢？還有請試著整理看看為了實現那個計畫需要何種努力呢？

- 구상한 내용을 바탕으로 〈대화 & 이야기 3〉과 같이 자신의 계획을 설명하는 글을 쓰세요.
  請以構想的內容為基礎，照著＜對話＆敘述 3＞，試著寫一篇文章來說明自己的計畫。

  1) 먼저 계획을 밝힌 후, 그것을 이루는 데 필요한 내용을 설명해 보세요.
     請先表明計畫，然後試著說明實現那個計畫所需要的內容。

  2) 글의 끝 부분에 구체적으로 무엇을 할지를 '-기'를 이용해서 정리해 보세요.
     在文章結尾的部分，請試著利用「-기」來具體整理該做些什麼。

- 계획서 작성이 끝나면 모든 계획을 대표할 수 있는 제목을 붙여 보세요.
  計畫書如果完成，請試著為所有計畫加上一個能夠代表的題目。

자기 평가 自我評價

● 새 학기나 새해의 계획에 대해 이야기할 수 있어요? 各位能談論新學期或新年的計畫嗎？	非常棒 ●—●—●—●—● 待加強
● 계획을 이루기 위해 할 일을 설명할 수 있어요? 各位能說明為了實現計畫要做些什麼事嗎？	非常棒 ●—●—●—●—● 待加強
● 계획을 설명하는 글을 읽고 쓸 수 있어요? 各位能夠閱讀並書寫說明計畫的文章嗎？	非常棒 ●—●—●—●—● 待加強

문법 文法

1 -에 대해서

- -에 대해서接在名詞之後，表現「對於……」之意。在正式場合，會去掉-서而改用-에 대해的型態。

오늘은 새해 계획에 대해서 이야기해 볼까요?
나는 새해 계획에 대해 이야기하려고 한다.

新語彙

사건 事件

(1) 가 : 이번에는 무엇에 대해서 말할 거예요?
나 : 제 고향에 대해서 말할 거예요.
(2) 가 : 그림에 대해서 많이 아시네요.
나 : 제 전공이 미술이에요.
(3) 가 : 이번 사건에 대해 아는 것이 있으면 좀 말씀해 주세요.
나 : 저는 그 문제에 대해 아무 말도 하고 싶지 않습니다.
(4) 가 : 요즘 박물관에 자주 가시는 것 같아요.
나 : 네, ________________________________.

2 -기 위해서, -을/를 위해서

- -기 위해서接在動詞的語幹之後，表現主語為了完成前面連接的動作，而採取某個行動。在正式場合，常會去掉-서而改用-기 위해的型態。
- -을/를 위해(서)前面接名詞，表現「為了……」的意思。

(1) 가 : 한국어를 배우는 특별한 이유가 있습니까?
나 : 네, 한국 회사에 취직하기 위해서 한국어를 배웁니다.
(2) 가 : 웬일로 여기에 오셨어요?
나 : 이 회사에서 일하는 친구를 만나기 위해서 왔어요.
(3) 가 : 새해에 특별한 계획을 세우셨어요?
나 : 건강을 위해 매일 운동을 할 생각입니다.
(4) 가 : 항상 열심히 일하시네요.
나 : ________________________________.

3 -아/어/여도

- -아/어/여도接在動詞、形容詞和「名詞＋이다」之後，表現前一動作或情況無法影響-아/어/여도之後的事實。這時和아무리一起使用，語意會更加強烈。
- 根據前面單字的最後音節，可分為三種型態。
  a. 如果語幹是以ㅏ、ㅗ（하다例外）結尾時，使用-아도。
  b. 如果語幹是以ㅏ或ㅗ之外的母音結尾時，使用-어도。-이어도可寫成-여도或-이라도，但이라도最常被使用。
  c. 如果語幹的最後音節是하，則使用-여도，但縮語型態的해도較常被使用。

(1) 가 : 일이 많아서 쉴 틈이 없어요.
나 : 아무리 일이 많아도 좀 쉬면서 하세요.

(2) 가 : 유학 생활이 힘들지요?
나 : 네, 좀 힘드네요. 그렇지만 아무리 힘들어도 포기하지 않을 거예요.

(3) 가 : 대학생인데 할인이 안 됩니까?
나 : 네. 대학생이라도 일반 요금을 내야 합니다.

(4) 가 : 한국어 듣기가 어려우면 여러 번 반복해서 들으세요.
나 : ____________________
이해하기가 힘들어요.

新語彙

틈이 없다 沒空、沒時間
반복하다 反覆、重複

4 -기

- -기接在動詞的語幹之後，表現某規則或主語該做的事。這常用於備忘錄和公告上。

(1) 오늘 할 일 : 수미에게 전화하기, 보고서 제출하기

(2) 이번 학기 계획 : 단어 실력 늘리기, 한국 친구와 자주 이야기하기

(3) 올해 목표 : 한국어능력시험 3급 합격하기, 매일 30분씩 운동하기

(4) 이번 학기 계획 : ____________________

新語彙

제출하다 提出

제2과 요리
料理

目標

各位將能列出烹飪食材的清單，並說明如何料理。

主題	料理
功能	說明食材與料理方式
活動	聽力：聆聽料理方式的說明、聆聽料理廣播 口說：說明料理方式、商討如何料理 閱讀：閱讀料理方式 寫作：書寫一篇文章來介紹自己國家的食物
語彙	食材、料理方式、食物的名稱、調味料
文法	-(으)로、-다가、-아/어/여 놓다/두다
發音	-고、-도、-로的母音上升
文化	韓國的醬料（大豆醬、辣椒醬、醬油）

제2과 **요리** 料理

도입 引言

1. 두 사람은 무슨 음식을 만들고 있을까요? 어떤 방법으로 요리를 할까요?

2. 여러분은 요리를 잘해요? 어떻게 만드는지 설명할 수 있어요?

대화 & 이야기 對話&敘述

1

은지 : 사토 씨, 뭐 드실래요?

사토 : 글쎄요. 여기 메뉴를 봐도 잘 모르겠어요. 은지 씨가 맛있는 걸로 추천 좀 해 주세요.

은지 : 어디 볼까요? 음, 사토 씨가 생선을 좋아하니까 생선구이가 어때요?

사토 : 생선은 알겠는데, 구이가 뭐예요?

은지 : 생선구이는 생선을 불에 구운 것을 말해요.

사토 : 아, 그렇군요. 요리하는 방법을 말하는 거네요. 그럼, 여기 계란찜은 계란을 찐 음식인 거죠?

은지 : 그렇지요. 하하, 사토 씨는 하나를 가르쳐 주면 열을 아네요.

新語彙

메뉴 菜單
추천하다 推薦
생선 鮮魚
생선구이 烤魚
구이 烤的食物
굽다 烤
계란찜 蒸蛋
찌다 蒸

2

수미 : 마야 씨, 배고프죠? 이제 다 됐으니까 빨리 와서 드세요.

마야 : 와, 맛있겠다. 언제 이걸 다 만들었어요?

수미 : 별로 시간 안 걸렸어요.

마야 : 여기 잡채도 있네요. 저 이거 굉장히 좋아하는데……. 이거 어떻게 만들면 돼요? 좀 가르쳐 주세요.

수미 : 먼저 당면을 삶아 놓고, 소고기, 당근, 양파, 버섯은 썰어서 볶아 놓으세요. 그리고 시금치는 살짝 데치면 되고요.

마야 : 좀 복잡하네요.

수미 : 아니에요. 이제 다 됐어요. 준비한 재료를 섞고 양념만 하면 돼요.

마야 : 그래요? 생각보다 쉽네요. 그런데 양념은 뭘로 해요?

수미 : 간장하고 참기름을 넣으면 돼요.

마야 : 저도 집에 가서 한번 만들어 봐야겠어요.

新語彙

잡채 （韓式）炒冬粉
당면 （韓式）冬粉
당근 紅蘿蔔
양파 洋蔥
버섯 香菇
썰다 切
볶다 炒
시금치 菠菜
데치다 汆燙
재료 材料
섞다 混和
양념 調味料、醬料
참기름 麻油

3

에디 씨, 안녕하세요. 현주예요. 에디 씨가 궁금해하는 김치볶음밥 만드는 법을 가르쳐 드릴게요.
김치볶음밥을 만들려면 밥하고 김치가 있어야 되겠지요? 이것 말고도 좋아하는 것을 넣으면 돼요. 저는 보통 김치, 양파, 당근, 김, 계란을 넣는데 햄이나 참치를 넣는 사람들도 있어요.

재료 준비가 끝났으면 시작해 볼까요? 먼저 프라이팬에 기름을 넣고 김치랑 여러 가지 야채를 넣고 볶아요. 야채를 볶다가 밥을 넣고 잘 섞어요. 그리고 여기에 계란, 김, 참기름을 넣고 다시 한 번 볶으면 돼요.

어때요? 어렵지 않지요? 한번 만들어 보세요.

新語彙

김치볶음밥 泡菜炒飯
햄 火腿
참치 鮪魚
프라이팬 平底鍋
기름 油

한국의 장 韓國的醬料（大豆醬、辣椒醬、醬油）

- 된장을 어떻게 만드는지 알아요?
  您知道大豆醬是怎麼做的嗎？

- 된장 만드는 법을 알아봅시다.
  一起瞭解一下大豆醬的製作方法。

韓國料理的特色是擁有許多發酵食物。大豆醬和醬油（這兩種都稱為「醬」）是韓國泡菜等發酵食物中不可缺少的兩種醬料。誠如韓國俗語「醬是陳年的好（장은 묵은 장맛이 좋다）」說的，食物要發酵得好需要一段不短的時間。為了製作大豆醬，首先要將黃豆煮熟後壓成四方形，再高掛起來。如果醬塊表面發霉，表示正逐漸形成「豆醬餅（메주）」。完成豆醬餅約需花三個月的時間，完成之後，需先將它清洗乾淨，再泡鹽水後再曬乾。大約經過兩個月，豆醬餅就可分為大豆醬和醬油。醬油需用小火煮2個多小時後，再放置3個月。一般製作大豆醬要5個月，而醬油前後則需8個月。但如俗語裡說的，大豆醬的純正味道需要更長的時間（約2年）才能完全醞釀出來。韓國人為了品嚐正統的美味，已習慣長久等待。雖然現代韓國文化一般被稱之為「趕快趕快」文化，但它也有從容悠閒的另一面。

- 여러분 나라의 거의 모든 음식에 사용되는 특별한 재료가 있어요?
  在各位的國家有什麼特別的材料會使用在大部分的食物上嗎？

말하기 연습 口說練習

1 〈보기〉와 같이 이야기해 보세요.

보기

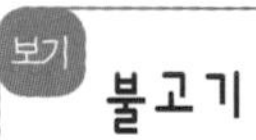

불고기

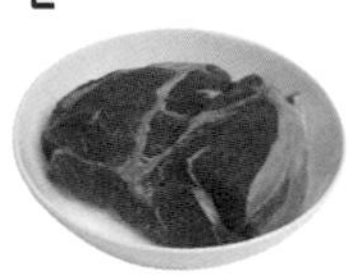

가 : 불고기는 뭘로 만들어요?
나 : 불고기는 소고기로 만들어요.

❶ 된장

❷ 삼계탕

❸ 떡

❹ 칼국수

❺ 김치찌개

❻ 붕어빵

육류 肉類

소고기 牛肉
돼지고기 豬肉
닭고기 雞肉
양고기 羊肉

곡류 穀類

쌀 米
콩 黃豆、大豆
밀가루 麵粉
팥 紅豆

新語彙

붕어빵 鯛魚燒

2 〈보기〉와 같이 이야기해 보세요.

보기

가 : 여기에 뭐가 들어갔어요?
나 : 콩나물하고 양파가 들어갔어요.

❶  

❷ 

❸ 

❹  

❺ 

❻ 

채소 蔬菜

배추 白菜
무 蘿蔔
호박 南瓜
오이 小黃瓜
감자 馬鈴薯
고구마 蕃薯
당근 紅蘿蔔
버섯 香菇
양파 洋蔥
파 蔥
고추 辣椒
마늘 蒜頭
콩나물 豆芽菜
시금치 菠菜

3 〈보기〉와 같이 이야기해 보세요.

보기

가 : 지금 뭐 하고 있어요?
나 : 계란을 삶고 있어요.

❶  

❷ 

❸  

❹

❺

❻ 

新語彙

만두 水餃

조리법 1 料理方式1

굽다 烤
볶다 炒
튀기다 炸
찌다 蒸
삶다 煮
끓이다 煮
데치다 汆燙
조리다 燉、滷
무치다 （涼）拌
부치다 煎

4 〈보기〉와 같이 이야기해 보세요.

보기

가 : 이건 뭐예요?
나 : 콩 조림이에요.

❶ 

❷ 

❸ 

❹ ❺ ❻ 

음식 이름 食物的名稱

구이 烤的食物
볶음 炒的食物
무침 （涼）拌的食物
조림 燉、滷的食物
찜 蒸的食物
튀김 炸的食物

5 〈보기〉와 같이 이야기해 보세요.

보기

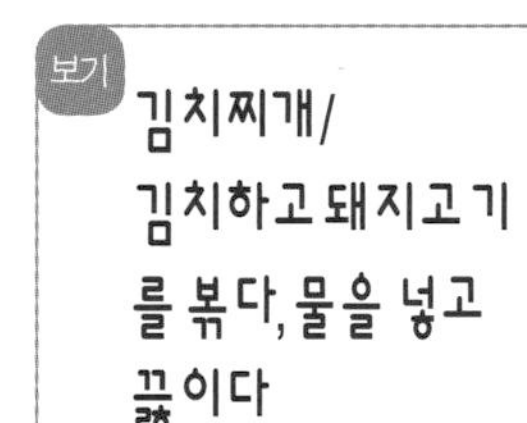

가 : 김치찌개는 어떻게 만들어요?
나 : 먼저 김치하고 돼지고기를 볶다가 물을 넣고 끓이면 돼요.

❶ 김치볶음밥 / 김치를 볶다, 밥을 넣고 볶다

❷ 된장찌개 /
된장하고 야채를 넣고 끓이다, 두부하고 파를 넣다

❸ 닭 볶음 /
닭고기를 양념해서 조리다, 양파하고 파를 넣다

❹ 떡볶이 /
물에 고추장을 넣고 끓이다, 떡하고 야채를 넣고 볶다

❺ 미역국 /
소고기하고 미역을 볶다, 물하고 간장을 넣고 끓이다

❻ 떡국 /
끓는 물에 떡을 넣고 끓이다, 계란을 풀어 넣다

新語彙

두부 豆腐
양념하다 調味
고추장 辣椒醬
미역 海帶芽
간장 醬油
풀다 解開、化解

6 〈보기〉와 같이 이야기해 보세요.

보기

가 : 양파는 어떻게 할까요?

나 : 껍질을 까서 써세요.

조리법 2 料理方式2

썰다 切
자르다 剪
껍질을 까다 剝皮
깎다 剝、削
다듬다 修整、修剪
다지다 搗、剁
갈다 磨
반죽하다 揉、和

7 〈보기〉와 같이 이야기해 보세요.

보기

소고기에 양념을 하다	가 : 이제 뭘 할까요? 나 : 소고기에 양념을 해 놓으세요.

新語彙
뿌리다 灑、噴
담그다 浸泡
육수 高湯

1. 당면을 삶다
2. 생선에 소금을 뿌리다
3. 두부를 부치다
4. 야채를 볶다
5. 콩을 물에 담그다
6. 육수를 끓이다

8 〈보기〉와 같이 이야기해 보세요.

보기

불고기 / 간장, 참기름, 후추	가 : 불고기는 양념을 어떻게 해요? 나 : 간장하고 참기름, 후추로 하면 돼요.

양념 調味料
간장 醬油
된장 大豆醬
고추장 辣椒醬
고춧가루 辣椒粉
소금 鹽
설탕 砂糖
참기름 芝麻油
식초 醋
후추 胡椒

1. 잡채 / 간장, 참기름
2. 떡국 / 소금, 참기름
3. 콩 조림 / 간장, 설탕
4. 생선찌개 / 된장, 간장
5. 오이 무침 / 소금, 식초, 고춧가루
6. 떡볶이 / 고추장, 고춧가루, 설탕

9 다음 음식의 재료, 조리법, 양념에 대해 〈보기〉와 같이 묻고 대답해 보세요.

보기

가 : 이건 뭘로 만들어요?
나 : 떡하고 계란, 파로 만들어요.
가 : 만드는 법 좀 가르쳐 주세요.
나 : 먼저 떡을 씻어 놓으세요.
그리고 냄비에 소고기를 넣고 볶다가 물을 넣고 끓이세요.
물이 끓으면 떡하고 계란, 파를 넣고 다시 한 번 끓이면 돼요.
가 : 양념은 어떻게 해요?
나 : 간장, 마늘, 참기름을 넣으면 돼요.

❶ 

❷  

❸ 

❹ 

발음 發音

-고, -도, -로 的母音上升

고기하고 양파로
[고] [구] [루]
만들었어요. 두부도
[두]
들어갔고요.
[구]

韓國人在發-고、-도、-로這音時，往往會將ㅗ發成ㅜ，尤其後面接的是-요時更是如此。

▶ 연습해 보세요.

(1) 가 : 이건 뭘로 만들었어요?
나 : 파하고 계란으로 만들었어요.
(2) 가 : 저는 고기도 좋아하고 생선도 좋아해요.
나 : 저도요.
(3) 가 : 뭐라고요?
나 : 배고프다고요.

新語彙

냄비 鍋

활동 活動

聽力_듣기

1 두 사람이 식당에서 메뉴를 보면서 나누는 대화입니다. 잘 듣고 아래의 내용이 맞으면 ○, 틀리면×에 표시하세요.
這是兩人在餐廳裡邊看菜單邊談論的對話。請仔細聽，下方內容對的話請標示O。錯的話，請標示X。

1) 남자는 생선구이를 먹기로 했다. ○ ×
2) 아귀찜은 아귀와 콩나물로 만든다. ○ ×
3) 남자는 매운 음식을 먹고 싶어한다. ○ ×

新語彙
아귀 鮟鱇魚
간을 하다 添加鹹味

2 다음은 요리 프로그램에서 '닭갈비' 만드는 법에 대해 소개하고 있는 내용입니다. 잘 듣고 닭갈비 만드는 순서를 알아보세요.
以下是在料理節目中介紹「炒雞排」料理方式的內容。請仔細聽，並了解炒雞排料理的順序。

- 닭갈비를 먹어 본 적이 있어요?
  닭갈비의 재료가 무엇일까요? 양념은 어떻게 할까요?
  各位有吃過炒雞排嗎？
  炒雞排的材料有什麼呢？調味料該怎麼做呢？
- 닭갈비 만드는 법을 듣고 그림을 순서에 맞게 배열해 보세요.
  請在聽完炒雞排的料理方法後，試著將圖片依順序排列。

新語彙
겨울 연가 冬季戀歌（韓劇）
촬영지 拍攝地
대표적이다 代表性的
양념장 調味醬
세다 強烈的、猛烈的
완성되다 完成

□ → □ → □ → □ → □

口說_말하기

1 여러분이 잘 만드는 요리를 소개해 보세요.
請試著介紹各位擅長的料理。

- 여러분이 잘 만드는 음식은 무엇입니까? 어떤 재료가 필요해요? 그리고 어떻게 만들어요? 메모해 보세요.
  各位擅長的料理是什麼呢？需要什麼樣的材料呢？還有如何料理呢？請試著簡單寫下。

- 옆 친구와 서로 잘 만드는 음식에 대해 묻고 대답해 보세요.
  請試與旁邊的朋友談談自己擅長的料理。

- 친구가 알려 준 요리법을 다른 사람들에게 이야기해 주세요.
  請跟其他人說說朋友告訴您的料理方式。

2 친구들과 맛있는 요리를 만들어 보세요.
請與朋友們一起做做看好吃的料理。

- 여러분의 집에 친구들이 놀러 올 것입니다. 점심을 준비하려고 냉장고를 열어 보니 다음과 같은 재료들이 있어요. 어떤 재료를 사용해 어떤 음식을 만들 수 있을까요? 옆 친구와 같이 이야기해 보세요.
  朋友要來各位的家裡玩，想要做午餐而打開冰箱一看，發現有以下的材料。可以用什麼樣的材料做出什麼樣的料理呢？請與旁邊的朋友一起說說看。

밀가루, 소고기, 양파, 파, 감자, 당근, 버섯,
배추, 무, 시금치, 두부, 간장, 고추장, 된장,
참기름, 고춧가루, 소금, 설탕, 식초

- 어떤 음식을 만들기로 했어요?
  決定要做什麼菜呢？

- 여러분이 만든 음식을 소개해 주세요.
  請介紹一下各位做的食物。

閱讀_읽기

1 다음은 어떤 음식의 요리법을 소개한 글입니다. 잘 읽고 질문에 답하세요.
以下是介紹某食物料理方式的文章。請仔細讀完後，回答問題。

재료 밀가루 2컵, 파 50g, 당근 30g, 양파 30g,
계란 2개, 식용유, 소금

조리 방법

1. 큰 그릇에 밀가루 2컵, 물 1컵, 계란 2개, 소금을 조금 넣고 잘 반죽해 두세요.
2. 당근, 양파는 길게 썰어 놓으세요.
3. 파는 7cm 정도 길이로 써세요.
4. 썰어 둔 재료들을 밀가루 반죽에 넣고 잘 섞으세요.
5. 프라이팬에 기름을 넣고 기름이 뜨거워지면 반죽한 것을 얇게 펴서 부치세요. 한쪽 면이 익으면 잘 뒤집어 다른 쪽도 익히면 됩니다. 처음에는 센 불로 하다가 어느 정도 익으면 약한 불로 조리하세요.

新語彙

식용유 食用油
뜨거워지다 變燙、變熱
펴다 鋪平、打開
면 面、表面
뒤집다 翻
익히다 煮熟
조리하다 料理、做菜
타다 焦、燒焦

1) 위의 조리법은 어떤 음식의 조리법에 대한 것인지 고르세요.
請選出上方的料理方式是什麼食物的料理方式。

① 

④ 

2) 아래의 내용이 맞으면 O, 틀리면 X에 표시하세요.
以下的內容正確的話，請標示O。錯誤的話，請標示X。

(1) 이 음식에는 한 가지 양념만 들어간다. ☐O ☐X
(2) 이 음식을 만들 때 계란을 마지막에 넣어야 한다. ☐O ☐X
(3) 이 음식은 타기 쉬워서 약한 불로 요리해야 한다. ☐O ☐X

寫作_쓰기

1 여러분 나라의 음식을 소개하는 글을 써 보세요.
請試著寫一篇文章來介紹各位國家的食物。

- 여러분 나라의 음식 중에서 어떤 음식을 소개하고 싶어요? 그 음식은 어떻게 만들어요? 메모해 보세요.
  在各位國家的食物當中，想要介紹什麼樣的食物呢？那種食物要如何料理呢？請簡單寫下來。

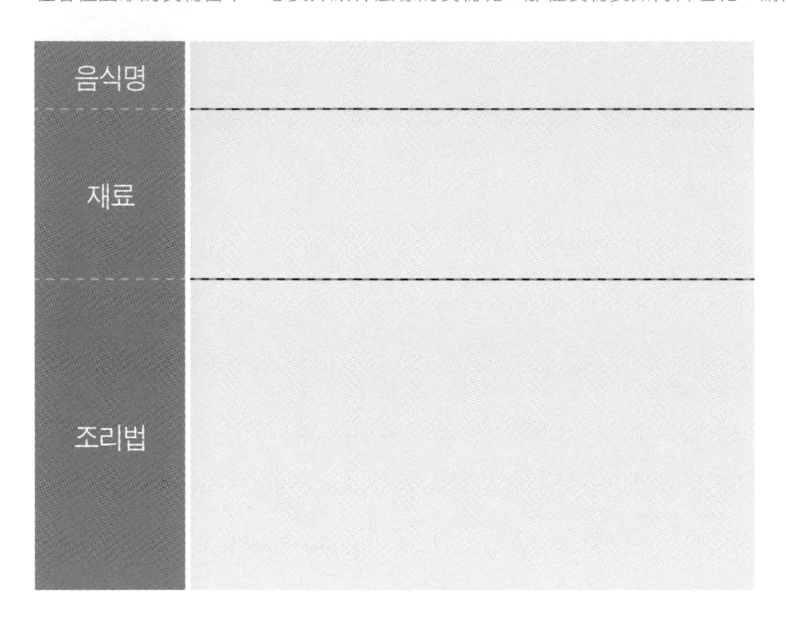

- 위의 메모를 보고 친구에게 그 음식을 만드는 법을 설명하는 글을 써 보세요.
  請參考上方所寫的內容，試著寫一篇文章向朋友說明如何料理那種食物。

- 발표해 보세요.
  請試著發表看看。

자기 평가 自我評價

● 음식의 재료를 설명할 수 있어요? 各位能說明食材嗎？	非常棒 ●—●—●—●—● 待加強
● 음식을 만드는 방법을 설명할 수 있어요? 各位能說明料理方式嗎？	非常棒 ●—●—●—●—● 待加強
● 요리법을 설명한 글을 읽고 쓸 수 있어요? 各位能讀懂，並且寫一篇文章來說明料理方式嗎？	非常棒 ●—●—●—●—● 待加強

문법 文法

1 -(으)로

- -(으)로 接在名詞之後，表現以某食材或成分製作成某東西。
- 這可分為兩種型態。
  a. 如果名詞以母音或ㄹ結尾時，使用-로。
  b. 如果名詞以ㄹ以外的子音結尾時，使用-으로。

(1) 가 : 불고기는 소고기로 만들어요?
나 : 네, 맞아요.
(2) 가 : 미역국은 무엇으로 간을 해요?
나 : 보통 간장으로 간을 해요.
(3) 가 : 이건 뭘로 만든 거예요?
나 : 쌀로 만든 거예요.
(4) 가 : 이 국은 뭘로 만든 거예요?
나 : ______________________.

2 -다가

- -다가接在動詞的語幹後，表現動作在進行過程中出現另一個狀況。
- 前句主語和後句主語必須一致。

(1) 가 : 이건 어떻게 만들어요?
나 : 고기를 볶다가 채소를 넣고 조금 더 볶으세요.
(2) 가 : 교보문고가 어디예요?
나 : 이 길을 따라 쭉 걷다가 사거리에서 오른쪽으로 가세요.
(3) 가 : 김밥을 언제 샀어요?
나 : 아침에 학교에 오다가 샀어요.
(4) 가 : 파를 처음부터 넣을까요?
나 : 아니요, ______________________.

3 -아/어/여 놓다/두다

- -아/어/여 놓다/두다接在連接目的語的動詞語幹之後，表現某動作完成之後，其狀態依然被維持著。原本-아/어/여 놓다表現某種變化之後，狀態仍持續著，而-아/어/여 두다則是表現維持目前狀態，但現在並不刻意區分這兩種用法。
  우리 강아지를 살려 놓으세요. (강아지를 죽게 만든 사람에게)
  우리 강아지를 그냥 살려 두세요. (강아지를 죽이려고 하는 사람에게)
- 這可分為三種型態。
  a. 如果語幹是以하다以外的ㅏ或ㅗ結尾時，使用-아 놓다/두다。
  b. 如果語幹是以ㅏ或ㅗ之外的母音結尾時，使用-어 놓다/두다。
  c. 如果是以하다動詞或形容詞結尾時，則用-여 놓다/두다型態，但通常 -해 놓다/두다要比하여 놓다/두다 更常被使用。

(1) 가 : 뭐부터 할까요?
나 : 거기에 있는 채소 좀 씻어 놓으세요.
(2) 가 : 고기하고 채소를 같이 넣고 끓이면 되지요?
나 : 아니요, 고기를 먼저 삶아 놓아야 돼요.
(3) 가 : 먼저 뭐부터 해야 돼요?
나 : 채소를 씻어서 썰어 두세요.
(4) 가 : 두부를 썰까요?
나 : 아니요, 밀가루 반죽부터 먼저 해 두세요.
(5) 가 : 김치를 어떻게 만들어요?
나 : 먼저 ________________________________.
(6) 가 : 방이 좀 덥네요.
나 : 그럼, ________________________________.

MEMO

제3과 소식 · 소문
消息 · 傳聞

目標

各位將能使用間接引用句法轉述從他人聽到的消息和傳聞。

主題	消息和傳聞
功能	傳達聽到的話語、談論對傳聞的看法、傳達消息
活動	聽力：聆聽消息、聆聽傳聞 口說：傳達消息、談論傳聞 閱讀：閱讀有關自己不實傳聞的文章 寫作：寫一篇文章來描述最近聽到的傳聞
語彙	個人狀況的變化、對於對方的話所做的反應
文法	間接引用句法（-다고 하다、-냐고 하다、-자고 하다、-(으)라고 하다）
發音	「사」和「시」
文化	與傳聞相關的俗語

제3과 **소식 · 소문** 消息 · 傳聞

도입 引言

1. 이 사람들은 무엇을 하고 있어요? 이 사람들은 어떤 이야기를 하고 있을까요?

2. 들은 이야기를 다른 사람에게 전할 때 어떤 표현을 사용해서 이야기해요?

대화 & 이야기 對話&敘述

1

마이클 : 왕몽 씨가 요즘 왜 학교에 안 오는지 알아요?
케이코 : 소식 못 들었어요? 왕몽 씨가 농구하다가 다쳐서 입원했어요.
마이클 : 정말이에요? 얼마나 다쳤는데요?
케이코 : 많이 다치지는 않았다고 들었어요.
마이클 : 병문안 가야 되는 거 아니에요?
케이코 : 그렇지 않아도 영진 씨가 오늘 오후에 병문안 가자고 했어요.
마이클 : 그럼 그때 저도 같이 가요.
케이코 : 네, 약속 시간 정해서 알려 줄게요.

新語彙
- 입원하다 住院
- 병문안 探病
- 그렇지 않아도 即使不那樣也、正好（要）
- 정하다 定、訂定

2

영　진 : 제니 씨가 이번 학기가 끝나면 미국으로 돌아간다고 하는 이야기 들었어요?
이사벨 : 그럴 리가요. 지난주에 만났을 때도 그런 이야기가 없었는데요.
영　진 : 아까 수미 씨가 그러던데요.
이사벨 : 왜 그런 말이 나왔는지 모르겠지만 사실이 아닐 거예요. 제니 씨가 다음 학기에도 여기에서 공부할 거라고 했어요.
영　진 : 그래요? 이상하네요. 비행기 표도 예약했다고 했는데…….
이사벨 : 아, 그거요? 제 생각에는 제니 씨가 방학 동안 여행을 가려고 비행기 표를 산 걸 사람들이 오해한 것 같아요.
영　진 : 아, 그렇구나. 어쨌든 아니라고 하니까 다행이네요.
이사벨 : 하하, 혹시 영진 씨가 제니 씨를 좋아하는 거 아니에요?

新語彙
- 사실 事實
- 비행기 표 飛機票
- 예약하다 預約
- 어쨌든 反正、無論如何

3

얼마 전에 한 할머니가 김밥 장사로 모은 돈 삼 천만 원을 대학교에 기부했다고 하는 따뜻한 소식을 들었다. 할머니도 어렵게 살고 계시지만 가정 형편이 어려워 대학교에 다니지 못하는 학생들을 위해서 힘들게 모은 돈을 기부한 것이다. 할머니는 자신이 다른 사람을 도울 수 있어서 무척 기쁘다고 했다.

나도 예전부터 기부에 대해 관심이 있었지만 남을 돕는 일은 부자들만 할 수 있는 일이라고 생각했다. 그렇지만 할머니 이야기를 들은 후에 대단한 부자가 아니어도 다른 사람을 도울 수 있다는 것을 알게 되었다.

新語彙

장사 生意
모으다 收集、聚集
가정 형편 家庭情況
예전 以前、從前
남 別人
대단하다 了不起、很厲害

소문과 관련된 속담 與傳聞相關的俗語

- 여러분은 다음 속담을 들어 본 적이 있어요? 다음 속담의 의미를 추측해 보세요.
  各位有聽過以下的俗語嗎？請猜猜看以下俗語的意思。

  발 없는 말이 천 리 간다. *沒有腳的「話」跑千里。*
  아니 땐 굴뚝에 연기 나랴? *沒生火的煙囪難道會冒煙嗎？*

- 다음은 위 속담에 대한 설명입니다. 이 속담들이 언제 사용되면 좋을지 생각해 보세요.
  以下是上方俗語的說明。請想想看這些俗語在哪時候使用會比較好。

발 없는 말이 천 리 간다.（沒有腳的「話」跑千里。）中的말具有兩種意思，分別為「馬」和「話」，用來比喻消息或傳聞散播得非常迅速。這句俗語裡含有傳聞散播的速度比我們想像的還要快速的意思。
아니 땐 굴뚝에 연기 나랴?（沒生火的煙囪難道會冒煙嗎？）表現大部分的傳聞並不是空穴來風，而是有一些事實根據的。

- 여러분 나라에도 이런 속담이 있으면 이야기해 보세요.
  各位的國家也有這種俗語的話，請試著說說看。

말하기 연습 口說練習

1 〈보기〉와 같이 이야기해 보세요.

보기
다음 달에 결혼하다
가 : 영진 씨 소식 알아요?
나 : 다음 달에 결혼한다고 해요.

❶ 많이 아프다
❷ 한국어를 배우고 있다
❸ 회사에 취직했다
❹ 복학하다
❺ 군대에 가다
❻ 휴학 중이다
❼ 다쳐서 병원에 입원했다
❽ 대학원에 입학했다

신상 변화 個人狀況的變化

결혼하다 結婚
이혼하다 離婚
입학하다 入學
졸업하다 畢業
입원하다 住院
퇴원하다 出院
군대에 가다 當兵
제대하다 退伍
휴학하다 休學
복학하다 復學

2 〈보기〉와 같이 이야기해 보세요.

보기
제니 씨하고 사귀다 / 정말요?
가 : 수미 씨가 그러는데 영진 씨가 제니 씨하고 사귄다고 해요.
나 : 정말요?

❶ 요즘 바쁘다 / 그렇구나.
❷ 군대에 가다 / 말도 안 돼요.
❸ 엄청난 부자다 / 진짜요?
❹ 아이가 있다 / 그럴 리가.
❺ 친구들에게 인기가 많다 / 어쩐지.
❻ 윤영 씨를 좋아하다 / 설마.
❼ 여자 친구하고 헤어졌다 / 그럴 리가요.
❽ 예전에 선생님이었다 / 정말?

상대방의 말에 대한 반응
對於對方的話所做的反應

정말요? 真的嗎？
진짜요? 真的嗎？
설마요. 不會吧？不至於吧？
말도 안 돼요. 不可能、不像話。
그렇군요. 那樣啊！
그럴 리가요. 不可能。
어쩐지. 難怪。
누가 그래요? 誰說的？
웃기고 있네. 別開玩笑了！

語言提點

自言自語時會使用半語。例如：「설마요」和「그렇군요」，會改為「설마」和「그렇구나」。

新語彙

엄청나다 相當大的

3 〈보기〉와 같이 이야기해 보세요.

보기

언제 결혼하다 / 다음 달에 결혼하다	가 : 영진 씨한테 언제 결혼하냐고 물어봤어요? 나 : 네, 다음 달에 결혼한다고 해요.

❶ 무슨 일이 있다 / 좀 아프다

❷ 언제 군대에 가다 / 다음 달에 가다

❸ 방학에 뭐 할 것이다 / 고향에 돌아갈 것이다

❹ 괜찮다 / 거의 나았다

❺ 정말 여자 친구하고 헤어졌다 / 헤어졌다

❻ 그 소문이 사실이다 / 사실이다

❼ 지난 휴가 때 뭐 했다 / 여행을 다녀왔다

❽ 정말 교통사고가 났다 / 별일 아니다

新語彙

별일 아니다
沒什麼大不了的、沒有大礙

語言提點

在疑問句中，理論上「動詞語幹＋느냐고」和「形容詞語幹＋(으)냐고」才是正確的型態。但韓國人通常不區分兩者，一律使用「動詞／形容詞語幹＋냐고」的型態。

동　사 : 어디 가느냐고 물었어요. → 어디 가냐고 물었어요.
형용사 : 돈이 많으냐고 물었어요. → 돈이 많냐고 물었어요.

4 〈보기〉와 같이 이야기해 보세요.

같이 여행을 가다 / 같이 가다	가 : 수미 씨가 같이 여행을 가자고 하는데 어떻게 할까요? 나 : 같이 가자고 하세요.

❶ 제주도에 가다 / 그러다

❷ 내일 같이 저녁 먹다 /
내일은 좀 바쁘니까 다음에 먹다

❸ 비도 오는데 집에서 쉬다 /
집에 있으면 심심하니까 영화를 보다

❹ 지금 얘기를 하다 /
지금은 좀 바쁘니까 다음에 이야기하다

5 〈보기〉와 같이 이야기해 보세요.

보기	
아프다 / 내일 오다	가 : 미라가 아프다고 해요. 나 : 그럼 내일 오라고 하세요.

❶ 감기에 걸렸다 / 빨리 병원에 가다

❷ 내일 한국으로 돌아오다 / 나한테 연락하다

❸ 모르는 것이 많다 / 선생님한테 물어보다

❹ 영수 씨를 만나고 싶다 / 내일 오후에 오다

❺ 지금 약속이 있어서 나가다 / 일찍 들어오다

❻ 많이 아프다 / 회사에 가지 말다

6 〈보기 1〉이나 〈보기 2〉와 같이 이야기해 보세요.

보기 1	
"마이코 씨, 우유 좀 사다 주세요."	가 : 수미가 뭐라고 했어요? 나 : 수미가 나한테 우유 좀 사다 달라고 했어요.

보기 2	
"미라 씨한테 소식을 전해 주세요."	가 : 수미가 뭐라고 했어요? 나 : 수미가 미라한테 소식을 전해 주라고 했어요.

語言提點

如果表達的內容是說話者要求的事項，使用달라고 하다的型態。但如果要求的事項是為了其他人的話，則使用주라고 하다型態。

영진 씨가 나한테 좀 도와 달라고 했어요.
영진 씨가 나한테 수미 씨를 좀 도와주라고 했어요.

❶ "일찍 와 주세요."

❷ "미라한테 선물을 갖다 주세요."

❸ "내일 오후에 전화해 주세요."

❹ "영진이를 도와주세요."

7 〈보기 1〉과 〈보기 2〉와 같이 이야기해 보세요.

보기 1

"우리 집에 놀러 오세요."

가 : 수미가 뭐라고 했어요?
나 : 자기 집에 놀러 오라고 했어요.

보기 2

"우리 집에 놀러 오세요."

가 : 수미한테 뭐라고 했어요?
나 : 우리 집에 놀러 오라고 했어요.

語言提點

直接引用句法轉換成間接引用句法時，必須將表現第三者的나、저、우리改成자기。
나 : "이건 내 거야." → 이건 내 거라고 했어요.
수미 : "이건 내 거야." → 수미가 이건 자기 거라고 했어요.

❶ "우리 형은 지금 미국에 있어요."
❷ "우리 집에서 같이 공부합시다."
❸ "우리 가족은 다 키가 커요."
❹ "우리 학교에 와 봤어요?"

8 〈보기〉와 같이 이야기해 보세요.

보기

"다음 주에 고향에 가요."

수미 : 영진 씨가 고향에 언제 간다고 해요?
제니 : 내가 언제 가냐고 물어 봤는데 다음 주에 간다고 해요.

❶ "결혼식을 부산에서 해요."
❷ "군대에 가야 해서 휴학해요."
❸ "다음 학기에 복학해요."
❹ "졸업하면 고향에 돌아갈 거예요."

9 〈보기〉와 같이 여러분 친구의 소식을 다른 친구에게 알려 주세요.

보기

영진 씨가 교통사고가 나서 입원했다

가 : 영진 씨 소식 들었어요?
나 : 무슨 일 있어요?
가 : 영진 씨가 교통사고가 나서 입원했다고 해요.
나 : 정말요?
가 : 네, 그래서 수미 씨가 같이 병원에 가자고 했어요.
나 : 그럼, 저도 같이 가자고 이야기해 주세요.

❶ 야오밍 씨가 다음 달에 결혼을 한다.

❷ 마리 씨가 얼마 전에 취직을 했다.

❸ 이나가와 씨가 여자 친구와 헤어졌다.

발음 發音

사 和 시

當ㅅ和ㅆ與母音ㅣ結合（시、씨），發音時舌頭的位置需移到比發사、서、소、수、스音時還後面。

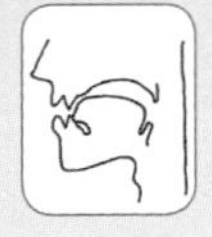
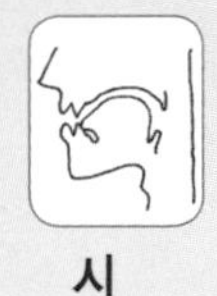

사 시

▶ **연습해 보세요.**

(1) 가 : 영진 씨 소식 들었어요?
나 : 무슨 소식이요?

(2) 가 : 사고가 몇 시에 났어요?
나 : 두 시에 났어요.

(3) 가 : 수미 씨가 예뻐졌네요.
나 : 사랑을 시작했거든요.

활동 活動

聽力_듣기

1 다음은 친구에 대한 소식을 이야기하는 대화입니다. 잘 듣고 아래의 내용이 맞으면 O, 틀리면 ×에 표시하세요.

以下是談論朋友消息的對話。請仔細聽，下方內容正確的話，請標示O。錯誤的話，請標示X。

1) 여자는 윤아의 소식을 오늘 처음 들었다. O ×
2) 윤아는 얼마 전에 대학원에 입학했다. O ×
3) 윤아는 다니던 직장을 마음에 들어하지 않는다. O ×

新語彙
- 그만두다 辭職、放棄
- 통 完全地、根本地
- 소식이 없다 沒有消息
- 놀라다 吃驚、驚訝
- 놀랍다 吃驚的、驚訝的

2 다음은 어떤 사람이 들은 소문에 대해 이야기하는 대화입니다. 잘 듣고 아래의 내용이 맞으면 O, 틀리면 ×에 표시하세요.

以下是談論某人所聞的對話。請仔細聽，下方內容正確的話，請標示O。錯誤的話，請標示X。

1) 여자가 이야기하는 소문은 확실하지 않다. O ×
2) 남자도 그 소문이 사실이라고 생각한다. O ×
3) 김소라 씨와 박영진 씨는 요즘 그 소문 때문에 화가 났다. O ×

新語彙
- 다정하다 深情的、多情的
- 당황하다 驚慌、慌張
- 빨개지다 變紅
- 확실하다 確實的、確切的

口說_말하기

1 학교 친구나 선생님에 대해 최근에 들은 소식이 있어요? 3명이 한 조가 되어 이야기해 보세요.
最近有聽聞學校朋友或老師的消息嗎？請試著以3個人為一組說說看。

- 누구한테 무슨 소식을 들었는지 메모해 보세요.
  請簡單寫下從誰那裡聽到了什麼消息。

선생님 소식	
친구 소식	

- 메모한 것을 보고 친구들과 이야기해 보세요.
  請看看寫下的內容，並與朋友們說說看。

2 여러분은 전에 주변 사람이나 고려대학교, 한국에 대해서 들은 소문이 있었어요? 여러분이 들은 소문에 대해 이야기해 보세요.
各位之前曾經聽過有關周遭人士、高麗大學，或是韓國的傳聞嗎？請試著針對各位聽過的傳聞說說看。

- 자신이 들은 소문에 대해 메모해 보세요.
  請簡單寫下自己聽過的傳聞。

  1) 누구/무엇에 대한 소문이었어요?

  2) 어떤 소문이었어요?

  3) 그 소문은 사실이었어요?

- 메모한 내용을 바탕으로 자신이 들은 소문에 대해 발표해 보세요.
  請以寫下的內容為基礎，試著發表自己聽過的傳聞。

閱讀_읽기

1 다음은 어떤 사람이 소문에 대한 생각을 쓴 글입니다. 잘 읽고 질문에 답하세요.
以下的文章，是某人針對傳聞的想法。請仔細讀完後，回答問題。

● 다음 글을 크게 세 부분으로 나눈다면 어떻게 나눌 수 있을까요?
如果要把以下的文章大致分為三個部分的話，可以如何區分呢？

사람들은 다른 사람들의 이야기를 하는 것을 좋아하는 것 같다. 그래서 작은 일이 큰일처럼 소문이 나기도 한다. 얼마 전에 나는 친구들을 만나러 가는 도중에 작은 접촉 사고로 모임에 못 간 적이 있다. 큰 사고는 아니었지만 사고 처리를 해야 해서 모임에 갈 수 없었다. 그래서 한 친구에게 사고가 나서 모임에 못 간다고 연락을 했다. 그런데 그날 저녁에 친구들에게 문자 메시지와 전화가 자꾸 왔다. 모임에서 만나기로 했던 친구들은 얼마나 많이 다쳤냐고 묻고 병문안 가려고 하니까 병원을 알려 달라고 했다. 그리고 다른 친구들도 소식을 들었다고 전화를 했다. 그냥 작은 접촉 사고가 나서 모임에 못 간 것인데 어떻게 그런 소문이 났는지 좀 황당했다. 별것 아닌 일이 ㉠눈덩이처럼 불어난다는 것이 어떤 것인지 실감할 수 있었다. 그리고 나도 다른 사람의 소식을 전할 때 함부로 이야기하면 안 되겠다는 생각을 했다. 앞으로 다른 사람에 대해 이야기를 할 때는 좀 더 신중해져야겠다.

新語彙

- 도중 途中
- 접촉 사고 碰撞事故
- 황당하다 荒唐的
- 눈덩이 雪球
- 실감나다 有真實感、逼真
- 소식을 전하다 傳達消息
- 함부로 隨意地、胡亂地
- 신중하다 慎重的

● 다음 질문에 답하세요.
請回答以下的問題。

1) 어떤 소문에 대한 이야기입니까?
這是什麼樣的傳聞呢？

2) 밑줄 친 ㉠의 의미를 이야기해 보세요.
請說說看劃底線㉠的意義。

● 여러분도 이런 경험을 한 적이 있어요? 이야기해 보세요.
各位也有這樣的經驗嗎？請說說看。

寫作_쓰기

1 여러분이 최근에 들은 소문에 대해 써 보세요.
請各位寫寫看最近聽到的傳聞。

- 여러분이 들은 소문 중에 사실이 아니었던 소문이 있었어요? 메모해 보세요.
  在各位聽過的傳聞中，有不是事實的傳聞嗎？請試著簡單寫下來。

어떤 소문을 들었어요?	
그 소문을 듣고 사람들이 뭐라고 이야기했어요?	
왜 그런 소문이 났어요?	

- 메모한 내용을 바탕으로 다음 문장에 이어 자신이 경험한 소문에 대해 써 보세요.
  請以上方的內容為基礎，試著接續以下的句子，寫一篇文章來談談自己聽過的傳聞。

'아니 땐 굴뚝에 연기 나랴?'라는 속담이 있는데 가끔은 아니 땐 굴뚝에 연기 나는 일도 있는 것 같다.

자기 평가 自我評價

소식을 묻고 답할 수 있어요? 各位能詢問消息，並且回答嗎？	非常棒 ●—●—●—●—● 待加強
들은 소문을 전달할 수 있어요? 各位能傳達聽到的傳聞嗎？	非常棒 ●—●—●—●—● 待加強
소식이나 소문과 관련된 글을 읽고 쓸 수 있어요? 各位能讀懂，並且書寫有關消息或傳聞的文章嗎？	非常棒 ●—●—●—●—● 待加強

문법 文法

♣ 간접화법（間接引用句法）

- 當要把話傳給另外一個人時，使用以下的引用句型。
  수미가 "피곤해요."라고 해요.
  수미가 피곤하다고 해요.
- 依照說話的型態，使用-다고 하다、-냐고 하다、-자고 하다、-(으)라고 하다等句型。
- -다고 해요單純於傳達另一個人說話的內容時使用，而-다고 했어요則是強調另一人以前曾經說過的話。

(1) 가 : 어머니가 언제 오세요?
　 나 : 내일 오신다고 해요.
(2) 가 : 수미가 뭐라고 했어요?
　 나 : 어머니가 내일 오신다고 했어요.

1 -다고 하다

- -다고 하다是在傳達陳述句時使用。
  수미가 "비가 와요."라고 했어요. → 수미가 비가 온다고 했어요.
- 根據原句子的時態和敘述語部分，-다고 하다的用法如下表。

	現在	過去	未來／推測
動詞	-ㄴ/는다고 하다	-았/었/였다고 하다	-(으)ㄹ 거라고 하다 -겠다고 하다
形容詞	-다고 하다		
名詞＋이다	-(이)라고 하다		

(1) 가 : 수영 씨하고 민호 씨가 얼마 전부터 사귄다고 해요.
　 나 : 정말요? 잘됐네요.
(2) 가 : 영진 씨 요즘 어떻게 지낸다고 해요?
　 나 : 회사에 취직해서 바쁘다고 해요.
(3) 가 : 수미 씨 고향이 어디라고 했어요?
　 나 : 고향이 부산이라고 했어요.

(4) 가 : 미키 씨는 내년에 고향에 돌아갈 거라고 해요?
　나 : 아니요, 한국에 있는 대학에 입학할 거라고 해요.
(5) 가 : 어제 많이 추웠다고 해요?
　나 : 아니요, 별로 안 추웠다고 해요.
(6) 가 : 지은 씨는 방학에 뭐 했다고 해요?
　나 : 미국 여행을 다녀왔다고 해요.
(7) 가 : 아현이가 뭐라고 했어요?
　나 : 어제는 너무 바빠서 ______________________.
(8) 가 : 정민이 여자 친구도 학생이라고 해요?
　나 : 아니요, ______________________________.

2 -냐고 하다

- -냐고 하다是在傳達疑問句時使用。
  수미가 "비가 와요?"라고 했어요. → 수미가 비가 오느냐고 했어요.
- 根據原句子的時態和敘述語部分，-냐고 하다的用法如下表。

	現在	過去	未來／推測
動詞	-느냐고 하다	-았/었/였느냐고 하다	-(으)ㄹ 거냐고 하다 -겠느냐고 하다
形容詞	-(으)냐고 하다		
名詞＋이다	-(이)냐고 하다		

- 理論上-냐고 하다的用法須依照上述的文法規則，但通常-냐고 하다可用在所有的動詞和形容詞。
  어디에서 오느냐고 물었어요. → 어디에서 오냐고 물었어요.
  사람이 많으냐고 물어요. → 사람이 많냐고 물어요.

(1) 가 : 민서한테 우리하고 같이 저녁을 먹느냐고 물어보세요.
　나 : 아까 물어봤는데 오늘 약속이 있다고 했어요.
(2) 가 : 진수 씨가 저한테 뭐라고 했어요?
　나 : 지나 씨도 키가 크냐고 했어요.
(3) 가 : 밖에 많이 추우냐고 물어보세요.
　나 : 별로 안 춥다고 해요.
(4) 가 : 보라 씨가 뭐라고 해요?
　나 : 영민 씨도 학생이냐고 해요.

(5) 가 : 미란이한테 어제 어디에 다녀왔느냐고 물어봤어요?
나 : 아니요, 아직 못 물어봤어요.
(6) 가 : 영진이한테 정말 올해 군대에 갈 거냐고 물어봤어요?
나 : 네, 그런데 내년에 갈 거라고 했어요.
(7) 가 : 부산까지 멀어요?
나 : 뭐라고 했어요?
가 : 부산까지 ______________________________.
(8) 가 : ______________________________________?
나 : 네, 다음 달에 간다고 해요.

3 -자고 하다

- -자고 하다接在動詞語幹之後，在傳達共動句時使用。
  수미가 "같이 점심을 먹어요."라고 했어요. → 수미가 같이 점심을 먹자고 했어요.

(1) 가 : 영민 씨가 같이 산에 가자고 하는데요.
나 : 좋다고 전해 주세요.
(2) 가 : 희영 씨가 왜 전화했어요?
나 : 내일 같이 공부하자고 전화했어요.
(3) 가 : 민정 씨가 오늘 오후에 시간 있냐고 물어봤어요.
나 : 오늘은 좀 바쁘니까 내일 보자고 하세요.
(4) 가 : 내일 같이 점심 먹읍시다.
나 : 뭐라고요?
가 : ______________________________________.

4 -(으)라고 하다

- -(으)라고 하다接在動詞語幹之後，在傳達命令句時使用。
  수미가 "내일 일찍 오세요."라고 했어요. → 수미가 내일 일찍 오라고 했어요.
- 這可分為兩種型態。
  a. 如果動詞語幹以母音或ㄹ結尾，使用-라고 하다型態。
  b. 如果動詞語幹是ㄹ之外的子音結尾，使用-으라고 하다型態。
- 如果説話者本身用주세요來請託他人時，使用달라고 하다型態；如果這請託是為了他人的話，則使用주라고 하다型態。

(1) 가 : 한국에 올 때 부모님께서 뭐라고 하셨어요?
나 : 부모님께서 저한테 몸조심해서 다녀오라고 하셨어요.

(2) 가 : 선생님한테 뭘 공부해야 하느냐고 물어봤어요?
나 : 네, 말하기 연습을 더 많이 하라고 하셨어요.

(3) 가 : 소은 씨가 왜 전화했어요?
나 : 내일 늦지 말라고 전화했어요.

(4) 가 : 영철 씨가 뭐라고 했어요?
나 : 미진 씨가 이사를 하니까 도와주라고 했어요.

(5) 가 : 책 좀 빌려 주세요.
나 : 뭐라고 했어요?
가 : ________________________________.

(6) 가 : 소영 씨가 뭐라고 했어요?
나 : ________________________________.

제4과 성격
性格

目標

各位將能夠描述性格的特質，以及其優缺點。

主題	性格
功能	說明性格、談論性格的優缺點
活動	聽力： 聆聽關於性格的電台訪談、聆聽性格優缺點的說明 口說： 針對性格提問與回答、談論自己的性格 閱讀： 閱讀有關性格的文章 寫作： 書寫一篇文章來說明自己的性格
語彙	性格
文法	-잖아요、-지 못하다、아무 -(이)나、-(으)ㄹ 정도
發音	語塊表現的語調
文化	血型和性格

제4과 **성격** 性格

도입

引言

1. 이 사람들의 모습이 어떻게 달라요? 이 사람들은 성격이 어떨까요?

2. 여러분의 성격은 어때요? 성격을 어떻게 이야기하면 좋을까요?

대화 & 이야기 對話&敘述

1

위엔 : 수연 씨는 성격이 정말 좋은 것 같아요.

수연 : 제 성격이 좋다고요? 왜 그렇게 생각하세요?

위엔 : 사람들하고 쉽게 친해지고 아무하고나 이야기도 잘하잖아요. 저는 마음과 반대로 말이 잘 안 나와서 모르는 사람하고 쉽게 사귀지를 못해요.

수연 : 음, 제가 사교적인 편이기는 하지요. 그래도 저는 제 성격이 그리 마음에 들지 않아요.

위엔 : 아니 왜요? 활발하고 밝아서 걱정도 없을 것처럼 보이는데요.

수연 : 제가 겉으로 보기에 활발해서 그렇게 생각하는 사람이 많은데 사실은 반대예요. 사실 걱정을 너무 하는 성격이라서 낮에 무슨 일이 있으면 밤에 잠도 못 잘 정도예요.

위엔 : 그래요? 그런 면이 있었네요.

新語彙

- 아무하고나 與任何人
- 사교적이다 社交的、善於交際的
- 반대 相反
- 그리 （不是）那麼
- 활발하다 活潑的
- 면 一面、方面

2

김 과장 : 이번에 새로 들어온 신입사원은 어때요?

이 대리 : 아, 강성민 씨요? 성실하고 일도 빨리 배워서 다들 좋아합니다.

김 과장 : 그래요? 다행이네요. 적응을 잘할 수 있을까 걱정했는데. 면접 볼 때도 좀 소극적이었잖아요.

이 대리 : 그러고 보니 선배들과 잘 어울리지 못하는 것 같기는 합니다. 지난번 회식 때도 조용히 혼자 있으려고 하고요.

김 과장 : 회사일이 동료들과 함께 해 나가는 것인데…….

이 대리 : 그래도 불성실하고 업무에 실수가 많은 것보다는 낫지 않겠습니까? 아무래도 직장 생활이 처음이라서 그럴 겁니다.

김 과장 : 그럴 수도 있겠네요. 시간이 지나면 괜찮아지겠지요.

新語彙

- 신입사원 新職員
- 성실하다 誠實的、老實的
- 소극적이다 消極的
- 그러고 보니 這樣看起來
- 회식 聚餐
- 혼자 獨自
- 불성실하다 不誠實的、不老實的
- 낫다 比較好的
- 아무래도 不管怎麼說、不管怎麼樣

3

친구들은 나보고 성격이 좋다고 말한다. 털털하고 활발해서 아무하고나 쉽게 친해지고, 실수를 하고 덤벙대는 모습이 재미있다고도 한다. 그래서 지금까지는 내 이런 성격을 좋아했다.

그러나 덤벙대는 성격 때문에 큰 실수를 한 뒤로 내 성격에 대해 다시 생각하게 되었다. 이번 학기에 장학생으로 추천을 받은 나는 신청 서류를 하나하나 꼼꼼히 준비했다. 마침내 준비를 다 한 뒤 신청서를 내러 사무실에 갔는데 신청 접수일이 지났다는 것이다. 신청 접수 마감일을 시작일로 잘못 안 것이다. 덤벙대는 성격 때문에 한 학기 장학금이 날아갔다. 지금까지는 실수를 해도 "괜찮아. 잘될 거야!"라고 생각하면서 금방 잊어버리고 같은 실수를 반복했는데 이번 일을 계기로 이런 덤벙대는 성격을 바꾸어야겠다고 생각했다.

新語彙

- -보고 對（誰說某事）
- 털털하다 隨和的
- 덤벙대다 魯莽的
- 추천 推薦
- 신청 서류 申請文件
- 꼼꼼히 仔細地
- 마침내 終於、最後
- 접수 接受
- 마감일 截止日
- 계기 契機

혈액형과 성격 血型和性格

- 여러분의 혈액형은 무엇입니까? 혈액형에 따라 성격이 다르다는 이야기를 들어 본 적이 있어요? 아래의 설명을 읽고 자신의 성격과 비슷한지 이야기해 보세요.
  各位是什麼血型呢？各位有聽過血型不同性格也會不一樣的說法嗎？請讀完以下的說明，說說看與自己的性格是否相符。

A형은 소심하고, B형은 이기적이며, O형은 고집이 세고, AB형은 독특하다.
A型的人膽子不夠大，做事過於小心；B型的人比較自私；
O型的人比較固執；AB型的人較為獨特。

- 한국에서는 왜 이런 말이 생겼는지, 정말 혈액형과 성격은 관계가 있는지 다음 글을 읽어 보세요.
  為什麼在韓國會有這樣想法呢？請閱讀以下的文章，看看血型與性格是否真有關係。

血型的分類在人口質性較相同的世界許多地區是毫無意義的。例如：歐洲人中，A型和O型最為普遍。在一些南美種族中，99%的人是O型。相反地，亞洲地區的4種血型則平均分布，因此有些人認為血型分類是區分人口分布的一個絕佳依據。尤其在韓國和日本，普遍相信血型和性格有關。從科學觀點來看，血型和性格沒有關連性。雖然大多數的韓國人都明白這個道理，但為了想更了解他人，經常會詢問對方血型來做為初次交談的話題。

- 여러분 나라에서도 이렇게 혈액형과 같은 것으로 성격을 추측해요?
  在各位的國家也會像這樣以血型來推斷性格嗎？

말하기 연습 口說練習

1 〈보기〉와 같이 이야기해 보세요.

> 보기
> **활발하다, 모두들 좋아하다**
> 가 : 김민수 씨는 성격이 어때요?
> 나 : 활발해서 모두들 좋아해요.

❶ 성격이 급하다, 무슨 일이든지 빨리 하다

❷ 적극적이다, 뭐든지 열심히 하다

❸ 꼼꼼하다, 작은 것까지 확인하다

❹ 사교적이다, 사람들과 잘 어울리다

❺ 소극적이다, 자기표현을 잘 안 하다

❻ 고집이 세다, 자기주장이 너무 강하다

성격 1 性格1

적극적이다 積極的
소극적이다 消極的
활발하다 活潑的
조용하다 安靜的
성격이 급하다 性格急躁
느긋하다 不慌不忙的
꼼꼼하다 細心的
덤벙대다 魯莽的
털털하다 隨和的
사교적이다 社交的、善於交際的
내성적이다 內向的
고집이 세다 非常固執
이기적이다 自私的

2 〈보기〉와 같이 이야기해 보세요.

> 보기
> **활발하다, 사람을 잘 사귀다**
> 가 : 세아 씨 성격이 참 부러워요.
> 나 : 왜요?
> 가 : 활발해서 사람을 잘 사귀잖아요.

❶ 적극적이다, 자기주장이 확실하다

❷ 느긋하다, 걱정이 별로 없다

❸ 사교적이다, 자기표현을 잘하다

❹ 성실하다, 믿음이 가다

❺ 털털하다, 작은 일에 신경 쓰지 않다

❻ 꼼꼼하다, 일에 실수가 없다

성격 2 性格2

자기밖에 모르다 只知道自己
자기주장이 강하다 自我主張非常強烈
작은 일에 신경 쓰지 않다 不在乎小事
사람들과 잘 어울리다 跟別人處得很好
자기표현을 잘 안 하다 不太表現自己的主張

新語彙

부럽다 羨慕的
믿음이 가다 有信心、可信

3 〈보기〉와 같이 이야기하고, 마음에 안 드는 성격에 대해서 친구와 이야기해 보세요.

보기	
덤벙대다	가 : 자신의 성격 중 마음에 안 드는 게 있어요? 나 : 글쎄요. 제 성격 중에 마음에 안 드는 것은 덤벙대는 거예요.

新語彙
게으르다 懶惰的

❶ 게으르다
❷ 소극적이다
❸ 너무 꼼꼼하다
❹ 내성적이다
❺ 고집이 세다
❻ 너무 부지런하다

4 〈보기〉와 같이 이야기해 보세요.

보기	
부지런하다 / 가만히 앉아 있다	가 : 저 사람 정말 부지런한 것 같아요. 나 : 그래서 가만히 앉아 있지를 못해요.

新語彙
제때 即時

❶ 게으르다 / 제때 일을 끝내다
❷ 소극적이다 / 새로운 사람과 잘 사귀다
❸ 착하다 / 부탁을 거절하다
❹ 활발하다 / 말 없이 조용히 있다
❺ 이기적이다 / 다른 사람과 어울리다
❻ 성격이 급하다 / 다른 사람을 기다려 주다

5 〈보기〉와 같이 이야기해 보세요.

보기

아무하고나 이야기를 잘하다 / 사교적이다

가 : 세아 씨는 아무하고나 이야기를 잘하네요.
나 : 네, 제가 좀 사교적인 편이에요.

新語彙
말을 걸다 搭話、攀談

❶ 아무 데서나 잘 자다 / 털털하다
❷ 아무 때나 노래를 하다 / 활발하다
❸ 아무 일이나 다 하다 / 적극적이다
❹ 아무한테나 말을 잘 걸다 / 성격이 좋다

6 〈보기〉와 같이 이야기해 보세요.

보기

활발하다 / 사실은 내성적이다

가 : 성격이 활발하지요?
나 : 그렇지도 않아요. 겉으로 보기에 활발한 것 같지만 사실은 내성적이에요.

新語彙
의외로 意外地

❶ 조용하다 / 한번 친해지면 말을 많이 하다
❷ 적극적이다 / 내가 좋아하는 일을 할 때만 그렇다
❸ 꼼꼼하다 / 저도 실수할 때가 많다
❹ 사교적이다 / 의외로 혼자 있는 것을 좋아하다
❺ 소극적이다 / 일을 할 때는 다르다
❻ 털털하다 / 사실은 걱정이 많다

7 〈보기 1〉이나 〈보기 2〉와 같이 이야기해 보세요.

보기 1

사교적이다, 사람들도 쉽게 사귀다 / 사람을 깊이 사귀지를 못하다

가 : 세아 씨는 사교적이어서 좋겠어요. 사람들도 쉽게 사귀고요.
나 : 그런 면도 있지만 대신 사람을 깊이 사귀지를 못해요.

보기 2

내성적이다, 사람들과 어울리지도 못하다 / 한번 친해지면 오래 가다

가 : 저는 내성적인 성격이 마음에 안 들어요. 사람들과 어울리지도 못하고요.
나 : 그럴 수도 있지만 대신 한번 친해지면 오래 가잖아요.

新語彙

여유 시간 空閒時間
시간에 쫓기다 被時間追趕
지루하다 無聊的、煩人的
주관이 뚜렷하다 非常主觀

❶ 부지런하다, 일도 제시간에 끝내다 / 여유 시간을 즐기지 못하다

❷ 활발하다, 친구도 많다 / 혼자 있는 것을 참지를 못하다

❸ 느긋하다, 언제나 여유가 있어 보이다 / 일할 때는 도움이 안 되다

❹ 급하다, 언제나 시간에 쫓기다 / 일을 제때 끝내다

❺ 덤벙대다, 물건도 자주 잃어버리다 / 생활이 지루하지는 않다

❻ 고집이 세다, 주위 사람들도 싫어하다 / 자기 주관이 뚜렷하다

8 〈보기〉와 같이 이야기해 보세요.

보기

꼼꼼하다 / 실수 없이 일을 끝낸 적이 없다, 덤벙대다

가 : 꼼꼼한 것 같아요.
나 : 제가요? 실수 없이 일을 끝낸 적이 없을 정도로 덤벙대요.

1. 활발하다 / 집에서는 말 한 마디 안 하다, 조용하다
2. 성격이 좋다 / 모두들 같이 일을 안 하려고 하다, 이기적이다
3. 적극적이다 / 자기소개도 잘 못 하다, 소극적이다
4. 이기적이다 / 문제가 생기면 모두들 저에게 부탁을 하다, 착하다
5. 내성적이다 / 학교 사람들이 모두 다 나를 알다, 사교적이다
6. 부지런하다 / 손가락 하나 까닥 안 하다, 게으르다

9 여러분의 성격에 대해 〈보기〉와 같이 친구와 이야기해 보세요.

보기

가 : 영진 씨는 성격이 어때요?
나 : 저는 좀 내성적인 편이에요. 그래서 사람들을 쉽게 사귀지를 못해요. 세아 씨는 활발해서 좋겠어요. 아무하고나 쉽게 잘 사귀고요.
가 : 그렇지도 않아요. 겉으로 보기에는 활발한 것 같지만 사실은 걱정도 많고 소극적인 편이에요. 그래서 작은 일만 있어도 걱정이 돼서 잠을 못 잘 정도예요.

발음 發音

語塊表現的語調

영수 씨는 꼼꼼한 편이에요. (×)

영수 씨는 꼼꼼한 편이에요. (○)

像꼼꼼한 편이에요、없을 정도로、참지를 못해요這樣的語塊表現，通常是一口氣說完。雖然這些表現由兩個以上的單字所組成，但卻表現一個完整的意思。

▶ 연습해 보세요.

(1) 가 : 내성적인 편이에요?
나 : 네, 그래서 사람들을 쉽게 사귀지 못해요.

(2) 가 : 요코 씨는 실수를 안 하지요?
나 : 맞아요. 참 꼼꼼한 것 같아요.

(3) 가 : 한국어를 얼마나 할 수 있어요?
나 : 생활하는 데 불편하지 않을 정도는 해요.

新語彙

손가락 하나 까닥 안 하다
連一根手指頭都不動

활동 活動

聽力_듣기

1 라디오 방송에서 인터뷰를 하고 있습니다. 잘 듣고 질문에 대답하세요.
電台廣播正在做訪問。請仔細聽完後，回答問題。

- 남자의 직업은 무엇인 것 같아요?
  這男子的職業是什麼呢？

- 다시 들으면서 남자의 실제 성격은 어떤지 메모해 보세요.
  請再聽一次，並簡單寫下這男子的實際性格。

- 여러분이 좋아하는 영화배우가 있어요? 그 영화배우의 실제 성격은 어떨 것 같아요?
  各位有喜愛的電影演員嗎？各位覺得那電影演員的實際性格如何呢？

新語彙

모시다 侍奉、供奉
인기를 얻다 受到歡迎、走紅
느리다 緩慢的

2 다음은 면접 상황에서 자신의 성격에 대해 이야기하고 있는 내용입니다. 잘 듣고 아래의 내용이 맞으면 ○, 틀리면 ×에 표시하세요.
以下是在面試中敘述自己性格的內容。請仔細聽，下方內容正確的話，請標示O。錯誤的話，請標示X。

1) 이 사람은 느긋하지만 꼼꼼한 성격이다. ○ ×
2) 이 사람은 고집 센 성격이 좋다고 생각한다. ○ ×
3) 이 사람은 성격은 변하기 어렵다고 생각한다. ○ ×

新語彙

장점 優點、長處
설득하다 說服
확신이 있다 有自信
단점 缺點、短處
괴롭히다 為難、欺負

口說_말하기

1 친구의 성격에 대해 3~4명이 한 조가 되어 이야기해 보세요.
請以3～4人為一組，針對朋友的性格談論看看。

- 친구와 함께 성격에 대해 묻고 대답해 보세요.
  請針對性格與朋友提問與回答看看。

  1) 성격이 어때요?

  2) 좋은 성격과 나쁜 성격은 어떤 것입니까?

  3) 왜 그렇게 생각해요?

- 친구의 성격 중 여러분이 닮고 싶은 성격이 있어요?
  在朋友的性格當中，有各位想要相似的性格嗎？

- 친구의 좋은 성격에 대해 이야기해 주세요.
  請針對朋友好的性格來談論看看。

2 자기의 성격에 대해 이야기해 보세요.
請試著談論自己的性格。

- 여러분의 성격 중 어떤 면이 좋다고 생각해요? 그리고 어떤 면이 나쁘다고 생각해요?
  各位認為自己的性格中有什麼方面是好的呢？還有什麼方面是不好的呢？

- 자신의 성격에 대해 발표해 보세요.
  請試著針對自己的性格發表看看。

- 친구의 발표를 듣고 여러분이 평소에 생각했던 점과 다른 것이 있으면 이야기해 보세요.
  聽完朋友的發表後，如果有與各位平時想的不一樣的地方，請試著說說看。

閱讀_읽기

1 다음은 성격 테스트 글입니다. 잘 읽고 여러분의 성격과 맞는지 확인해 보세요.
以下是有關測驗性格的文章。請仔細閱讀完後，確認與各位的性格是否相符。

- 좋아하는 색깔과 성격이 관련이 있다고 생각해요?
  各位認為喜愛的顏色是否與性格有關聯性？

- 다음 중 좋아하는 색깔을 고르고 같은 색깔을 고른 사람들의 성격이 비슷한지 이야기해 보세요.
  請在下方選出自己喜愛的顏色，並說說看與自己選擇相同顏色的人性格是否相同。

자동차를 사려고 합니다. 마음에 드는 차의 색깔을 골라 보세요.

- 자기가 고른 색깔에 대한 글을 읽고 여러분의 성격과 맞는지 생각해 보세요.
  下方是針對自己所選顏色的說明文章，請在讀完後想想看與各位的性格是否相符。

□ **흰색 :** 당신은 자신의 마음을 잘 표현하지 않는 사람입니다. 그리고 다른 사람의 실수는 물론 자신의 실수도 용서하지 않는 ㉠완벽주의자입니다.

□ **파란색 :** 당신은 내성적이며 생각이 많은 사람입니다. 돈보다 마음의 만족을 중요하게 생각하지요. 겉으로 보기에 ㉡냉정한 것 같지만 사실은 따뜻한 마음을 갖고 있습니다.

□ **까만색 :** 당신은 성공을 중요하게 생각하는 사람입니다. 희망과 꿈이 크고 미래를 위해 열심히 노력합니다. 작은 것 하나도 지고 싶어하지 않습니다.

□ **빨간색 :** 당신은 ㉢외향적인 성격으로 감정 표현을 잘하는 사람입니다. 낙천적이어서 작은 일에 신경을 쓰지 않고 생각보다 행동을 먼저 하는 경우가 많습니다.

新語彙

표현하다 表現
용서하다 寬恕、原諒
만족 滿足
희망 希望
지다 輸
낙천적이다 樂天的
신경을 쓰다 費心

- 맞는 부분과 그렇지 않은 부분에 대해 친구와 이야기해 보세요.
  請與朋友聊聊相符，以及不相符的部分。

- 전체를 다시 한 번 읽고 ㉠~㉢이 각각 무슨 뜻인지 이야기해 보세요.
  請全部再讀一次，說說看㉠~㉢各是什麼意思。

寫作_쓰기

1 여러분의 성격을 설명하는 글을 써 보세요.
請試著寫一篇文章來說明各位的性格。

- 어떤 내용으로 구성하면 좋을지, 꼭 포함시켜야 할 내용이 무엇인지 생각해 보세요.
  請想想看用什麼內容組成比較好？還有必須包含的內容有什麼呢？

- 성격의 특징(장점・단점)이 잘 드러나는 구체적인 예를 들어 여러분의 성격을 설명하는 글을 써 보세요.
  請舉出表現性格特徵（優點、缺點）的具體事例，來寫一篇文章說明各位的性格。

- 친구의 글을 읽고 친구의 성격이 잘 설명되었는지 이야기해 주세요.
  請讀完朋友的文章後，說說看是否切確說明了朋友的性格。

자기 평가 自我評價

● 자신의 성격에 대해 이야기할 수 있어요? 各位能談論自己的性格嗎？	非常棒 ●—●—●—●—● 待加強
● 성격의 장점・단점에 대해 이야기할 수 있어요? 各位能談論自己性格的優缺點嗎？	非常棒 ●—●—●—●—● 待加強
● 성격을 설명하는 글을 읽고 쓸 수 있어요? 各位能夠讀懂，並且書寫一篇文章來說明性格嗎？	非常棒 ●—●—●—●—● 待加強

문법 文法

1 -잖아요

- -잖아요接在動詞、形容詞、「名詞＋이다」之後，提醒聽話者已經知道的事實。
- -잖아요用於非正式的場合。

(1) 가: 왜 수연이를 좋아해요?
    나: 다른 건 몰라도 수연이가 성격이 좋잖아요.
(2) 가: 영진 씨, 아직도 숙제를 안 끝냈어요?
    나: 제가 좀 게으르잖아요. 이해하세요.
(3) 가: 공부 안 하고 계속 놀 거예요? 시험이 일주일도 안 남았잖아요.
    나: 저도 아는데 하기가 싫어요.
(4) 가: 그 사람 계속 만날 거예요?
    나: 네, ______________________________.

2 -지 못하다

- -지 못하다接在動詞的語幹後，表現不能，或某事無法如願。
- -지 못하다用於陳述句和疑問句中，但不能用於命令句或共動句中。

(1) 가: 영진 씨는 좀 소극적이네요.
    나: 네, 그래서 사람을 빨리 사귀지를 못해요.
(2) 가: 영진 씨, 이 부분이 빠졌네요.
    나: 죄송해요. 제가 좀 덤벙대서 하나하나 확인하지 못할 때가 많아요.
(3) 가: 동창회 어땠어요?
    나: 어제 너무 바빠서 가지 못했어요.
(4) 가: 이제 테니스를 잘 치겠네요.
    나: ______________________________.

新語彙

빠지다 遺漏
동창회 同學會

3 아무 -(이)나

- 아무 -(이)나使用「아무＋名詞＋(이)나」的型態，表現不論場所／人／事物的情況如何，都能坦然接受之意。

(1) 가: 세아 씨는 아무거나 잘 먹고 아무 데서나 잘 자네요.
 나: 네, 제가 좀 털털한 편이에요.
(2) 가: 서류를 받으러 누가 갈까요?
 나: 아무나 오세요.
(3) 가: 모르는 게 있으면 어떻게 하지요?
 나: 전 괜찮으니까 아무 때나 전화하세요.
(4) 가: 오늘 점심은 뭘 먹을까요?
 나: ________________.

4 -(으)ㄹ 정도

- -(으)ㄹ 정도接在動詞的語幹後，在描述某特定例子的狀態時使用。
- 這分為兩種型態。
 a. 如果語幹以母音或ㄹ結尾時，使用-ㄹ 정도。
 b. 如果語幹是ㄹ之外的子音結尾時，使用-을 정도。
- -(으)ㄹ 정도이다、-(으)ㄹ 정도로的型態常被使用。

(1) 가: 영진 씨 성격은 어때요?
 나: 모르는 사람하고는 말 한 마디 안 할 정도로
 내성적이에요.
(2) 가: 영화 어땠어요?
 나: 관객들이 다 울 정도로 슬펐어요.
(3) 가: 좀 더 드세요.
 나: 아니에요. 너무 많이 먹어서 배가 터질 정도예요.
(4) 가: 그 행사에 사람이 많이 왔어요?
 나: 네, 행사장에 사람이 다 들어갈 수 없을 정도였어요.
(5) 가: 이 선생님이 참 친절하시죠?
 나: ________________.
(6) 가: 공부 많이 했어요?
 나: ________________.

新語彙
행사 活動、典禮

제5과 생활 예절
生活禮節

目標

各位將能針對公共禮節和規則提問與回答。

主題 | 生活禮節
功能 | 談論公共場所中的生活禮儀、針對規則提問與回答
活動 | 聽力： 聆聽有關韓國人禮節的內容、聆聽一段公共場所的廣播
口說： 談論有關失禮的行為、談論各國不同的生活禮節
閱讀： 閱讀有關公共禮節的廣告
寫作： 寫一篇文章來說明自己國家的禮節
語彙 | 公共規則、失禮的行為、禮節・秩序
文法 | -게 하다、-줄 알다/모르다、-다면서요、-(으)ㄹ 텐데요
發音 | -줄 알다/모르다的語調
文化 | 年齡對韓國人所具有的意義

제5과 **생활 예절** 生活禮節

도입 引言

1. 여기는 어디입니까? 이 사람들은 왜 자리에 앉지 않을까요?

2. 여러 사람이 이용하는 공공장소에서 지켜야 할 예절로 무엇이 있을까요?

대화 & 이야기

對話&敘述

1

수　연 : 마이클 씨, 물 달라고 했지요? 여기 물 드세요.

마이클 : 네, 고마워요.

수　연 : 어, 마이클 씨. 왜 고개를 돌리고 마셔요?

마이클 : 이상해요? 한국에서는 뭔가를 마실 때 고개를 돌리고 마셔야 한다면서요?

수　연 : 그건 윗사람 앞에서 술을 마실 때만 그렇게 하고요. 저처럼 나이가 비슷한 친구 사이에서는 그럴 필요 없어요.

마이클 : 그래요? 저는 한국에서는 언제나 이렇게 해야 하는 줄 알았어요. 우리나라하고 다른 예절이 많아서 좀 어려워요.

수　연 : 앞으로 하나씩 천천히 배우면 되지요.

新語彙

고개를 돌리다 回頭
윗사람 長輩、長者
예절 禮節

2

민호 : 요즘 고등학생들은 너무 예의를 모르는 것 같아.

유키 : 왜? 무슨 일 있었어?

민호 : 오늘 여기 오는 버스에 여학생 세 명이 탔는데 너무 시끄러운 거야. 큰 소리로 웃고 떠드는데, 그 소리가 온 버스에 다 들릴 정도였어.

유키 : 전에는 여학생들 웃는 모습만 봐도 예쁘다면서?

민호 : 내 말이. 웬만해서는 예쁘다고 생각했을 텐데. 그 여학생들은 예의도 없고 말투도 너무 거칠어서 듣고 있던 나까지 짜증 나게 할 정도였어.

유키 : 요즘 학생들이 욕도 많이 하고, 어른들이 이해할 수 없는 말을 많이 해서 문제라면서?

민호 : 나도 그런 이야기를 듣기는 했는데 이렇게 심한 줄 몰랐지.

新語彙

예의 禮儀
떠들다 喧嘩、吵鬧
온 全部的、所有的
웬만하다 一般的、差不多的
말투 口氣、口吻
거칠다 粗魯、粗糙
욕을 하다 罵髒話、辱罵

3

오늘 점심을 먹으러 식당에 갔을 때의 일이다. 우리 옆자리에 한 가족이 앉았는데 초등학생 정도의 아이 두 명이 부모와 함께 왔다. 이 아이들은 식당에 들어올 때부터 식당이 자기 집인 줄 아는 것 같았다. 소리를 지르고 이것저것 식당 물건을 만지는 등 제멋대로 행동을 해서 옆에서 밥을 먹는 우리까지 신경이 쓰이게 했다.

아이들의 부모님이 아이들에게 주의를 시키면 좋았을 텐데. 그 부모는 아이에게는 관심도 없이 자기들 할 일만 하고 있었다. 처음에는 아이들을 보고 귀엽다고 생각했지만 나중에는 그런 마음이 다 사라졌다. 누구나 좋아하는 아이로 키우고 싶으면 공공장소 예절부터 가르쳐야 할 것이다.

新語彙

초등학생 小學生
만지다 摸、碰
신경이 쓰이다 費神、煩心
주의를 시키다 使注意、警告
귀엽다 可愛的
사라지다 消失
키우다 養育
공공장소 公共場所

한국인에게 나이란 年齡對韓國人所具有的意義

- 한국 사람은 처음 사람을 만나면 나이를 자주 묻지요? 다른 나라에서는 아주 실례되는 행동인데 한국에서는 왜 나이를 묻는지 그 이유를 알아요?
  韓國人如果與人初次見面的話，常會詢問年紀吧？在別的國家這是非常失禮的行為，但各位知道在韓國為什麼會詢問對方的年紀呢？

- 다음은 한국인이 나이를 먼저 묻는 이유에 대한 설명입니다. 다음을 읽고 그 이유를 알아보세요.
  以下是說明韓國人為什麼會先詢問對方年紀的理由。請仔細閱讀後，瞭解一下理由是什麼。

韓國文化中非常敬重年長者。所以，韓國人認為遇到比自己年長的人時，待之以禮是理所當然的。諸如使用敬語、傳遞物品時使用雙手，或年長者先用餐等都是其中的例子。韓國人會依據對方年紀是否比自己大或小，來決定溝通的方式。因此，在韓國初次見面時詢問年紀，是一件很重要的事情。在韓國詢問年紀是為了尊重對方而預做準備的方式。

- 여러분 나라에도 상대방의 나이에 따른 예절이 있어요? 그렇다면 상대방의 나이를 어떻게 확인해요?
  在各位的國家中，依照年紀不同，也會有不同的禮節嗎？那麼會如何確認對方的年紀呢？

말하기 연습 口說練習

1 〈보기〉와 같이 이야기해 보세요.

출입금지

들어가다

가 : 들어가도 돼요?
나 : 여기는 출입 금지니까
들어가면 안 돼요.

❶ 

금 연

담배를 피우다

❷ 

주차금지

주차하다

❸ 

음 식 물
반입금지

음식물을 가지고 가다

❹ 

애완동물
출입금지

개를 데리고 들어가다

공공 규칙 公共規則

- 금연 禁菸
- 노약자석 博愛座
- 출입 금지 禁止出入
- 주차 금지 禁止停車
- 음식물 반입 금지 禁止攜帶外食
- 애완동물 출입 금지 禁止攜帶寵物
- 휴대 전화 사용 금지 禁止使用手機

2 〈보기〉와 같이 이야기해 보세요.

보기

공공장소, 다른 사람에게 피해를 주는 행동을 하다

가 : 예의 없는 사람들이 많지요?
나 : 맞아요. 공공장소에서 다른 사람에게 피해를 주는 행동을 하는 사람들도 있고요.

❶ 길거리, 쓰레기를 버리다

❷ 정류장, 새치기를 하다

❸ 극장, 전화 통화를 하다

❹ 공연장, 함부로 사진을 찍다

❺ 지하철, 다리를 벌리고 앉다

❻ 길거리, 침을 뱉다

예의 없는 행동 失禮的行為

- 예의 없이 행동하다 做出失禮的行為
- 다른 사람에게 피해를 주다 造成別人的損失、困擾
- 함부로 하다 妄為、胡來
- 큰 소리로 떠들다 大聲喧嘩
- 새치기를 하다 插隊
- 침을 뱉다 吐口水

新語彙

- 벌리다 張開、打開

3 〈보기〉와 같이 이야기해 보세요.

보기

저 남자, 예의가 없다

가 : 저 남자는 예의가 없는 것 같아요.
나 : 맞아요. 저도 그렇게 생각해요.

1 저 여자, 예의를 모르다
2 저 아이, 예의가 바르다
3 저 사람, 다른 사람을 잘 배려하다
4 이 나라 사람들, 질서를 잘 안 지키다
5 이곳 사람들, 질서를 잘 지키다
6 저런 행동, 예의에 어긋나다

예의 · 질서 禮儀 · 秩序

예의가 있다 有禮貌
예의가 없다 沒禮貌
예의가 바르다 彬彬有禮
예의에 어긋나다 違背禮儀
질서를 잘 지키다 非常遵守秩序
질서를 잘 안 지키다 不太遵守秩序
다른 사람을 잘 배려하다 很體貼他人、很照顧他人

4 〈보기〉와 같이 이야기해 보세요.

보기

물어보지도 않고 이것저것 만지다, 화가 나다

가 : 기분 나쁜 일이 있어요?
나 : 물어보지도 않고 이것저것 만져서 화가 나게 하잖아요.

1 큰 소리로 떠들다, 짜증이 나다
2 다리를 벌리고 앉다, 우리도 못 앉다
3 극장에서 전화를 받다, 영화도 못 보다
4 소리 내며 음식을 먹다, 얼굴을 찌푸리다
5 하지 말라는 것만 하다, 열 받다
6 미안하다고 말도 안 하다, 기분을 상하다

新語彙

찌푸리다 皺、蹙
열 받다 氣人
기분을 상하다 傷人、讓人受傷

5 〈보기〉와 같이 이야기해 보세요.

보기

어른이 드시기 전에 먼저 먹다 / 그런 예절이 있다, 모르다	가 : 어른이 드시기 전에 먼저 먹으면 안 돼요. 나 : 그런 예절이 있는 줄 몰랐어요.

❶ 개를 데리고 들어오다 / 애완동물 출입 금지이다, 모르다

❷ 노약자석에 앉다 / 여기가 노약자석이다, 모르다

❸ 새치기를 하다 / 줄을 서 있다, 모르다

❹ 사진을 찍다 / 찍어도 되다, 알다

❺ 지금 건너다 / 파란불이다, 알다

❻ 여기에서 담배를 피우다 / 야외니까 피워도 되다, 알다

6 〈보기〉와 같이 이야기해 보세요

보기

노약자석에 앉으면 안 되다 / 비워 두는 게 좋다	가 : 노약자석에 앉으면 안 된다면서요? 나 : 네, 비워 두는 게 좋아요.

❶ 어른 앞에서 담배를 피우면 안 되다 / 그러면 안 되다

❷ 어른께는 물건을 두 손으로 드려야 하다 / 한 손으로 드리면 실례이다

❸ 집에 들어갈 때 신발을 벗다 / 신고 들어가면 안 되다

❹ 운전석이 왼쪽에 있다 / 일본하고 반대이다

❺ 친한 친구끼리 팔짱을 끼고 다니다 / 그건 이상한 게 아니다

❻ 처음 만난 사이에도 나이를 묻다 / 그래도 실례가 아니다

발음 發音

-줄 알다/모르다的語調

가 : 들어가면 안 돼요.
나 : 미안합니다. 저는 들어가면 안 되는 줄 몰랐어요.
다 : 저도 들어가도 되는 줄 알았어요.
라 : 나는 들어가면 안 되는 줄 알았는데.

「-줄 알다/모르다」句型中的語調，會隨著說話者的意向產生變化。如果說話者真的不知道不能進去房間，或者已經知道但還是進去了，那麼這句子就必須拆成들어가면 안 되는 줄和몰랐다/알았다。但如果誤以為可以進去房間，就必須一口氣說完되는 줄 알았다。

▶ 연습해 보세요.

(1) 가 : 웨이 씨 한국말 잘하죠?
나 : 네, 저는 한국 사람인 줄 알았어요.

(2) 가 : 와, 우산 가지고 왔네.
나 : 응, 나는 비가 올 줄 알았어.

(3) 가 : 왜 숙제를 안 했어요?
나 : 저는 숙제가 있는 줄 몰랐어요.

新語彙

팔짱을 끼다 勾手、袖手
실례이다 失禮的

7 친구들의 나라나 다른 나라의 생활 예절에 대해 〈보기〉와 같이 이야기해 보세요.

> 보기
> 일본에서는 밥그릇을 들고 먹는다면서요?

8 〈보기〉와 같이 이야기해 보세요.

> 보기
> 전화벨 소리가 너무 크다 / 진동으로 하면 좋다
> 가: 전화벨 소리가 너무 크네요.
> 나: 네, 진동으로 하면 좋을 텐데요.

❶ 식당에서 담배를 피우다 / 밖에 나가서 피우면 좋다

❷ 자리를 차지하고 신문을 보다 / 접어서 보면 되다

❸ 너무 오래 기다리다 / 한 줄로 서면 더 빠르다

❹ 선생님한테 반말로 이야기하다 / 그러면 안 된다는 것을 배웠다

❺ 할아버지가 서 계시다 / 자리를 양보하면 좋다

❻ 피곤할 텐데 노약자석을 비워 두다 / 사람이 왔을 때 비켜 주면 되다

新語彙

진동 震動
자리를 차지하다 佔位置
접다 折、疊
자리를 양보하다 讓位
비우다 空出
비키다 讓、躲避

9 한국이나 여러분이 가 본 나라 중에 가기 전에 생각했던 것과 다른 예절이나 규칙이 있었어요? 〈보기〉와 같이 친구와 이야기해 보세요.

> 보기
> 가: 한국에서는 어른을 대할 때 특별한 예절이 있다면서요?
> 나: 네, 친구들 앞에서 하는 것과는 다르지요.
> 가: 어떤 것을 하면 안 돼요? 조심해야 하는 것을 가르쳐 주세요.
> 나: 우선 높임말을 써야 하고요. 어른들께 물건을 드릴 때는 두 손으로 드려야 해요. 어른 앞에서는 담배를 피워도 안 되고요.
> 가: 우리나라와 이렇게 다른 게 많은 줄 몰랐어요.

新語彙

높임말 敬語

활동 活動

聽力_듣기

1 다음은 예의에 관한 대화입니다. 잘 듣고 아래의 내용이 맞으면 ○, 틀리면 ×에 표시하세요.
以下是有關禮儀的對話。請仔細聽，下方內容正確的話，請標示O。錯誤的話，請標示X。

1) 여자는 자기의 잘못을 사과하고 있다. ○ ×
2) 남자는 말보다 마음이 더 중요하다고 생각한다. ○ ×
3) 남자는 한국 사람의 마음을 잘 이해하고 있다. ○ ×

新語彙
치다 打
충분히 充分地
무시하다 輕視、瞧不起

2 다음은 공연장에서의 안내 방송입니다. 잘 듣고 아래의 내용이 맞으면 ○, 틀리면 ×에 표시하세요.
以下是表演場地的廣播。請仔細聽，下方內容正確的話，請標示O。錯誤的話，請標示X。

1) 공연 중에는 사진을 찍으면 안 된다. ○ ×
2) 휴대 전화 벨소리는 진동으로 바꾼다. ○ ×
3) 공연이 다 끝난 후에 박수를 쳐야 한다. ○ ×

新語彙
공연 公演、表演
관람 觀覽、參觀
소지품 攜帶品
좌석 座位
차다 踢
박수 拍手

口說_말하기

1 예의 없는 행동에 대해 이야기해 보세요.
請試著針對無禮的行為說說看。

- 여러분은 아래의 예의 없는 행동을 해 본 적이 있어요? 또는 다른 사람이 한 것을 본 적이 있어요?
  各位有做過以下的無禮行為嗎？或是看過別人做過嗎？

		나	다른 사람
1	무단 횡단하는 것		
2	새치기하는 것		
3	반말로 이야기하는 것		
4	공공장소에서 떠드는 것		
5			

新語彙
무단 횡단 闖越馬路

1) 어떤 상황이었어요?
是什麼樣的狀況呢？

2) 그때의 기분은 어땠어요?
那時的心情如何？

- 3~4명이 한 조가 되어 예의 없는 행동을 하거나 본 경험에 대해 이야기해 보세요.
  請以3～4人為一組，試著針對自己做過或是看過的無禮行為說說看。

2 여러분 나라와 친구 나라 또는 한국의 생활 예절에 대해 이야기해 보세요.
請試著針對各位的國家、朋友的國家，或是韓國的生活禮節說說看。

- 다음에 대해 메모해 보세요.
  請試著針對以下的問題簡單寫出答案。

1) 다른 나라와 다른, 여러분 나라의 예절로 어떤 것이 있어요?
各位國家與其他國家不同的禮節有什麼呢？

2) 한국과 여러분 나라의 공공장소 규칙 중에 불합리하다고 생각하는 규칙이 있어요?
在韓國和各位國家的公共場所規則當中，有各位認為不合理的規則嗎？

- 메모한 내용을 바탕으로 친구들과 생활 예절이나 공공 규칙에 대해 이야기해 보세요.
  請以寫下的內容為基礎，試著和朋友針對生活禮節或公共規則說說看。

閱讀_읽기

1 다음은 지하철 이용 예절에 관한 광고입니다. 잘 읽고 질문에 답하세요.
以下是有關地下鐵使用禮節的廣告。請仔細讀完後，回答問題。

● 다음 그림이 무엇을 의미하는지 이야기해 보세요.
請說說看以下的圖示代表什麼意義。

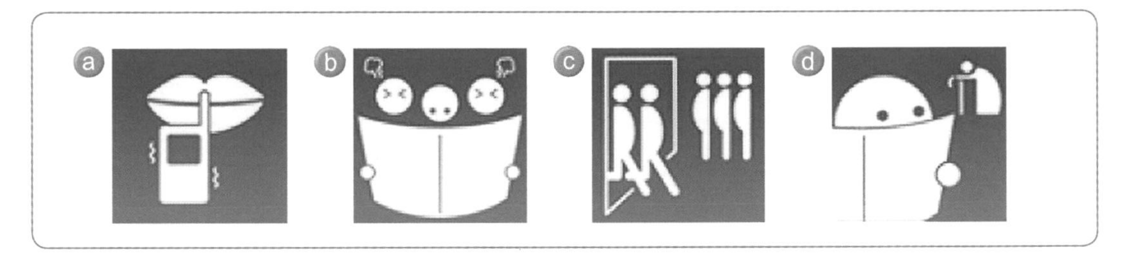

● 다음 글을 읽고 위의 그림 중 관련 있는 것을 고르세요.
請讀完文章後，選出與上方圖示相關的敘述。

1. 휴대 전화 벨소리는 진동으로 하고, 통화할 때는 작은 목소리로 하기
2. 장애인, 노약자, 임산부 등을 위해 노약자석은 비워 두고 어른에게는 자리 양보하기
3. 음악을 들을 때는 다른 사람에게 들리지 않도록 하고 대화는 조용히 하기
4. 신문을 볼 때는 반으로 접기
5. 애완동물을 데리고 지하철에 타지 않기
6. 차 안에 있는 승객이 내린 다음 승차하기

新語彙

장애인 身心障礙人士
노약자 老弱婦孺
임산부 孕婦
승객 乘客
승차하다 乘車

寫作_쓰기

1 여러분 나라의 예절을 설명하는 글을 써 보세요.
請試著寫一篇文章來說明各位國家的禮節。

- 여러분 나라에는 어떤 예절이 있어요?
  在各位國家中有什麼樣的禮節呢？

  1) 다른 나라와 다른, 여러분 나라만의 예절로 무엇이 있어요?
  各位國家有與其他國家不同的特有禮節嗎？

  2) 그러한 예절이 생긴 원인이나 배경은 무엇일까요?
  那種禮節產生的原因或背景是什麼呢？

- 위의 내용을 바탕으로 한국 또는 다른 나라와 비교하여 여러분 나라의 예절을 설명하는 글을 써 보세요.
  請以上方的內容為基礎，試著與韓國或其他國家比較，寫一篇文章來說明各位國家的禮節。

- 친구가 쓴 글을 읽어 보고 새롭게 알게 된 사실이 있으면 이야기해 보세요.
  請讀看看朋友所寫的文章，如果有新知道的事實，請試著說說看。

자기 평가 自我評價

● 공공장소에서 지켜야 할 예절에 대해 이야기할 수 있어요? 各位能談論公共場所必須要遵守的禮節嗎？	非常棒 ●—●—●—●—● 待加強
● 다른 나라의 예절에 대해 묻고 대답할 수 있어요? 各位能針對其他國家的禮節詢問，並且回答問題嗎？	非常棒 ●—●—●—●—● 待加強
● 공공 예절을 설명하는 글을 읽고 쓸 수 있어요? 各位能讀懂，並且書寫一篇文章來說明公共禮節嗎？	非常棒 ●—●—●—●—● 待加強

문법 文法

1 -게 하다

- -게 하다接在動詞或形容詞後，用於使某人做某事，或讓事物成為特定的情況。

(1) 가 : 무슨 일이 있었어요? 기분이 안 좋아 보여요.
나 : 저 사람이 금연인데도 자꾸 담배를 피워서 짜증 나게 하잖아요.
(2) 가 : 음식물을 갖고 못 들어가게 하네요.
나 : 네, 여기는 음식물 반입 금지예요.
(3) 가 : 무슨 좋은 일이 있나 봐요.
나 : 친구의 따뜻한 말 한마디가 나를 행복하게 하네요.
(4) 가 : 기분 나쁜 일이 있어요?
나 : ________________________________.

2 - 줄 알다/모르다

- -줄 알다/모르다接在動詞、形容詞或「名詞＋이다」後，表現說話者藉由某種方法得知（-줄 알다），或是完全沒想到（-줄 모르다）之意。
- 根據前面所接的詞性和時態，-줄 알다/모르다具有以下幾種型態：
a. 前接動詞時，依據時態具有多種型態。

過去式	現在式	未來式
-(으)ㄴ 줄 알다/모르다	-는 줄 알다/모르다	-(으)ㄹ 줄 알다/모르다

어제 비가 온 줄 알았어요.
지금 비가 오는 줄 알았어요.
내일 비가 올 줄 알았어요.

b. 前接形容詞時，依據資訊的量具有不同型態。

	有資訊	無資訊
있다, 없다	-는 줄 알다/모르다	-을 줄 알다/모르다
其他形容詞	-(으)ㄴ 줄 알다/모르다	-(으)ㄹ 줄 알다/모르다

대전에 살 때 대전이 큰 줄 알았어요. 그런데 서울에 와서 대전이 작다는 걸 알았어요.
대전이 클 줄 알았어요. 그런데 대전에 가 보니까 생각보다 작았어요.

新語彙
상영 중 （電影）上映中

(1) 가 : 여기에서 담배를 피우면 안 돼요.
나 : 그래요? 피우면 안 되는 줄 몰랐어요.
(2) 가 : 아직 들어가시면 안 돼요.
지금 영화 상영 중이에요.
나 : 죄송해요. 영화가 다 끝난 줄 알았어요.
(3) 가 : 왜 저 사람에게 한국말로 이야기했어요?
나 : 한국 사람인 줄 알았거든요.
(4) 가 : 음식이 많이 남았네요.
나 : 네, 사람들이 많이 올 줄 알고 음식을 많이 준비했어요.
(5) 가 : 정말 여기를 모르는 사람이 없지요?
나 : 네, 여기가 이렇게 유명한 줄 몰랐어요.
(6) 가 : 한국어 공부는 어때요?
나 : 많이 힘들 줄 알았는데 생각보다 어렵지 않아요.
(7) 가 : 왜 이렇게 늦게 왔어요?
나 : ______________________, 시간이 많이 걸렸어요.
(8) 가 : 수연 씨가 만든 음식 맛이 어때요?
나 : ______________________.

3 -다면서요

- -다면서요接在動詞、形容詞或是「명사＋이다」後，用於說話者向對方確認經由他人聽來的話語。
- 只要在-다型態後（文體裡的句子終結型態）接上-면서요即可。但「명사＋이다」的型態，則須接上-(이)라면서요。

	現在式	過去式	未來式
動詞	-ㄴ/는다면서요	-았/었/였다면서요	-(으)ㄹ 거라면서요 -겠다면서요
形容詞	-다면서요		
名詞＋이다	-(이)라면서요		

(1) 가 : 한국에서는 한 손으로 물건을 주면 안 된다면서요?
나 : 네, 특히 어른에게는요.
(2) 가 : 저 집 아이들은 예의가 바르다면서요?
나 : 네, 할아버지가 엄하셔서 교육을 잘 시켰다고 해요.
(3) 가 : 저 두 사람이 부부라면서요?
나 : 네, 지금까지 몰랐어요?
(4) 가 : 저도 밥 좀 주세요.
나 : 조금 전에 밥 먹었다면서요? 또 먹을 거예요?
(5) 가 : ________________________________?
일찍 왔네요.
나 : 사람들이 도와줘서 일이 빨리 끝났어요.
(6) 가 : ________________________________?
나 : 네, 그게 제 취미거든요.

新語彙
엄하다 嚴格的
부부 夫婦

4 -(으)ㄹ 텐데요

- -(으)ㄹ 텐데요接在動詞、形容詞、或「名詞＋이다」後，表現對某情況所做的強烈推測。推測的結果是與該情況相關或相反的內容。
- 推測的內容為現在式時，分為兩種型態。
  a. 如果語幹是以母音或ㄹ結尾時，使用-ㄹ 텐데요。
  b. 如果語幹是ㄹ以外的子音結尾時，使用-을 텐데요。
- 當推測過去發生的某事時，使用-았/었/였을 텐데요。

(1) 가 : 저 사람은 왜 저렇게 시끄럽게 말을 할까요?
나 : 그러게요. 다른 사람도 좀 생각하면 좋을 텐데요.
(2) 가 : 요즘 아이들은 예의를 모르는 경우가 많은 것 같아요.
나 : 맞아요. 어릴 때부터 예의를 가르쳐야 할 텐데요.
(3) 가 : 지금 가도 볼 수 있을까요?
나 : 지금 가면 벌써 끝났을 텐데요.
(4) 가 : 혼자서도 할 수 있을까요?
나 : ________________________________.

제6과 미용실

美容院

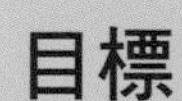

目標

各位將能在美容院裡描述自己喜歡的髮型。

主題	美容院
功能	說明髮型、建議適合的髮型
活動	聽力：聆聽一段美容院裡的對話、聆聽針對髮型的諮詢 口說：建議髮型、說明髮型 閱讀：閱讀一篇有關不同臉型所適合的髮型的文章 寫作：針對合適的髮型寫一篇諮詢的文章
語彙	髮型、使用美容院、整理頭髮的方法、外貌帶來的印象
文法	-게、-아/어/여 보이다、-던데요、ㅎ不規則形容詞
發音	字首子音的硬音化
文化	韓國人喜愛的髮型

제6과 **미용실** 美容院

도입 引言

1. 여기는 어디입니까? 이 사람들은 무엇을 하고 있어요?

2. 여러분은 최근에 미용실에 가 본 적이 있어요?

대화 & 이야기 對話&敘述

1

미용사 : 어서 오세요. 뭐 하시려고요?

손　님 : 머리 좀 자르려고요.

미용사 : 어떻게 잘라 드릴까요?

손　님 : 앞머리는 그냥 다듬기만 하고, 옆머리하고 뒷머리는 깔끔해 보이게 잘라 주세요.

미용사 : 그럼 옆머리하고 뒷머리는 좀 짧게 잘라 드리면 되겠네요.

손　님 : 네, 그리고 조금 밝은 갈색으로 염색도 하고 싶은데 어울릴까요?

미용사 : 네, 손님은 얼굴이 하얘서 밝은 색도 잘 어울릴 거예요.

손　님 : 그럼, 염색도 해 주세요.

新語彙

머리를 자르다 剪頭髮
앞머리 瀏海
머리를 다듬다 修剪頭髮
뒷머리 後面的頭髮
깔끔하다 俐落
염색하다 染色
하얗다 白色

2

미용사 : 어서 오세요. 어떻게 해 드릴까요?

손　님 : 굵은 웨이브 파마를 하고 싶은데요.

미용사 : 네, 머리 길이는 그대로 두고 파마를 해 드릴까요?

손　님 : 요즘 짧은 머리에 굵은 웨이브 파마를 하는 것이 유행이던데요. 머리를 짧게 자르면 손질하기 어려울까요?

미용사 : 아니에요. 파마를 하니까 별로 어렵지 않을 거예요.

〈파마가 끝난 후〉

미용사 : 어떠세요? 마음에 드세요?

손　님 : 예쁘긴 한데 너무 곱슬거리지 않아요?

미용사 : 지금은 처음이라서 그렇고요. 며칠이 지나면 자연스러워질 거예요.

손　님 : 손질은 어떻게 하면 돼요?

미용사 : 머리를 감은 후에 드라이로 말리고 왁스를 조금 발라 주면 돼요.

新語彙

굵다 粗的
웨이브 卷髮
파마하다 燙髮
손질하다 修整
곱슬거리다 卷曲
자연스럽다 自然的
머리를 감다 洗頭髮
드라이 吹風機
말리다 使乾燥
왁스（髮）蠟

3

대학생인 나. 벌써 대학교 3학년인데 아직까지도 내 머리 모양은 긴 생머리이다. 주위 사람들의 지겹지 않냐는 질문에 대답하는 것에도 지쳤다. '그래. 바꾸자!' 드디어 마음의 결심을 한 나는 몇 년 만에 미용실을 찾았다. 막상 미용실에 들어섰을 때 떨리는 마음. 그렇지만 이제 돌아가기도 어렵다. 얼굴이 작고 동그래서 짧은 파마머리도 잘 어울릴 것이라는 원장 선생님의 이야기에 힘을 얻은 나는 큰맘 먹고 파마를 하기로 했다.

긴 생머리를 짧게 자르고 파마를 하니까 정말 달라 보였다. 낯선 머리 모양 때문에 좀 어색했지만 미용실에 있는 사람들이 모두 훨씬 예쁘다고 하니까 자신감이 생겼다. 미용실을 나와 집으로 가려고 지하철역으로 갔다. 그런데 지하철역에서 지하철을 기다리고 있는데 어떤 아저씨가 나에게 이렇게 이야기했다. "아줌마, 이거 타면 수원까지 가요?"

新語彙

- 지겹다 厭煩的、討厭的
- 지치다 精疲力竭
- 동그랗다 圓的
- 원장 （美容院）院長
- 큰맘 먹다 痛下決心
- 낯설다 陌生的
- 어색하다 不自然的、尷尬的
- 자신감 自信感

한국 사람들이 좋아하는 머리 모양
韓國人喜愛的髮型

- 여러분은 어떤 머리 모양을 좋아해요? 한국 사람들이 좋아하는 머리 모양은 무엇일까요?
  各位喜歡什麼樣的髮型呢？韓國人喜歡的髮型是什麼呢？
- 다음은 한국 사람들이 좋아하는 머리 모양에 대한 글입니다. 여러분의 생각과 같은지 알아보세요.
  以下的文章是有關韓國人喜愛的髮型。請確認一下與各位的想法是否相同。

在韓國不論性別，都偏好又長又直的女性髮型。因為這種髮型俐落而又富有魅力，顯得很有女人味，讓人喚起一種古典的浪漫情懷，因此數年來都持續受到歡迎。雖然最近頻頻出現新的髮型，但都無法取代長又直的髮型。然而，大多數男性的頭髮卻都是剪得短短的，不過最近也開始流行有點長度的髮型。

- 여러분 나라 사람들에게 가장 인기가 있는 머리 모양에 대해 이야기해 보세요.
  請說說看各位國家中最有人氣的髮型。

말하기 연습 口說練習

1 그림을 보고 〈보기〉와 같이 이야기해 보세요.

보기

가 : 머리를 바꾸고 싶은데 어떤 머리가 어울릴까요?
나 : 긴 생머리가 어울릴 것 같아요.

①

②

③

④

머리 모양 髮型

생머리 直髮
곱슬머리 卷髮
단발머리（耳下或至後頸）短髮
커트 머리（打過層次的）短髮
파마머리 燙髮
스포츠머리 運動員髮型
대머리 光頭
긴 머리 長髮
짧은 머리 短頭髮

2 〈보기〉와 같이 이야기해 보세요.

보기

단발머리를 하다

가 : 어떻게 해 드릴까요?
나 : 단발머리를 하고 싶은데요.

① 파마를 하다
② 머리를 다듬다
③ 드라이하다
④ 머리를 깎다
⑤ 밝은 갈색으로 염색하다
⑥ 요즘 유행하는 머리로 하다

미용실 이용 使用美容院

머리를 하다 做頭髮
머리를 자르다 剪頭髮
머리를 깎다 剪頭髮、剃頭
머리를 다듬다 修剪頭髮
파마하다 燙頭髮
염색하다 染色
드라이하다 吹乾
층을 내다 打出層次
앞머리를 내리다 留瀏海

語言提示

「머리를 자르다」這表現短和長髮兩種髮型都適用。但머리를 깎다卻只適用於短髮。通常자르다是描述女性頭髮時使用，而깎다則用於指男性的頭髮。

3 〈보기〉와 같이 이야기해 보세요.

보기

짧다, 자르다

가: 어떻게 해 드릴까요?
나: 짧게 잘라 주세요.

新語彙

말다 捲

❶ 자연스럽다, 파마하다
❷ 굵다, 말다
❸ 밝다, 염색하다
❹ 너무 밝지 않다, 염색하다
❺ 예쁘다, 자르다
❻ 손질하기 쉽다, 자르다

4 〈보기〉와 같이 이야기해 보세요.

보기

머리를 풀다

가: 머리 모양이 달라졌네요. 머리 했어요?
나: 아니요, 그냥 머리를 풀었어요.

❶ 머리를 묶다
❷ 핀을 꽂다
❸ 왁스를 바르다
❹ 머리띠를 하다
❺ 드라이를 하다
❻ 머리를 넘기다

머리 손질법 頭髮的整理方式

머리를 감다 洗頭髮
머리를 말리다 吹頭髮
머리를 빗다 梳頭髮
왁스/무스를 바르다 抹髮蠟／慕斯
머리를 세우다 豎起頭髮
머리를 넘기다 頭髮向後梳
머리를 풀다 披髮
머리를 묶다 綁頭髮
머리를 땋다 綁辮子

新語彙

핀을 꽂다 別髮夾

5 〈보기〉와 같이 이야기하고, 친구의 머리 모양에 대해서 이야기해 보세요.

보기

어리다

가 : 저 머리했는데 어때요?
나 : 어려 보여요.

❶ 단정하다 ❷ 깔끔하다
❸ 세련되다 ❹ 귀엽다
❺ 차분하다 ❻ 우아하다

외모가 주는 인상
外貌給人的印象

단정하다 端正的、端莊的
깔끔하다 俐落的、乾淨的
지저분하다 亂七八糟的、骯髒的
세련되다 洗鍊的、簡鍊的
촌스럽다 俗氣的、土氣的
귀엽다 可愛的
우아하다 優雅的
차분하다 冷靜的、沈著的

新語彙

어리다 年幼的、幼小的

6 〈보기〉와 같이 이야기해 보세요.

보기

예쁘다

가 : 재은 씨 머리한 거 봤어요?
나 : 네, 예쁘던데요.

❶ 차분하다 ❷ 단정하다
❸ 몰라보겠다 ❹ 어울리다
❺ 10년은 젊어 보이다 ❻ 딴 사람 같다

新語彙

몰라보다 認不出來
젊다 年輕的
딴 別的、另外的

7 그림을 보고 〈보기〉와 같이 이야기해 보세요.

보기

가 : 은진 씨가 오늘 아주 예쁘게 하고 왔던데요.
나 : 저도 봤는데 머리를 파마하고 머리띠를 해서 아주 우아해 보였어요.

❶

❷

8 〈보기〉와 같이 이야기해 보세요.

보기

까만색으로 염색하다 / 하얗다, 안 어울리다

가 : 나, 까만색으로 염색하고 싶은데 어떨까?
나 : 너는 얼굴이 하얘서 까만색으로 염색하면 안 어울릴 것 같아.

❶ 밝은 갈색으로 염색하다 / 하얗다, 어울리다
❷ 짧은 단발머리로 자르다 / 동그랗다, 어울리다
❸ 굵게 파마하다 / 동그랗다, 안 어울리다
❹ 까만색으로 염색하다 / 좀 까맣다, 어울리다

9 친구에게는 어떤 머리가 잘 어울릴 것 같아요? 〈보기〉와 같이 친구에게 어울리는 머리 모양을 추천해 주세요.

보기

가 : 머리 모양을 바꾸고 싶은데요. 어떤 머리가 어울릴까요?
나 : 소희 씨는 얼굴이 동그라니까 층이 있는 단발머리를 해 보세요. 그러면 지금보다 어려 보일 것 같아요.
가 : 그래요? 염색도 해 보고 싶은데 어떤 색이 어울릴 것 같아요?
나 : 까만색으로 한번 해 보세요. 요즘 까만색이 유행이던데요.

新語彙

까맣다 黑的

발음 發音

字首子音的硬音化

머리를 조금만 [쪼금만]
잘라 주세요. [짤라]

韓國人習慣將字首的子音ㄱ、ㄷ、ㅂ、ㅅ、ㅈ硬音化，發成「ㄲ、ㄸ、ㅃ、ㅆ、ㅉ」的音。例如：좀、조금만、다른、자르다、자장면、작다、고추、생머리、곱슬머리等。

▶ **연습해 보세요.**

(1) 가 : 원래 생머리예요?
나 : 아니요, 곱슬머리예요.
(2) 가 : 고추가 맵네요.
나 : 작은 걸 드세요.
(3) 가 : 자장면 먹을래요?
나 : 아니요, 저는 다른 거 먹을래요.

활동 活動

聽力_듣기

1 다음은 미용실에서 머리 모양에 대해 이야기하는 대화입니다. 잘 듣고 맞는 그림을 고르세요.

以下是在美容院裡談論髮型的對話。請仔細聽完後，選出正確的圖示。

ⓐ  ⓑ  ⓒ  ⓓ 

1) 여자의 머리 모양은 지금 어떨까요?
這女子的髮型現在如何呢？

2) 여자의 머리 모양은 어떻게 바뀔까요?
這女子要換成什麼樣的髮型呢？

2 다음은 라디오 방송에서 머리 모양에 대한 고민을 상담하는 이야기입니다. 잘 듣고 아래의 내용이 맞으면 ○, 틀리면 ×에 표시하세요.

以下是在廣播中針對髮型的困擾所做的諮詢。請仔細聽，下方內容正確的話，請標示O。錯誤的話，請標示X。

1) 지금 김미영 씨의 머리 모양은 긴 생머리이다. ○ ×
2) 김미영 씨는 긴 생머리가 잘 어울린다. ○ ×
3) 김미영 씨는 앞머리를 자르지 않는 것이 좋다. ○ ×
4) 김미영 씨는 밝은 갈색으로 염색을 하는 게 좋다. ○ ×

新語彙

사연 書信的內容、公開信
퍼지다 展開、散開
효과 效果

口說_말하기

1 그림을 보고 미용사와 손님이 되어 가장 어울릴 것 같은 머리 모양을 함께 이야기해 보세요.
請看完圖示後，扮演美容師與客人的角色，一起聊聊最合適的髮型。

2 여러분의 머리 모양에 대해서 이야기해 보세요.
請試著談論各位的髮型。

- 다음을 메모해 보세요. 請簡單寫下以下提問的答案。

  1) 여러분은 미용실에 얼마나 자주 가요?
  各位有多常去美容院呢？

  2) 즐겨 하는 머리는 어떤 모양입니까?
  喜愛什麼樣的髮型呢？

  3) 손질은 어떻게 해요?
  要如何修剪呢？

  4) 앞으로 머리 모양을 바꾼다면 어떤 모양으로 바꾸고 싶어요? 그 이유는 무엇입니까?
  以後如果要換髮型的話，想換什麼樣的髮型呢？理由是什麼呢？

- 메모한 내용을 바탕으로 친구들 앞에서 자신의 머리 모양에 대해 발표해 보세요.
請以寫下的內容為基礎，試著針對自己的髮型，在朋友面前發表看看。

閱讀_읽기

1 다음은 잡지에 실린 글입니다. 잘 읽고 질문에 답하세요.
以下是在雜誌上刊登的文章。請仔細閱讀完後，回答問題。

"______________________________"

요즘 유행하는 영화배우 '김미미'의 머리 모양을 나도 한번 해 볼까? 최신 유행하는 머리 모양을 했는데 왜 나는 그 영화배우처럼 예쁘지 않을까? 나의 얼굴형을 알면 머리 모양이 보인다!

다른 사람보다 얼굴이 크다고 생각하는 사람에게는 앞머리와 옆머리에 층을 많이 낸 단발머리를 강력 추천. 그리고 얼굴 쪽으로 웨이브가 생기게 드라이를 할 것. 긴 생머리는 큰 얼굴이 더 커 보이니 절대 ㉠금물!

얼굴이 동그랗고 통통한 당신에게는 층을 많이 낸 짧은 커트 머리가 ㉡딱!! 동그란 얼굴을 가리려고 앞머리와 옆머리를 길렀다고요? 얼굴을 가리지만 이렇게 하면 얼굴이 더 동그랗고 통통하게 보인다는 사실. 좀 더 세련된 스타일을 원한다면 웨이브가 많이 생기게 드라이를 하고 왁스를 바를 것.

얼굴이 길어서 슬픈 당신에게는 옆머리와 뒷머리에 층을 낸 후 긴 커트를. 웨이브가 밖으로 생기게 드라이를 한다면 사람들이 얼굴보다 머리끝을 보니까 긴 얼굴 걱정 끝.

新語彙

생기다 生、長
통통하다 肉肉的、豐滿的
가리다 遮、擋
머리끝 髮尾

1) 이 글의 제목을 만들어 보세요.
請試著為這篇文章取個標題。

2) 이 글을 읽고 자신에게 어울리는 머리 모양을 잘 선택한 사람을 고르세요.
請讀完這篇文章後，看看哪一位選擇了合適自己的髮型。

❶ 얼굴이 커서 고민인 마이 씨는 긴 생머리로 얼굴을 가렸다.

❷ 얼굴이 동그래서 고민인 나타샤 씨는 긴 파마머리를 했다.

❸ 얼굴이 길어서 고민인 마리 씨는 밖으로 웨이브가 생기게 드라이를 했다.

❹ 유행하는 머리 모양은 대부분 사람들에게 잘 어울리기 때문에 린다 씨는 유행하는 스타일로 머리를 했다.

3) 밑줄 친 ㉠과 ㉡은 어떤 의미일까요?
劃底線的㉠與㉡是什麼意思呢？

寫作_쓰기

1 머리 모양을 어떻게 바꾸는 것이 좋을지에 대해 상담하는 글을 써 보세요.
針對髮型該如何修改，請試著寫一篇諮詢的文章。

- 여러분의 현재 머리 모양과 바꾸고 싶은 머리 모양에 대해 메모해 보세요.
  請試著簡單寫下各位現在的髮型，以及想要換的髮型。

- 여러분의 현재 머리 모양을 설명하고 바꾸고 싶은 머리 모양이 괜찮은지 상담하는 글을 써 보세요. 그리고 옆 친구와 책을 바꾼 후 친구의 머리 모양에 대한 글을 읽고 친구에게 어울리는 머리 모양에 대해 상담해 주는 글을 써 보세요.
  請試著寫一篇諮詢的文章來說明各位現在的髮型，以及想換的髮型是否合適。然後與旁邊朋友交換書籍，閱讀有關朋友髮型的文章後，寫一篇文章來談談什麼髮型合適朋友。

자기 평가 自我評價

● 미용실에서 원하는 머리 모양을 설명할 수 있어요? 各位能在美容院說明想要的髮型嗎？	非常棒 ●—●—●—●—● 待加強
● 머리 손질법을 설명할 수 있어요? 各位能說明整理頭髮的方式嗎？	非常棒 ●—●—●—●—● 待加強
● 머리 모양이나 손질법에 대해 설명하는 글을 읽고 쓸 수 있어요? 各位能讀懂，並且書寫一篇文章來說明髮型或整理的方式嗎？	非常棒 ●—●—●—●—● 待加強

문법 文法

1 -게

- -게接在形容詞語幹後，用來修飾後面的動詞。
- 但是많다、빠르다，則以많이、빨리代替。

(1) 가 : 어떻게 잘라 드릴까요?
　나 : 좀 짧게 잘라 주세요.
(2) 가 : 깔끔하게 잘라 주세요.
　나 : 네, 알겠습니다.
(3) 가 : 김 선생님 아이 정말 귀엽지요?
　나 : 네, 정말 귀엽게 생겼네요.
(4) 가 : 글씨가 잘 보이세요?
　나 : 아니요, 잘 안 보여요. ________________________.

2 -아/어/여 보이다

- -아/어/여 보이다接在形容詞語幹後，表現外觀看起來如所描述一般。
- 這分為三種型態。
  a. 如果語幹以「하다」之外的ㅏ、ㅗ結尾時，使用-아 보이다型態。
  b. 如果語幹以ㅏ、ㅗ之外的母音結尾時，使用-어 보이다型態。
  c. 若為하다形容詞時，則接-여 보이다，但比起-하여 보이다，一般更常用-해 보이다型態。

(1) 가 : 제 머리 모양 어때요?
　나 : 어려 보여요.
(2) 가 : 철민 씨, 머리를 자르니까 깔끔해 보여요.
　나 : 고마워요.
(3) 가 : 수미 씨가 요즘 기분이 좋아 보이지요?
　나 : 네, 계속 웃고 다니네요.
(4) 가 : 어제 잠을 한 시간밖에 못 잤어요.
　나 : ________________________.

3 -던데요

- -던데요接在動詞、形容詞、或「名詞＋이다」後，用於表現說話者過去的見聞與感受。
- -던데요用於看到持續進行的動作或狀態，而-았/었/였던데요則用於看到了已經完成的動作。
- -던데요句中，第一人稱不能做為動作的主語，但將第一人稱客觀化時，則能使用。

> 내가 집에 가던데요.(×)
> 일어나 보니까 내가 길에서 자고 있던데요.(○)

新語彙

괴장하다 非常的、了不起的
미인 美人

(1) 가 : 미키 씨 머리 한 거 봤어요?
　　나 : 네, 어려 보이던데요.
(2) 가 : 윤호 씨가 머리를 잘랐던데요.
　　나 : 그래요?
(3) 가 : 사라 씨 여동생도 예뻐요?
　　나 : 네, 굉장한 미인이던데요.
(4) 가 : 어제 본 영화 재미있었어요?
　　나 : 네, ______________________.

4 ㅎ 불규칙（ㅎ 不規則形容詞）

- 語幹以ㅎ結尾的形容詞（좋다除外）後，若遇到ㄴ、ㄹ、ㅁ、ㅅ時，ㅎ則會脫落。此外，ㅏ/ㅓ或ㅑ/ㅕ與-아/어結合時，變成ㅐ或ㅒ。

파랗 + ㄴ ➡ 파란	파랗 + -아요 ➡ 파래요
하얗 + ㄴ ➡ 하얀	하얗 + -아요 ➡ 하얘요
이렇 + ㄴ ➡ 이런	이렇 + -어요 ➡ 이래요

- 但以格式體結尾時，則不使用파랍니다、빨갑니다，而是使用파랗습니다、빨갛습니다。

- 以下是ㅎ不規則形容詞。

> 하얗다, 까맣다, 빨갛다, 파랗다, 노랗다
> 이렇다, 그렇다, 저렇다, 어떻다
> 동그랗다, 커다랗다, 기다랗다

(1) 가 : 밝은 갈색으로 염색하고 싶은데 어울릴까요?
나 : 손님은 얼굴이 하얘서 잘 어울릴 거예요.

(2) 가 : 노란 장미를 살까요, 빨간 장미를 살까요?
나 : 빨간 장미를 사는 게 어때요?

(3) 가 : 빵이 정말 기다라네요.
나 : 프랑스에는 이렇게 기다란 빵이 많아요.

(4) 가 : 가을 하늘이 정말 예쁘지요?
나 : 네, 하늘이 아주 파래요.

(5) 가 : 얼굴이 많이 까매졌네요.
나 : 네, 모자를 안 가지고 갔어요.

(6) 가 : 유리 씨 얼굴이 ________________.
나 : 사람들 앞에서 말하는 게 부끄러워서 그럴 거예요.

新語彙

파랗다 藍色的
노랗다 黃色的
이렇다 這樣的
저렇다 那樣的
어떻다 如何的
커다랗다 很大的、巨大的
기다랗다 很長的、相當長的

제7과 한국 생활
韓國生活

目標

各位將能談論在韓國的生活與經驗。

主題 | 韓國生活
功能 | 談論在韓國生活的感想、說明理由、談論經驗
活動 | 聽力：聆聽有關韓國生活的對話、聆聽有關韓語的有趣經驗
口說：談論在韓國生活時所遇到的驚人和有趣的事
閱讀：閱讀有關韓國生活時有趣經歷的文章
寫作：寫一篇有關韓國生活的文章
語彙 | 國外生活、韓國人的特徵
文法 | -아/어/여서 그런지、-나 보다、-(으)ㄴ가 보다、-거든요、-(으)ㄹ 겸
發音 | 冠形詞語尾-(으)ㄹ後面的子音硬音化
文化 | 覺得「快要成為韓國人」時

제7과 **한국 생활** 韓國生活

도입 引言

1. 이 사람들은 무엇을 하고 있어요? 여러분도 이렇게 한 적이 있어요?

2. 한국에서의 생활은 어때요? 한국에서 경험한 재미있는 일이 있어요?

대화 & 이야기

對話&敘述

1

수연 : 요즘 한국 생활은 어때요? 많이 익숙해졌어요?

유키 : 네, 잘 지내고 있어요. 제가 원래 매운 음식을 잘 못 먹어서 처음 한국에 왔을 때는 정말 힘들었거든요. 이제는 김치가 없으면 밥을 못 먹을 정도로 매운 음식도 잘 먹게 됐어요.

수연 : 매운 음식이 한번 먹으면 계속 끌리거든요. 알리 씨는 어때요?

알리 : 저는 매운 것은 여전히 못 먹지만 한국 생활에는 많이 익숙해졌어요. 처음에는 한국 사람들이 뭐든지 빨리 빨리 하니까 굉장히 힘들었는데, 요즘엔 천천히 하는 사람을 보면 오히려 제가 답답해져요.

유키 : 맞아요, 맞아. 그건 저도 그래요. 일 년도 안 됐는데 벌써 이렇게 바뀐 걸 보면 신기해요.

新語彙

원래 原來、原本
끌리다 被吸引、被拖
여전히 依舊、依然
답답하다 悶的、煩悶的
오히려 反而

2

루징 : 나 정말 바보인가 봐. 아무리 공부를 해도 한국어 실력이 늘지를 않아.

위엔 : 안 늘기는. 내가 볼 때는 많이 는 것 같은데.

루징 : 그런데 내 생각에는 왜 계속 그대로인 것 같지? 이제 한국어 공부도 재미없어지고 한국 음식도 먹기 싫어졌어.

위엔 : 드디어 너한테도 슬럼프가 왔나 보다. 나도 한국에 온 지 반 년쯤 됐을 때 너처럼 그랬어. 집에 돌아가고 싶고 그렇지?

루징 : 응, 맞아. 너도 그랬어? 그럼 그때 어떻게 했어?

위엔 : 사실 특별히 한 것은 없고 시간이 지나면서 그냥 사라졌어. 그런데 뭔가 변화를 주는 것도 좋을 것 같아. 모든 것에 너무 익숙해져서 그럴지도 모르니까.

루징 : 그런가? 그럼 기분 전환도 할 겸 근처에 여행이나 가 볼까?

新語彙

바보 笨蛋
슬럼프 消沈、倦怠
변화 變化
기분 전환 轉換心情

3

한국에 처음 도착했을 때 겨울이 다가오고 있었다. 혼자이고 외국 생활이 낯설어서 그런지 추위를 많이 탔다. 그래서 겨울옷도 사고 한국어 연습도 할 겸 쇼핑을 하기로 했다.

마침 학교 앞에 옷가게처럼 보이는 한 가게를 발견했다. 그곳에는 옷들이 많이 걸려 있었고 가게의 주인처럼 보이는 한 아저씨가 밖에 나와 옷들을 정리하고 있었다.

내가 아저씨에게 옷이 얼마냐고 물어봤는데 아저씨가 나를 보며 이상한 표정을 지었다. 내 한국어 발음이 이상해서 그러는 줄 알고 다시 한 번 큰 소리로 또박또박 말했다. "이 옷 얼마예요?" 그 말을 들은 아저씨는 크게 웃으면서 나에게 가게의 간판을 가리켰다. 그곳에는 '세탁소'라고 쓰여 있었다.

新語彙

추위를 타다 怕冷
발견하다 發現
주인 主人、老闆
정리하다 整理
또박또박 準確地、清楚地
간판 招牌、看板

한국 사람이 다 되었다고 느낄 때
覺得快要成為韓國人時

- 여러분은 한국어를 공부하면서 한국인과 한국 생활에 익숙해졌어요? 한국인의 특징에는 뭐가 있을까요?
  各位在學韓文的過程中，對於韓國人與韓國生活有更加熟悉嗎？韓國人的特徵有哪些呢？

- 다음은 한국에 사는 외국인들이 한국 사람이 다 되었다고 느낄 때를 이야기한 내용입니다. 여러분도 동의하는 내용이 있는지 확인해 보세요.
  以下是在韓國生活的外國人覺得自己快要成為韓國人時的談話內容。請確認一下是否有各位也同意的內容。

- 疲累時，會說「아이고（唉喲）」
- 遇到年長者時，會鞠躬打招呼
- 朋友在停車場倒車時，會喊「오라이～（來），오라이～（來）」
- 餐桌上沒有泡菜時，就感覺好像少了什麼似的
- 看到頭髮燙得捲捲、蓬蓬的人，就認定是歐巴桑
- 寒冷時，戴白色口罩
- 用廚房用剪刀剪牛排或義大利麵

- 여러분도 이렇게 한국 사람이 다 되었다고 느낀 적이 있어요? 혹은 한국에서 2년 정도 생활을 한다면 여러분의 모습이 어떻게 달라질 것 같아요? 한국 사람의 행동 중에서 아무리 시간이 지나도 따라할 수 없는 것이 있어요? 소개해 주세요.
  各位也有覺得自己快成為韓國人的經驗嗎？若是在韓國生活2年的話，各位的外貌會有什麼變化呢？在韓國人的行動中，有不管過了多久時間，還是無法照著做的事嗎？請介紹看看。

말하기 연습 口說練習

1 〈보기〉와 같이 이야기해 보세요.

> 보기
> 물가가 비싸다, 힘들다
> 가 : 한국 생활이 어때요?
> 나 : 물가가 비싸서 힘들어요.

❶ 물가가 생각보다 싸다, 좋다
❷ 맛있는 음식이 많다, 행복하다
❸ 새로운 사람을 많이 만나다, 재미있다
❹ 말이 통하지 않다, 답답하다
❺ 가족과 떨어져 살다, 외롭다
❻ 날씨가 춥다, 힘들다

외국 생활 外國生活

물가가 싸다/비싸다 物價便宜／昂貴
말이 통하지 않다 談不來、無法溝通
문화가 다르다 文化不同
음식이 입에 맞지 않다 食物不合胃口
어디가 어딘지 잘 모르다 不知道哪裡是哪裡
가족과 떨어져 살다 與家人分開居住
기후가 다르다 氣候不同
새로운 생활을 하다 過新的生活

2 〈보기〉와 같이 이야기하고, 한국 생활에 대해 친구와 묻고 대답해 보세요.

> 보기
> 한국 친구가 많다, 외롭지 않다
> 가 : 한국 생활이 어때요?
> 나 : 한국 친구가 많아서 그런지 외롭지 않아요.

❶ 기후가 많이 다르다, 몸이 자주 아프다
❷ 문화가 비슷하다, 외국 같지 않다
❸ 외국 생활이 처음이다, 모든 게 힘들다
❹ 여러 번 여행을 오다, 낯설지 않다
❺ 성격이 둔하다, 별 어려움을 못 느끼다
❻ 음식이 맵다, 배탈이 자주 나다

新語彙

둔하다 遲鈍的、笨的

3 〈보기〉와 같이 이야기해 보세요.

보기	
좋은 일이 있다 / 고향에서 부모님이 오시다	가 : 좋은 일이 있나 봐요. 나 : 네, 고향에서 부모님이 오세요.

新語彙
(장학금을) 타다 獲得（獎學金）

1. 기쁜 일이 있다 / 장학금을 탔다
2. 한국어 공부를 열심히 하다 / 말하기 연습을 많이 하다
3. 한국 음식을 잘 먹다 / 특히 비빔밥을 좋아하다
4. 많이 힘들다 / 외국 생활이 처음이라서 힘들다
5. 한국 생활이 불편하다 / 날씨가 너무 추워서 그렇다
6. 안 좋은 일이 있다 / 친구하고 싸웠다

4 〈보기〉와 같이 이야기해 보세요.

보기	
바보이다 / 오늘도 문제를 잘못 읽어서 시험을 잘 못 봤다	가 : 어떡해. 나 정말 바보인가 봐. 나 : 무슨 일인데? 가 : 오늘도 문제를 잘못 읽어서 시험을 잘 못 봤어.

新語彙
천재 天才
철이 없다 不懂事
운 運氣
줍다 撿、拾

1. 머리가 나쁘다 / 전에 산 책을 오늘 또 샀다
2. 천재이다 / 한 번 본 게 다 기억이 나다
3. 정신이 없다 / 면접이 있는데 청바지를 입고 왔다
4. 철이 없다 / 한 달 생활비를 노는 데 다 썼다
5. 슬럼프이다 / 하고 싶은 일이 하나도 없다
6. 운이 좋다 / 오늘도 길에서 돈을 주웠다

5 〈보기〉와 같이 이야기해 보세요.

보기	
한국 친구가 많다 / 성격이 좋다	가 : 한국 친구가 많은가 봐요. 나 : 네, 성격이 좋거든요.

❶ 요즘 생활이 힘들다 / 물가가 많이 올랐다

❷ 한국 음식을 좋아하다 / 한국 음식이 입에 잘 맞다

❸ 한국 생활이 즐겁다 / 새로운 경험을 많이 하다

❹ 지금 사는 곳이 마음에 들다 / 기숙사 방보다 크다

6 〈보기〉와 같이 이야기해 보세요.

보기	
기역, 니은도 모르다	가 : 한국 생활에 익숙해졌어요? 나 : 네, 처음에는 기역, 니은도 몰랐거든요. 그런데 이제는 별 불편함이 없어요.

新語彙

길을 잃다 迷路

❶ 한국 사람이 하는 말을 하나도 이해하지 못하다

❷ 음식이 입에 안 맞아서 고생하다

❸ 길을 잃을까 봐 아무 데도 못 가다

❹ 기후가 달라서 자주 아프다

7 무슨 이유로 한국 사람이 다음과 같은 특징을 가지고 있다고 생각할까요? 〈보기〉와 같이 이야기해 보세요.

보기	
흥이 많다	가 : 한국 사람은 흥이 많은 것 같아요. 나 : 왜 그렇게 생각해요? 가 : 노래방에서 정말 재미있게 놀잖아요.

한국인의 특징 韓國人的特徵

- 정이 많다 很有感情
- 흥이 많다 滿懷興致
- 부지런하다 勤勉的
- 잘 뭉치다 很團結
- 성격이 급하다 個性急躁
- 유행에 민감하다 對於流行很敏銳
- 남의 시선을 의식하며 살다 平時很在乎別人的視線

❶ 정이 많다　　❷ 부지런하다

❸ 성격이 급하다　　❹ 유행에 민감하다

8 〈보기〉와 같이 이야기해 보세요.

보기

기분 전환도 하다, 쇼핑하러 가다

가 : 제가 요즘 슬럼프에 빠졌나 봐요.
나 : 그럴 때는 생활에 변화를 줘 보세요.
가 : 그럼 기분 전환도 할 겸 쇼핑하러 갈까?

❶ 휴식도 취하고 바람도 쐬다, 여행을 가다

❷ 친구도 사귀고 취미 활동도 하다, 동아리에 들어가 보다

❸ 한국말 연습도 하고 돈도 벌다, 아르바이트를 해 보다

❹ 운동도 하다, 학교에 걸어 다니다

9 여러분은 지금까지 한국어를 공부하면서 달라진 점이 있어요? 한국어 공부와 한국 생활에 대해 〈보기〉와 같이 친구와 이야기해 보세요.

보기

가 : 다카코 씨는 한국어도 빨리 배우고 한국 음식도 잘 먹고 한국 생활이 잘 맞나 봐요.
나 : 그래 보여요? 전부터 외국 생활을 해 보고 싶었거든요. 그래서 그런지 낯선 생활이 아주 즐거워요. 홍위 씨는 안 그래요? 홍위 씨를 보면 한국 사람이 다 된 것처럼 보이는데요.
가 : 처음보다 익숙해진 건 맞는데 요즘은 모든 게 시시해졌어요. 한국어 공부도 예전처럼 재미가 없고요. 슬럼프인가 봐요.
나 : 그럴 수도 있겠네요. 그럼 생활에 변화를 줘 보면 어때요? 기분 전환도 할 겸 여행을 갔다 와도 좋고요.
가 : 그거 좋은 생각인데요.

新語彙

휴식을 취하다 休息
바람을 쐬다 吹吹風、透透氣

발음 發音

冠形詞語尾-(으)ㄹ後面的子音硬音化

수영도 할 겸 바다에
[껌]
갈 거예요.
[꺼]

表現未來或推測的-(으)ㄹ後面，如果是以ㄱ、ㄷ、ㅂ、ㅅ、ㅈ開頭的字，則這些子音會硬音化，發成ㄲ、ㄸ、ㅃ、ㅆ、的音。

▶ **연습해 보세요.**

(1) 가 : 전주는 볼거리, 먹을거리가 참 많아요.
나 : 그럼, 바람도 쐴 겸 전주에 갈까?

(2) 가 : 스키 탈 수 있어요?
나 : 올림픽 나갈 정도는 타지요.

(3) 가 : 길이 막힐 줄 알았는데, 괜찮네요.
나 : 약속 시간보다 훨씬 일찍 도착하겠어요.

新語彙

시시하다 乏味的、無聊的

활동 活動

聽力_듣기

1 다음은 한국 생활에 대해 이야기하는 대화입니다. 잘 듣고 아래의 내용이 맞으면 O, 틀리면 ×에 표시하세요.
以下是談論韓國生活的對話。請仔細聽，下方內容正確的話，請標示O。錯誤的話，請標示X。

1) 여자는 2002년에 여행도 하고 축구도 보러 한국에 왔다. O ×
2) 여자는 한국인의 응원하는 모습에 감동을 받았다. O ×
3) 여자는 한국 생활이 여전히 낯설다. O ×

新語彙
국민 國民、人民
열정적이다 熱情的

2 어느 유학생이 한국 생활 경험에 대해 이야기하고 있습니다. 잘 듣고 아래의 내용이 맞으면 O, 틀리면 ×에 표시하세요.
某個留學生正在談論韓國生活的經驗。請仔細聽，下方內容正確的話，請標示O。錯誤的話，請標示X。

1) 이 사람은 가족에게 한국어를 가르친다. O ×
2) '어'라는 말은 여러 가지 의미로 쓰일 수 있다. O ×
3) 이 사람은 한국어로 전화를 하는 것을 힘들어한다. O ×

新語彙
요긴하다 要緊的
심지어 甚至於

口說_말하기

1 한국에 살면서 또는 한국어를 공부하면서 어떤 점이 놀랍고 어떤 점이 좋은지 이야기해 보세요.
請說說看在韓國生活，或是學韓語時讓人覺得驚訝的地方，以及喜歡的地方。

- 4~5명이 한 조가 되어 다음 주제로 이야기해 보세요.
  請以4～5人為一組，針對以下的主題說說看。

  1) "한국, 이것이 좋다!"

  2) "한국, 이런 것이 놀랍다!"

- 조별로 나눈 이야기를 발표하고 가장 많이 나온 의견을 순서대로 정리해 보세요.
  請分組發表後，按照意見出現頻率的高低整理看看。

순위	한국, 이것이 좋다!
1	
2	
3	

순위	한국, 이런 것이 놀랍다!
1	
2	
3	

- 가능하다면, 실제 외국인에게 설문 조사를 해 보세요.
  如果可能，請實際向外國人做做看問卷調查。

2 여러분의 한국 생활에 대해 발표해 보세요.
請針對各位的韓國生活發表一下。

- 다음에 대해 생각하고 메모해 보세요.
  請想想以下的問題，並簡單寫下內容。

  1) 요즘 한국 생활은 어때요? 그 이유는 무엇입니까?
     最近的韓國生活如何呢？那理由是什麼呢？

  2) 가장 재미있거나 즐거운 일은 무엇입니까?
     最有趣或愉快的事情是什麼呢？

  3) 가장 힘든 점은 무엇입니까? 한국 생활의 어려움을 해결하기 위한 방법으로 무엇이 있을까요? 필요하면 친구에게 조언을 구하세요.
     最辛苦的是什麼？為了解決韓國生活上的困難，有什麼樣的方法呢？必要的話，請聽聽朋友的建議。

- 메모한 내용을 바탕으로 여러분의 한국 생활에 대해 발표해 보세요.
  請以寫下的內容為基礎，針對各位的韓國生活發表看看。

閱讀_읽기

1 다음은 한국 생활의 재미있는 경험에 대한 글입니다. 잘 읽고 질문에 답하세요.
以下的文章是有關在韓國生活時有趣的經歷。請仔細閱讀後，回答問題。

한국어 실력도 많이 늘고 한국 생활에도 익숙해진 지금, 나는 재미있는 경험을 많이 한다. 어제는 이런 일이 있었다. 보통은 운동도 할 겸 계단을 이용하는데 어제는 시간이 없어서 엘리베이터를 탔다. 닫히려는 문을 열고 타서 그런지 엘리베이터 안에 있는 사람들이 좀 놀란 것 같았다.

엘리베이터를 타고 올라가고 있는데 내 등 뒤에서 어떤 여고생이 자기 친구에게 이렇게 말하는 소리가 들렸다.

"이 외국인 키도 크고 진짜 잘생겼다. 그치?"

다른 때 같으면 조용히 있었을 텐데, 오늘은 그 말을 듣고 뒤를 돌아보며 이렇게 말했다.

"고마워요. 우리나라에서는 그런 말을 들어본 적이 없거든요."

㉠<u>얼굴이 빨개진</u> 여고생의 얼굴을 보며 나는 즐거운 마음으로 엘리베이터에서 내렸다.

1) 글의 내용과 맞는 것을 고르세요.
請選出與文章內容相符的答案。

❶ 여고생은 이 외국인과 아는 사이이다.
❷ 이 외국인은 줄을 서서 엘리베이터를 탔다.
❸ 여고생은 이 외국인이 한국말을 모르는 줄 알았다.
❹ 이 외국인은 문화 차이 때문에 한국 생활이 힘들다.

2) ㉠의 이유로 알맞은 것을 고르세요.
請選出㉠的正確理由。

❶ 슬프다 ❷ 아프다
❸ 무섭다 ❹ 창피하다

寫作_쓰기

1 한국 생활에 대해 글을 써 보세요.
請寫一篇有關韓國生活的文章。

- 다음에 대해 친구와 묻고 대답해 보세요.
  請針對以下問題與朋友提問和回答看看。

  1) 여러분은 한국에 온 지 얼마나 됐어요? 이제 한국 생활에 많이 익숙해졌어요?
     各位來韓國多久了？現在對韓國的生活熟悉了嗎？

  2) 한국 생활을 하면서 힘들었던 적이 있어요? 그것을 어떻게 극복했어요? 그리고 한국 생활을 하면서 익숙해지지 않는 것이 있다면 무엇입니까?
     在韓國生活時有遭遇什麼困難嗎？如何克服的呢？在韓國生活時有無法適應的地方嗎？

- 위에서 이야기한 내용을 바탕으로 다음 문장에 이어 여러분의 한국 생활에 대한 글을 써 보세요.
  請以上方所説的內容為基礎，試著接續以下的句子，寫一篇文章來談談各位的韓國生活。

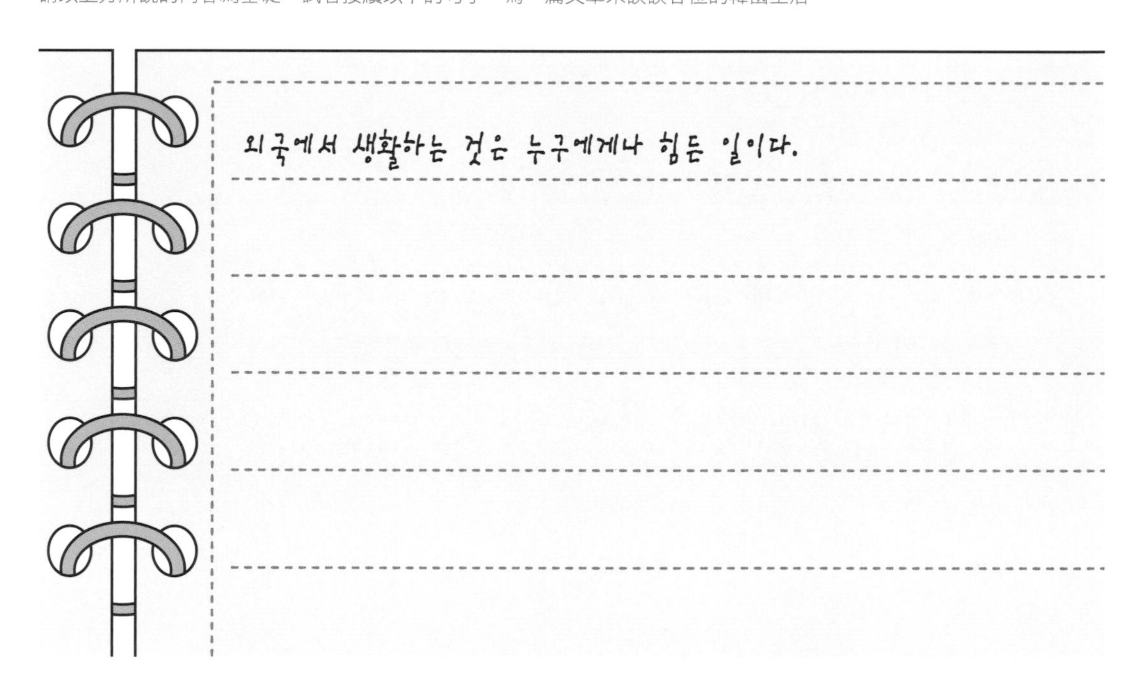

자기 평가 自我評價

● 한국 생활에 대해 이야기할 수 있어요? 各位能談論韓國生活嗎？	非常棒 ●—●—●—●—● 待加強
● 한국 생활에 대한 글을 읽고 쓸 수 있어요? 各位能讀懂，並且書寫一篇韓國生活的文章嗎？	非常棒 ●—●—●—●—● 待加強

문법 文法

1 -아/어/여서 그런지

- -아/어/여서 그런지接在動詞、形容詞、「名詞＋이다」後，表現不確定的原因。
- 這分為三種型態。
  a. 如果語幹以ㅏ或ㅗ（하다除外）結尾時，使用-아서 그런지型態。
  b. 如果語幹以ㅏ或ㅗ之外的母音結尾時，使用-어서 그런지型態。
  c. 하다動詞或形容詞後方，會接上-여서 그런지，但比起-하여서 그런지，-해서 그런지的型態更常被使用。
- 「名詞＋이다」時，比起「名詞＋(이)어서」，「名詞＋(이)라서」的型態更常被使用。

(1) 가 : 한국 생활이 어때요?
나 : 한국에 오래 살아서 그런지 전혀 불편하지 않아요.

(2) 가 : 한국 생활이 힘들어요?
나 : 네, 물가가 생각보다 비싸서 그런지 힘들어요.

(3) 가 : 왜 이렇게 집중을 못 해요?
나 : 모르겠어요. 봄이라서 그런지 너무 졸려요.

(4) 가 : 기분이 안 좋아 보여요.
나 : ________________________________.

新語彙
집중하다 集中

2 -나 보다, -(으)ㄴ가 보다

- -나 보다和-(으)ㄴ가 보다表現看到某情況後所做的推測。
- -것 같다能使用於被動說明說話者所經驗過的事，而-나 보다和-(으)ㄴ가 보다則不能用於說話者實際經驗過的事。

> 가 : 이 영화 봤어요?
> 나 : 네, 봤어요. 지난주에 봤는데 정말 재미있나 봐요.(×)
> 가 : 이 영화 봤어요?
> 나 : 네, 봤어요. 지난주에 봤는데 정말 재미있는 것 같아요.(○)

● 這分為兩種型態。

a. -(으)ㄴ가 보다接在形容詞或「名詞＋이다」後。如果語幹是以母音或ㄹ結尾時，使用-ㄴ가 보다型態；如果是以ㄹ之外的子音結尾時，使用-은가 보다型態。

b. -나 보다接在動詞、現在式的形容詞結尾있다/없다、-겠、-았/었-後。

(1) 가: 김치를 좋아하나 봐요. 잘 먹네요.
나: 네, 원래 매운 음식을 좋아해요.
(2) 가: 영진 씨가 많이 아픈가 봐요.
나: 왜요? 오늘도 출근을 안 했어요?
(3) 가: 한국에 산 지 오래됐나 봐요.
나: 네, 한국에 온 지 벌써 십 년도 넘었어요.
(4) 가: 사장님께서 많이 늦으시네요.
나: 안 오실 건가 봐요. 지금까지 아무 연락도 없는 걸 보면.
(5) 가: ______________________. 사람들이 우산을 쓰고 다녀요.
나: 그래요? 우산도 안 가져왔는데.
(6) 가: 이 책 누구 거예요?
나: ______________________. 여기에 이름이 쓰여 있네요.

3 -거든요

● -거든요接在動詞、形容詞、「名詞＋이다」後，用於解釋聽者所不知道的事實。

(1) 가: 한국말을 참 빨리 배우시네요.
나: 네, 제가 외국어 공부하는 것을 좋아하거든요.
(2) 가: 왜 이렇게 많이 사?
나: 여기가 다른 데보다 많이 싸거든.
(3) 가: 무슨 좋은 일이 있어요? 얼굴이 밝아 보이네요.
나: 네, 이번에 승진을 했거든요.
(4) 가: 오늘도 김밥을 먹어요?
나: ______________________.

4 -(으)ㄹ 겸

- -(으)ㄹ 겸接在動詞語幹後，表現前句是後句的目的。如果指的是兩個或兩個以上的目的時，通常使用A도 하고 B도 할 겸的型態。
- 這分為兩種型態。

  a. 如果語幹以母音或ㄹ結尾時，使用-ㄹ 겸。

  b. 如果語幹以ㄹ之外的子音結尾時，使用-을 겸。

(1) 가: 공부도 하기 싫고 답답하다.
　　나: 그럼 우리 기분 전환도 할 겸 노래방에 갈까?
(2) 가: 어디 가요?
　　나: 네, 책도 사고 영화도 볼 겸 시내에 가요.
(3) 가: 주말에 뭐 했어요?
　　나: 바람도 쐬고 사진도 찍을 겸 바닷가에 갔다 왔어요.
(4) 가: 왜 한국에 왔어요?
　　나: ______________________________.

제8과 분실물
失物

目標

各位將能描述遺失的物品，並且說明是如何遺失的。

主題	遺失與拾獲
功能	在失物招領中心尋找遺失物品、描述遺失的物品
活動	聽力：聆聽一段描述遺失物品的對話、聆聽報失的廣播 口說：針對遺失物品提問與回答、談談遺失東西的經驗 閱讀：閱讀有關遺失物品的公告 寫作：書寫有關遺失物品的公告
語彙	遺失與拾獲、遺失的原委、包包的種類、花紋、配件、材質
文法	-만하다、-자마자、-(이)라도
發音	漢字複合語中的硬音化
文化	天啊！東西遺忘在地鐵上了！

제8과 **분실물** 失物

도입 引言

1. 여기는 어디입니까? 이 사람은 여기에 왜 왔을까요?

2. 여러분은 물건을 잘 잃어버리는 편입니까? 지금 가지고 있는 가방을 잃어버렸다면
   어떻게 이야기할 것입니까?

대화 & 이야기

對話&敘述

1

위엔 : 어떡해! 지갑이 아무리 찾아도 없어.

윤호 : 지갑? 아까 식당에 두고 온 것 아니야?

위엔 : 그런 것 같아서 수업이 끝나자마자 식당에 다시 가 봤는데 없었어.

윤호 : 그래? 그럼 아무래도 걸어오다가 어디에 떨어뜨렸나 보다. 지갑 안에 돈이 많이 있었어?

위엔 : 돈은 많지 않은데, 외국인등록증하고 신용 카드가 들어 있어.

윤호 : 그럼 신용 카드 분실 신고부터 해야겠다. 그리고 혹시 모르니까 다시 한번 가 보자.

위엔 : 그래. 다른 건 몰라도 신분증이라도 찾았으면 좋겠는데.

新語彙

어떡해. 怎麼辦？
두다 遺留、放置
떨어뜨리다 丟（某東西在某地方）
외국인등록증 外國人登錄證
분실 신고 報失

2

직　원 : 네, 지하철 유실물센터입니다. 뭘 도와 드릴까요?

미즈키 : 제가 오늘 지하철에 가방을 두고 내렸거든요.

직　원 : 정확한 시간과 위치가 기억나세요?

미즈키 : 봉화산 행 지하철인데, 지하철 맨 앞 칸에 탔고요. 8시 30분쯤 안암역에서 내렸어요.

직　원 : 가방은 어떤 모양이에요?

미즈키 : 네모난 서류 가방이에요.

직　원 : 색깔은요?

미즈키 : 전체적으로 까만색이고 손잡이 부분이 갈색인 가죽 가방이에요. 가방 안에 손바닥만 한 지갑도 들어 있어요.

직　원 : 아직 분실물이 들어오지는 않았는데, 연락처 남겨 주시면 연락드리겠습니다.

新語彙

유실물센터 失物招領中心
맨 最、第一
칸 車廂
모양 樣子、模樣
네모나다 四方的
서류 가방 公事包
손잡이 把手、手把
가죽 皮、皮革
분실물 失物

3

오늘 집에 오는 길에 택시를 탔다가 택시에 휴대 전화를 놓고 내렸다. 택시에서 내리자마자 전화를 하려고 전화기를 찾았는데 주머니가 허전한 것이었다.

전화기 안에 저장되어 있는 전화번호가 많아 전화기를 꼭 찾아야 했다. 그런데 택시는 이미 떠났고 어디에 가서 어떻게 찾아야 할지 너무 막막했다.

당황해서 집 앞에서 서성이고 있는데 멀리서 택시 한 대가 내 쪽으로 다가왔다. 자세히 보니 조금 전에 내가 탔던 그 택시였다. 택시 기사 아저씨가 휴대 전화를 발견하고 고맙게도 내가 내렸던 그 장소로 다시 돌아오신 것이었다.

新語彙

놓다 放置（某東西在某地方）
주머니 口袋
허전하다 空蕩蕩的、空虛的
저장되다 被儲存
막막하다 茫然的
서성이다 走來走去、來回踱步
대 台、輛、架

아이구! 지하철에 물건을 놓고 내렸네.
天啊！東西遺忘在地鐵上了！

- 지하철에 물건을 놓고 내린 적이 있어요? 어떤 물건이었어요? 한국 사람들은 어떤 물건을 가장 많이 놓고 갈까요?
  有過把東西放在地鐵上就下車的經驗嗎？是什麼樣的東西呢？韓國人最常遺失什麼樣的東西呢？
- 지하철에 물건을 놓고 내렸을 때 어떻게 하면 좋을지 다음 글을 읽어 보세요.
  將東西遺忘在地鐵上時該怎麼做？請閱讀下文。

根據首爾地下鐵的統計，失物當中最多的是包包（28.6%），接下來是手機、MP3之類的電子產品（13.4%），以及衣服（10.5%）。
如果下了地下鐵馬上查覺到遺忘了物品，須與車站的辦公室聯繫。最快找到遺失物品的方法就是告知站務員列車與車廂的號碼。四位數的列車號碼貼在每一節車廂上，如果不知道自己搭的是第幾節車廂，可以在下車時確認月台上的號碼。月台上的號碼就是車廂號碼。但相反地，如果遺失物品後，過了一段時間才發覺時，就必須向搭乘路線的終點站報失。終點站會聚集當天所有遺失物品，並且保管一天。之後，就送到失物招領中心。

- 여러분 나라에서는 물건을 잃어버리면 어떻게 해요?
  在各位的國家東西遺失時該怎麼做呢？

말하기 연습 口說練習

1 〈보기〉와 같이 이야기해 보세요.

보기

지갑, 분실하다

가 : 어떻게 오셨어요?
나 : 지갑을 분실했어요.

❶ 가방, 잃어버리다
❷ 손수건, 잃어버리다
❸ 노트북, 분실하다
❹ 사전, 분실하다
❺ 지갑, 줍다
❻ 휴대 전화, 습득하다

분실 · 습득 遺失 · 拾獲

잃어버리다 遺失、丟失
분실하다 遺失、丟失
줍다 撿、拾取
습득하다 拾獲、撿到

2 〈보기〉와 같이 이야기해 보세요.

보기

지갑 /
식당에서는 가지고 있다 /
식당에 두고 오다

가 : 지갑이 안 보여요.
나 : 아까 식당에서는 가지고 있었잖아요.
가 : 식당에 두고 왔나 봐요.

❶ 지갑 / 커피숍에서 계산하다 / 계산하고 거기에 두고 오다
❷ 노트북 / 지하철 선반에 올려놓다 / 그냥 놓고 내리다
❸ 가방 / 택시 탈 때도 있다 / 택시에 놓고 내리다
❹ 우산 / 손에 들고 있다 / 화장실에 놓고 오다
❺ 지갑 / 집에서 나올 때 갖고 있다 / 오다가 흘리다
❻ 열쇠 / 주머니에 넣다 / 주머니에서 빠지다

분실 경위 遺失原委

빠지다 掉落、脫落
흘리다 遺漏
두다 丟下（某東西在某地方）
놓다 放置（某東西在某地方）

新語彙

선반 架子、擱板

3 〈보기〉와 같이 이야기해 보세요.

보기

가 : 가방이 어떻게 생겼어요?
나 : 여행용 가방이고요.
체크무늬예요.

❶

❷

❸

❹

❺

❻

가방 종류 包包種類

무늬 花紋

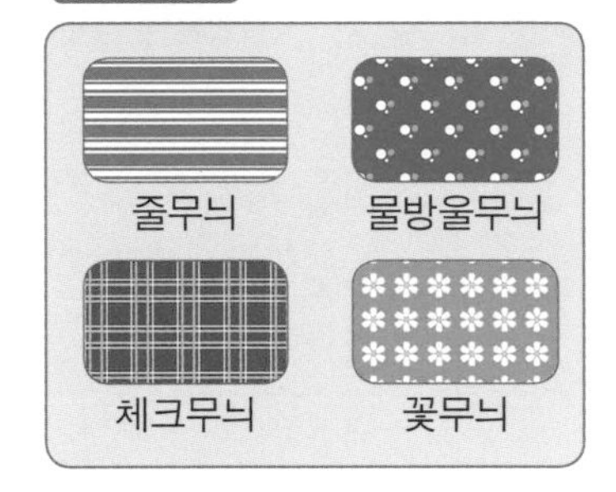

부속물 附屬物

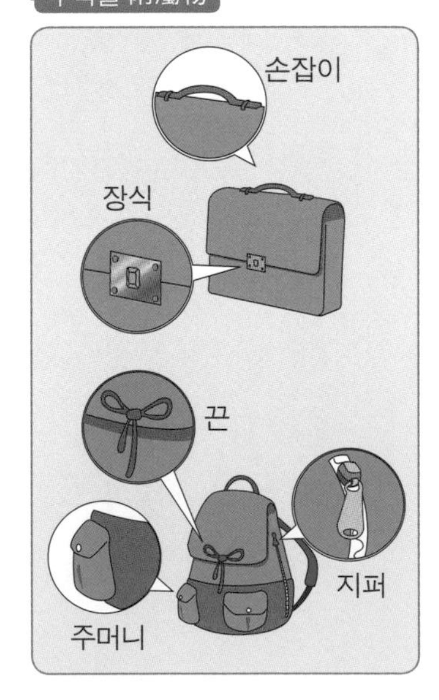

新語彙

메다 背（包包）

4 〈보기〉와 같이 이야기하고, 친구의 물건에 대해 물어보세요.

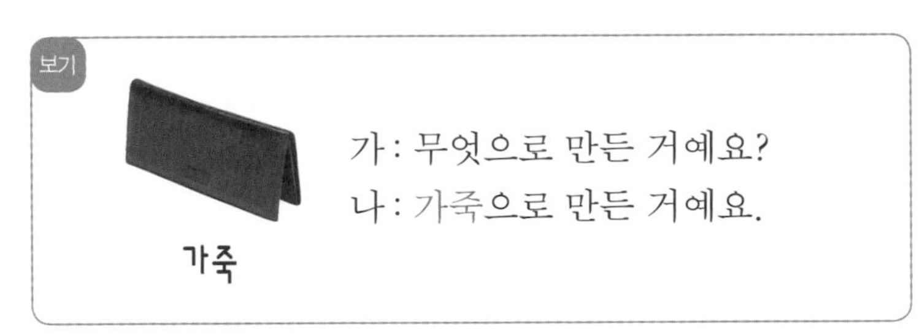

보기

가죽

가: 무엇으로 만든 거예요?
나: 가죽으로 만든 거예요.

재질 材質

금 金
은 銀
쇠 鐵
가죽 皮革
천 布
플라스틱 塑膠、塑料
비닐 乙烯基（塑膠）
종이 紙
나무 木頭
돌 石頭

❶ 

천

❷ 

비닐

❸ 

금

❹ 

플라스틱

❺ 

돌

❻ 

쇠

5 〈보기〉와 같이 이야기해 보세요.

보기

가방 / 이 책	가: 가방이 얼마만 해요? 나: 이 책만 해요.

1 가방, 저 가방
2 지갑, 이
3 노트북, 이
4 동생 키, 영진 씨
5 책상, 저것 반
6 방, 여기 두 배

6 〈보기〉와 같이 이야기하고, 여러분의 가방에는 무엇이 들어 있는지 친구와 묻고 대답해 보세요.

보기

지갑, 책 몇 권	가: 가방 안에 뭐가 들어 있어요? 나: 지갑하고 책 몇 권이 들어 있어요.

1 신분증, 카드
2 책, 사전, 노트
3 옷, 책, 세면도구
4 열쇠, 명함 몇 장
5 학생증, 돈 몇 만 원
6 화장품, 집 열쇠

7 〈보기〉와 같이 이야기해 보세요.

보기

수업이 끝나다, 가 보다, 없다	가: 지갑을 아직 못 찾았어요? 나: 네, 수업이 끝나자마자 가 봤는데 없었어요.

1 잃어버린 것을 알다, 돌아가다, 없다
2 잃어버리다, 신고하다, 못 찾다
3 지하철에서 내리다, 알다, 이미 늦다

語言提點

以下的慣用表現在誇張事物的大小時使用。

손바닥만 하다
巴掌大（形容小）

운동장만 하다
運動場般大（形容大）

코딱지만 하다
鼻屎般大（形容小）

배가 남산만 하다
肚子像南山大（形容大）

월급이 쥐꼬리만 하다
薪水像老鼠尾巴般（形容少）

얼굴이 주먹만 하다
臉蛋像拳頭般大（形容小）

新語彙

세면도구 盥洗用品

발음 發音

漢字複合語中的硬音化

신분증 [쯩]　학생증 [쯩]

如同신분증、학생증、국문과、문제점、성격之類漢字語，當其中的증、과、점、격等字與其前面的漢字相結合時，通常產生硬音化，而發成[쯩]、[꽈]、[쩜]、[껵]的音，且這類的漢字語為數不少。

▶ **연습해 보세요.**

(1) 가: 신분증도 있었습니까?
나: 네, 외국인등록증하고 학생증이 있어요.

(2) 가: 이 책의 장점을 말해 보세요.
나: 실제성과 체계성이 장점이에요.

(3) 가: 그 학교 영화과는 어떤 성격이에요?
나: 영화 제작 중심으로 가르쳐요.

8 〈보기〉와 같이 이야기해 보세요.

보기

지갑 / 지갑 안에 있는 신분증

가 : 지갑을 아직 못 찾았어요?
나 : 네, 다른 건 몰라도 지갑 안에 있는 신분증이라도 찾았으면 좋겠는데…….

新語彙

끼우다 夾、插

❶ 가방 / 친구한테 빌린 책
❷ 수첩 / 수첩에 끼워 놓은 사진
❸ 휴대 전화 / 저장해 둔 전화번호
❹ 가방 / 오늘 제출할 서류
❺ 노트북 / 어제 작성한 보고서
❻ 지갑 / 지갑 안의 가족사진

9 자기 가방을 잃어버렸다고 생각하고 가방을 잃어버린 경위와 가방의 모양과 크기, 재질에 대해 〈보기〉와 같이 설명해 보세요.

보기

가 : 무슨 일이 있어요?
나 : 가방이 안 보여요. 아까 버스에 놓고 내렸나 봐요.
가 : 가방이 어떻게 생겼는데요?
나 : 어깨에 메는 핸드백인데, 파란색 가죽 가방이에요. 크기는 이 책만 하고요.
가 : 신고부터 해야겠네요.
나 : 다른 건 몰라도 가방 안에 있는 지갑이라도 찾았으면 좋겠는데요…….

활동 活動

聽力_듣기

1 다음은 지하철 유실물센터에서의 대화입니다. 잘 듣고 질문에 대답하세요.
以下是在失物招領中心的對話。請仔細聽完後，回答問題。

1) 아래의 내용이 맞으면 O, 틀리면 ×에 표시하세요.
下方內容正確的話，請標示O。錯誤的話，請標示X。

(1) 이 사람은 잃어버린 가방을 찾았다. O ×
(2) 이 사람은 고려대학교에서 가방을 잃어버렸다. O ×
(3) 이 사람의 가방 안에는 사전과 책이 들어 있다. O ×

2) 잃어버린 가방으로 맞는 것을 고르세요.
請正確選出遺失的包包。

ⓐ 
ⓑ 
ⓒ 
ⓓ 

2 다음은 라디오 방송입니다. 잘 듣고 질문에 대답하세요.
以下是收音機的廣播。請仔細聽完，並回答問題。

1) 아래의 내용이 맞으면 O, 틀리면 ×에 표시하세요.
下方內容正確的話，請標示O。錯誤的話，請標示X。

(1) 운전 기사가 분실물 신고를 했다. O ×
(2) 방송국에 가다가 물건을 잃어버렸다. O ×
(3) 물건을 보면 방송국으로 연락해야 한다. O ×

新語彙
이름표 姓名牌、姓名卡
애타다 焦急、焦躁
방송국 廣播電台、電視台

2) 잃어버린 가방으로 맞는 것을 고르세요.
請正確選出遺失的包包。

ⓐ 
ⓑ 
ⓒ 
ⓓ 

口說_말하기

1 여러분의 가방을 잃어버렸다고 생각하고 유실물센터에 가서 나눌 이야기를 해 보세요.
請想像各位遺失了包包，到了失物招領中心與人對話看看。

- 유실물센터 직원과 어떤 이야기를 할까요?
  各位會與失物招領中心的職員說些什麼呢？

- 다음 가방 중 하나를 선택해서 특징을 어떻게 말해야 할지 생각해 보세요.
  請在以下的包包中選出一個，並且想想看要如何說明它的特徵。

- 유실물센터 직원과 물건을 잃어버린 사람이 되어 이야기해 보세요.
  請扮演失物招領中心的職員與遺失包包的人來對話看看。

2 여러분이 물건을 잃어버린 경험에 대해 이야기해 보세요.
請說說看各位遺失東西的經驗。

- 다음에 대해 생각해 보세요.
  請針對以下的問題想想看。

  1) 여러분은 물건을 잘 잃어버리는 편입니까? 왜 그렇다고 생각해요?
     各位算是很常遺失東西的人嗎？為什麼這樣認為呢？

  2) 물건을 잃어버린 경험에 대해 메모해 보세요.
     請試著簡單記下遺失東西的經驗。

     - 언제, 어디에서
     - 어떤 물건을
     - 잃어버린 후 어떻게 했는지
     - 찾았는지
     - 물건을 잃어버려서 생긴 문제는 무엇인지

- 메모한 내용을 발표해 보세요.
  請發表一下寫下的內容。

閱讀_읽기

1 다음은 게시판에 붙어 있는 안내문입니다. 잘 읽고 질문에 답하세요.
以下是貼在告示板上的告示。請仔細讀完後，回答問題。

1) ㉠과 ㉡에 들어갈 제목을 쓰세요.
請在 ㉠ 與 ㉡ 中寫入標題。

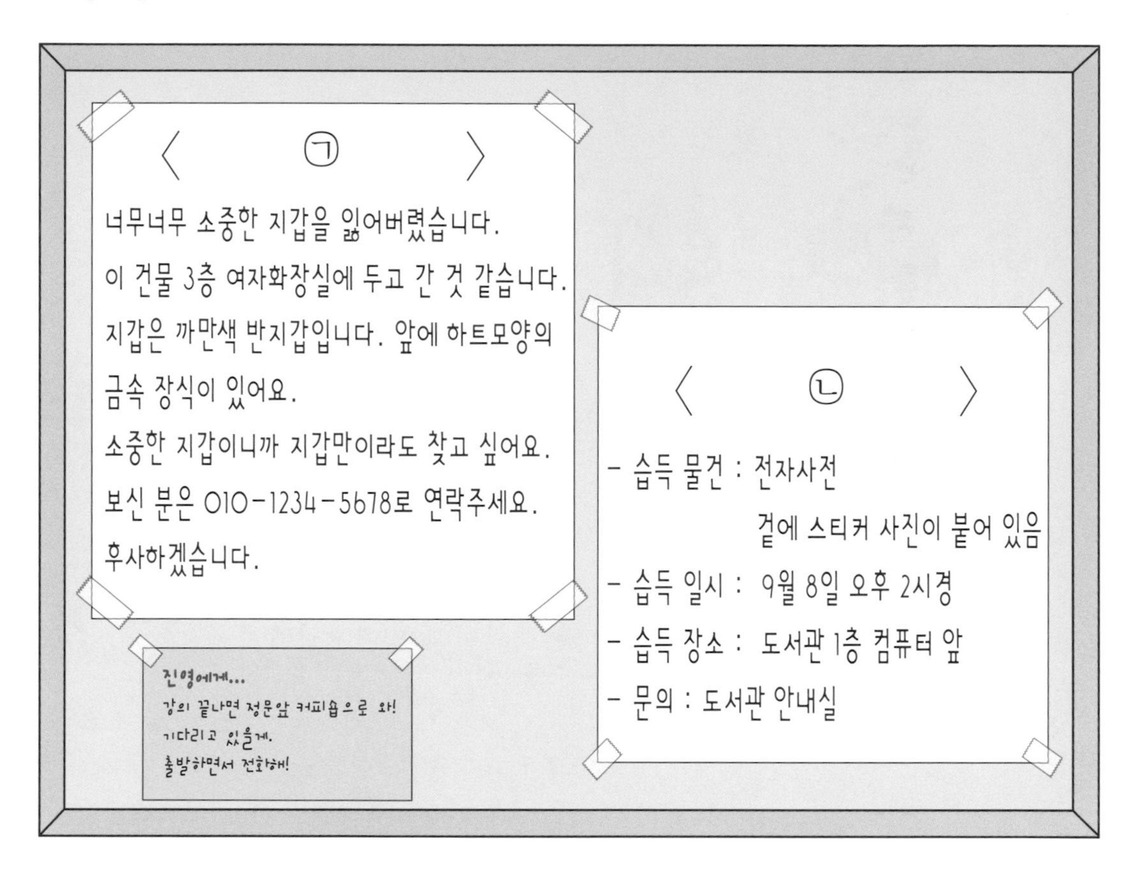

2) ㉠과 ㉡에서 말하는 물건과 같은 그림을 고르세요.
請在圖示中選出 ㉠ 與 ㉡ 中所描述的物品。

新語彙

소중하다 珍貴的、愛惜的
반지갑 短皮夾
스티커 貼紙

寫作_쓰기

1 잃어버린 물건을 찾는 공고문을 써 보세요.
請寫一篇尋找遺失物品的廣告。

- 잃어버린 물건을 찾는 공고문에는 어떤 내용이 들어갈까요?
  在遺失物品的廣告中會有什麼樣的內容呢？

- 여러분의 물건 중의 하나를 잃어버렸다고 생각하고, 그 물건의 특징을 설명할 때 필요한 말을 메모해 보세요.
  請想像各位的物品當中有一件遺失了，然後簡單寫下說明那物品特徵時所需的內容。

- 메모한 내용을 바탕으로 잃어버린 물건을 찾는 공고문을 써 보세요.
  請以寫下的內容為基礎，寫一篇廣告來找尋遺失的物品。

- 이 글을 읽고 찾아 주고 싶은 마음이 생길까요? 그렇지 않다면 수정해 보세요.
  在讀完這篇文章後，會想幫忙尋找嗎？如果不是的話，請再修正看看。

자기 평가	自我評價
잃어버린 물건에 대해 설명할 수 있어요? 各位能說明遺失的物品嗎？	非常棒 ●—●—●—●—● 待加強
어떻게 하다가 잃어버리게 됐는지 경위를 설명할 수 있어요? 各位能說明如何遺失的原委嗎？	非常棒 ●—●—●—●—● 待加強
분실물 광고를 읽고 쓸 수 있어요? 各位能讀懂，並且書寫失物的廣告嗎？	非常棒 ●—●—●—●—● 待加強

문법 文法

1 -만 하다

- -만 하다接在名詞後，表現人或物體的大小與前面名詞相當。

(1) 가 : 잃어버린 가방이 얼마만 해요?
　 나 : 이 책만 해요.
(2) 가 : 지금 살고 있는 방이 커요?
　 나 : 아니요, 이 사무실 반만 해요.
(3) 가 : 수진 씨 언니도 키가 커요?
　 나 : 네, 언니도 저만 해요.
(4) 가 : 책 크기가 얼마만 해요?
　 나 : ______________________________.

2 -자마자

- -자마자接在動詞語幹後，表現前一個動作結束後，緊接著進行第二個動作。

(1) 가 : 잃어버린 지갑은 찾았어요?
　 나 : 아니요, 잃어버린 것을 알자마자 바로 신고했는데 연락이 없어요.
(2) 가 : 휴대 전화가 없어요? 잃어버린 것 아니에요?
　 나 : 아침에 일어나자마자 바로 출근했거든요. 아마 집에 놓고 왔나 봐요.
(3) 가 : 어제 영진 씨랑 늦게까지 있었어요?
　 나 : 아니요, 피곤해서 만나자마자 헤어졌어요.
(4) 가 : 모두들 어디 갔어요?
　 나 : ______________________________.

3 -(이)라도

- -(이)라도接在名詞後，表現不太滿意但還可以接受之意。

(1) 가 : 지갑을 아직 못 찾았어요?
　　나 : 네, 안에 있는 신분증이라도 찾았으면 좋겠는데요.

(2) 가 : 커피 한 잔 줄래요?
　　나 : 지금 커피가 떨어졌는데, 주스라도 드릴까요?

(3) 가 : 안 사셔도 되니까 한번 입어 보기라도 하세요.
　　나 : 예쁘기는 한데 좀 비싸서요.

(4) 가 : 오만 원을 빌려 달라고요? 저 지금 만 원밖에 없는데.
　　나 : ______________________________.

新語彙

떨어지다 短缺、不足

제9과 연애 · 결혼
戀愛 · 結婚

目標

各位將能針對戀愛和婚姻談論自己的經驗或看法。

主題	戀愛和結婚
功能	談論有關戀愛和結婚的條件、談論戀愛的經驗
活動	聽力：聆聽有關男／女朋友的說明、聆聽有關配偶的條件 口說：談論男／女朋友、談論配偶的條件 閱讀：閱讀有關擇偶條件的問卷調查結果 寫作：書寫一篇有關擇偶條件的文章
語彙	與異性見面、對異性的好感、戀愛、結婚、後悔戀愛和結婚、擇偶的條件
文法	만에、-(으)ㄹ수록、-던
發音	終聲ㄱ、ㄷ、ㅂ後的硬音化
文化	相親

제9과 **연애 · 결혼** 戀愛 · 結婚

도입

引言

1. 이 사람들은 무엇을 하고 있어요?

2. 여러분은 연애를 한 적이 있어요? 어떤 사람과 결혼하고 싶어요?

대화 & 이야기

對話&敘述

1

윤아 : 준수야, 너는 여자 친구를 어떻게 만났어?
준수 : 전부터 알고 지내던 동아리 후배야.
윤아 : 아, 그래? 그럼 처음 만났을 때부터 마음에 들었어?
준수 : 아니, 처음에는 그냥 동생 같았는데, 언제부턴가 좋아하는 마음이 생겼어.
윤아 : 그런데 어떻게 사귀게 되었어?
준수 : 내가 좀 따라다녔지. 계속 연락을 하고 생일에는 꽃도 보내고. 그러니까 내 마음을 받아 주던데.
윤아 : 지금도 그렇게 좋아?
준수 : 응, 보면 볼수록 더 좋아.

新語彙

후배 晚輩、學弟、學妹
따라다니다 追隨、伴隨
마음을 받아 주다 接受某人的心意

2

민 서 : 혹시 유진이가 다음 달에 결혼한다는 소식 들었어?
제니퍼 : 응, 선을 봤다는 이야기를 들은 지 얼마 안 되었는데 벌써 결혼을 한다고 하네.
민 서 : 그래. 만난 지 두 달 만에 결혼하는 거라고 들었어.
제니퍼 : 부모님께서 빨리 결혼하라고 하셔서 그렇게 되었다고 해도 결혼을 두 달 만에 하는 것은 좀 이해가 안돼.
민 서 : 좀 이상하지만 중매로 결혼해서도 잘 사는 사람이 많던데.
제니퍼 : 그렇기는 하지만 연애할 때 죽고 못 살던 사람들도 결혼한 후에 그렇게 싸운다고 하잖아.

新語彙

선을 보다 相親
중매 說媒、介紹對象
연애하다 戀愛
죽고 못 살다 非常相愛

3

결혼은 꼭 해야 하는 것일까? 사랑의 결실을 맺는다거나 영원한 사랑을 약속한다는 의미에서는 결혼이 필요한 것도 같지만 요즘은 결혼을 늦추거나 미루는 사람들이 많아지는 것 같다.

결혼을 하면 믿고 의지할 사람이 생긴다는 점은 좋지만 한편으로는 자기를 잃어버리게 되는 것이 아닐까 하는 생각도 든다. 시간이 갈수록 가족들을 챙겨야 할 일들이 많아지고 아이를 낳아 기르게 되면 부모로서의 책임도 생긴다. 이렇게 결혼 후에 서로에 대한 책임을 다하다 보면 자신만의 시간은 없어져 버린다. 그래서 친하게 지내던 친구들과 멀어지기도 한다. 이런 것들을 생각해 보면 '결혼을 꼭 해야 할까'라는 생각이 들기도 한다. '결혼은 해도 후회, 안 해도 후회'라는 이야기를 들은 적이 있는데 그래도 나는 결혼을 하고 후회하고 싶다.

新語彙

결실을 맺다 結果、成功
영원하다 永遠的
의미 意義、意思
늦추다 延遲、延後
미루다 拖延、推遲
의지하다 倚靠
챙기다 照顧
책임 責任
후회 後悔

맞선 相親

- 여러분은 맞선이라는 말을 들어 본 적이 있어요?
  各位有聽過相親嗎？

- 다음은 한국의 맞선 문화에 대한 글입니다. 다음을 읽고 맞선이 무엇인지 생각해 보세요.
  以下是有關韓國相親文化的文章。請仔細讀完後，想想看相親是什麼。

韓國有句古語說「男女七歲不同席」，意思是男孩和女孩到了七歲之後，就不能坐在一起的意思。因為有這種風俗習慣，在過去傳統的韓國社會裡一般都是透過相親結婚的。這種被撮合的婚姻稱為媒妁婚姻。到現今相親依然是相當普遍。

相親的優點是在見面之前就能夠先了解未來可能的伴侶。在現代的社會，雖然戀愛結婚已經非常普遍化，但相親的風氣依舊盛行，因此在韓國存在著一種完整的「紅娘」行業。而很多公司都有專責單位安排相親，協助那些因為太忙而無法戀愛的多數年輕人。

- 여러분 나라에도 맞선 문화가 있어요? 이야기해 보세요.
  在各位的國家也有相親文化嗎？請說說看。

말하기 연습 口說練習

1 〈보기〉와 같이 이야기하고, 남자/여자 친구를 어떻게 만났는지 친구와 묻고 대답해 보세요.

> 보기
> **남자 친구 / 동아리에서** 가 : 남자 친구를 어떻게 만났어요?
> 나 : 동아리에서 만났어요.

❶ 여자 친구 / 친구 소개로
❷ 남자 친구 / 학교에서
❸ 남편 / 모임에서
❹ 부인 / 미팅에서
❺ 여자 친구 / 우연히
❻ 약혼자 / 선을 봐서

이성과의 만남 與異性見面

- 미팅을 하다 聯誼
- 소개팅을 하다 介紹男女認識（一對一）
- 선을 보다 相親
- 사내 커플 公司情侶
- 캠퍼스 커플 校園情侶

新語彙

- 약혼자 未婚夫／未婚妻

2 〈보기〉와 같이 이야기해 보세요.

> 보기
> **외모가 마음에 들다** 가 : 그 사람 어디가 마음에 들었어요?
> 나 : 외모가 마음에 들었어요.

❶ 느낌이 좋다
❷ 자상한 점이 마음에 들다
❸ 믿음직해 보이다
❹ 나하고 마음이 맞을 것 같다
❺ 이야기가 잘 통하다
❻ 이야기를 재미있게 하는 것이 좋다

이성에 대한 호감 對異性的好感

- 느낌이 좋다 感覺不錯
- 인상이 좋다 印象很好
- 성격이 좋다 個性很好
- 자상하다 細心的、周到的
- 사랑스럽다 可愛的
- 믿음직하다 可信的、可靠的
- 섹시하다 性感的
- 취향이 비슷하다 志趣一致
- 마음이 잘 맞다 很合得來、氣味相投
- 이야기가 잘 통하다 話很投機

3 〈보기〉와 같이 이야기하고, 남자/여자 친구를 어떻게 사귀게 되었는지 친구와 묻고 대답해 보세요.

보기

사귀다 / 첫눈에 반해서 따라다니다	가: 어떻게 사귀게 되었어요? 나: 첫눈에 반해서 따라다니다가 사귀게 되었어요.

❶ 사귀다 / 오랫동안 친구로 지내다

❷ 헤어지다 / 그 사람이 바람을 피워서 싸우다

❸ 사귀다 / 나 혼자 3년간 짝사랑하다

❹ 사랑에 빠지다 / 자주 만나다

❺ 결혼하다 / 친구로 지내다

❻ 결혼하다 / 오랫동안 연애하다

연애 戀愛

- 사귀다 交往
- 연애하다 戀愛
- 사랑에 빠지다 墜入情海
- 짝사랑하다 單戀、單相思
- 사랑을 고백하다 表白、示愛
- 따라다니다 追隨、伴隨
- 사랑이 식다 愛情冷卻、愛情淡了
- 바람을 피우다 外遇、劈腿
- 첫눈에 반하다 一見鍾情
- 헤어지다 分開、分手

新語彙

- 오랫동안 長期間

4 〈보기〉와 같이 이야기해 보세요.

보기

만나다, 약혼하다 / 3년	가: 만난 지 얼마 만에 약혼했어요? 나: 만난 지 3년 만에 약혼했어요.

❶ 여자 친구를 사귀다, 결혼하기로 하다 / 2년

❷ 아내와 결혼하다, 아기를 낳다 / 3년

❸ 여자 친구와 사귀다, 헤어지다 / 6개월

❹ 남편과 이혼하다, 재혼하다 / 10년

❺ 남자 친구와 헤어지다, 다시 연락하다 / 6개월

❻ 부인과 약혼하다, 결혼하다 / 1년

결혼 結婚

- 청혼하다 求婚
- 약혼하다 訂婚
- 결혼하다 結婚
- 이혼하다 離婚
- 재혼하다 再婚
- 남편 丈夫、老公
- 신랑 新郎
- 아내 妻子、老婆
- 부인 夫人
- 배우자 配偶
- 약혼자 未婚夫／未婚妻

語言提點

신랑這個單字指的是即將結婚或是剛結婚的男子，但有時也指丈夫。

5 〈보기〉와 같이 이야기해 보세요.

보기

남자 친구가, 제일 멋있다 / 보다

가 : 남자 친구가 지금도 제일 멋있어요?
나 : 네, (보면) 볼수록 더 멋있어요.

新語彙

믿음직스럽다 可信的、可靠的

❶ 여자 친구가, 잘해 주다 / 시간이 지나다
❷ 남자 친구와, 마음이 맞다 / 이야기하다
❸ 아내가, 사랑스럽다 / 보다
❹ 애인이, 좋다 / 만나다
❺ 여자 친구가, 예쁘다 / 보다
❻ 남편이, 믿음직스럽다 / 살다

6 〈보기〉와 같이 이야기해 보세요.

보기

시간을 되돌리고 싶다

가 : 아직도 사랑하세요?
나 : 사랑은 무슨……. 시간을 되돌리고 싶어요.

연애와 결혼에 대한 후회
後悔戀愛和結婚

시간을 되돌리고 싶다
想回到過去
눈에 콩깍지가 쓰이다
被愛沖昏了頭
（眼睛被戴上了豆莢）
내 발등을 찍고 싶다
想揍自己一頓
（想砍自己的腳背）
미치다 發瘋、瘋狂
원수가 따로 없다
跟仇人沒有兩樣
눈이 삐다 看走眼
그땐 뭘 모르다 那時完全不懂
정으로 살다 靠舊情生活

❶ 정으로 살다
❷ 내 발등을 찍고 싶다
❸ 그땐 뭘 몰랐다
❹ 원수가 따로 없다
❺ 눈이 삐었다
❻ 눈에 콩깍지가 씌었나 보다

7 〈보기〉와 같이 이야기해 보세요.

보기	
결혼할 사람 / 전에 같은 회사에서 일하다	가 : 결혼할 사람이 누구예요? 나 : 전에 같은 회사에서 일하던 사람이에요.

❶ 사귀는 사람 / 같은 학교에 다니다

❷ 약혼할 사람 / 옛날부터 알고 지내다

❸ 결혼할 사람 / 대학 때 사귀다

❹ 사귀는 사람 / 나를 따라다니다

❺ 결혼할 사람 / 제가 오래 전부터 짝사랑하다

❻ 사귀는 사람 / 어릴 때 옆집에 살다

新語彙

알고 지내다 認識

8 〈보기〉와 같이 이야기하고, 배우자의 조건에 대해 친구와 묻고 대답해 보세요.

보기	
능력	가 : 배우자를 선택하는 데 뭐가 제일 중요하다고 생각해요? 나 : 능력이 제일 중요하다고 생각해요.

❶ 외모 ❷ 종교

❸ 가정환경 ❹ 성격

❺ 학벌 ❻ 가치관

배우자 선택의 조건 擇偶的條件

외모 外貌
능력 能力
성격 性格
경제력 經濟能力
가정환경 家庭環境
학벌 教育背景、學校門派
가치관 價值觀
종교 宗教

9 〈보기〉와 같이 이야기하고, 연애와 결혼에 대해 친구와 묻고 대답해 보세요.

보기

나이 차가 많은 사람과 결혼하는 것 / 나이는 문제가 안 되다

가 : 나이 차가 많은 사람과 결혼하는 것에 대해서 어떻게 생각해요?
나 : 나이는 문제가 안 된다고 생각해요.

1. 선 / 새로운 사람을 만나는 방법 중의 하나다
2. 바람을 피우는 것 / 상대방에 대한 예의가 아니다
3. 동거 / 사랑한다면 문제가 안 되다
4. 독신주의 / 혼자 사는 것도 나쁘지 않다
5. 속도위반 / 책임을 질 수 있다면 문제가 안 되다
6. 국제결혼 / 사랑에 국적은 상관없다

新語彙

동거 同居
독신주의 單身主義
속도위반 未婚懷孕（超速）
국제결혼 國際婚姻

발음 發音

終聲ㄱ、ㄷ、ㅂ後的硬音化

독신주의 속도위반
[독씬] [속또]

當ㄱ、ㄷ、ㅂ、ㅅ、ㅈ接在終聲ㄱ、ㄷ、ㅂ之後時，則ㄱ、ㄷ、ㅂ、ㅅ、ㅈ會硬音化發成「ㄲ、ㄸ、ㅃ、ㅆ、ㅉ」的音。

▶ 연습해 보세요.

(1) 가 : 국제결혼도 할 수 있어?
나 : 국적이 무슨 상관이야?

(2) 가 : 옆집 누나를 짝사랑한다고요?
나 : 네, 하루라도 못 보면 못 살겠어요.

(3) 가 : 신랑이 참 믿음직스럽네요.
나 : 맞습니다. 학벌도 좋고 능력도 있고요.

활동 活動

聽力_듣기

1 다음은 어떤 사람이 여자 친구에 대해 이야기하는 대화입니다. 잘 듣고 아래의 내용이 맞으면 ○, 틀리면 ×에 표시하세요.
以下是某人談論女友的對話。請仔細聽，如果下方內容正確的話，請標示O。錯誤的話，請標示X。

1) 마이클 씨는 여자 친구를 대학교에서 만났다. ○ ×

2) 마이클 씨는 여자 친구와 사귄 지 1년이 되었다. ○ ×

3) 마이클 씨는 여자 친구와 결혼할 구체적인 계획을 가지고 있다. ○ ×

新語彙
구체적이다 具體的

2 다음은 만나고 싶은 이성의 조건에 대해 설명하는 이야기입니다. 잘 듣고 질문에 대답하세요.
以下是說明理想對象條件的談話。請仔細聽完後，回答問題。

1) 니콜라 씨는 어떤 사람을 만나고 싶어해요?

❶ 예쁜 사람 ❷ 믿음직한 사람

❸ 능력이 있는 사람 ❹ 학벌이 좋은 사람

2) 마이클 씨와 어울리는 사람은 누구입니까?

❶ 직업은 없지만 착한 사람

❷ 외모는 별로지만 성격이 좋은 사람

❸ 외모는 별로지만 능력이 있는 사람

❹ 직업은 없지만 외모가 멋진 사람

新語彙
평생 一生、平生
동반자 同伴
든든하다 牢靠、牢固

口說_말하기

1 여러분은 연애를 한 적이 있어요? 친구들과 남자/여자 친구에 대해 이야기해 보세요.
各位有戀愛過嗎？請和朋友們談談男／女朋友。

1) 만난 지 얼마나 됐어요?
交往多久了？

2) 그 사람의 어떤 점이 좋아요/좋았어요?
（過去）喜歡那個人哪一點？

3) 그 사람을 만난 것을 후회할 때는 없어요?
曾經後悔跟那個人交往嗎？

4) (헤어졌으면) 왜 헤어졌어요?
（如果分手了）為什麼分手呢？

2 여러분의 결혼에 대한 생각을 이야기해 보세요.
請說說看各位對於結婚的看法。

- 여러분은 결혼을 하고 싶어요? '네'는 1)로, '아니요'는 2)로 가세요.
各位想結婚嗎？想的話，請看1)，不是的話，請看2)。

1) 다음 중 중요하다고 생각하는 것 2~3가지를 선택해 보세요.
請在以下當中選擇2～3項各位覺得重要的。

외모	성격	능력	취미	가치관	기타

2) 결혼하고 싶지 않은 이유를 메모해 보세요.
請簡單寫下不想結婚的理由。

- 친구들 앞에서 발표해 보세요.
請試著在朋友們前面發表。

閱讀_읽기

1 다음은 결혼 조건에 대한 기사입니다. 잘 읽고 질문에 답하세요.
以下是針對結婚條件的報導。請仔細讀完後，回答問題。

- 아래 그래프를 보고 무엇에 대한 것인지 생각해 보세요.
  請想想看以下是什麼圖表。

- 다음 글을 읽고 ㉠, ㉡에 들어갈 말을 쓰세요.
  讀完以下文章後，寫入可以放入㉠、㉡當中的字詞。

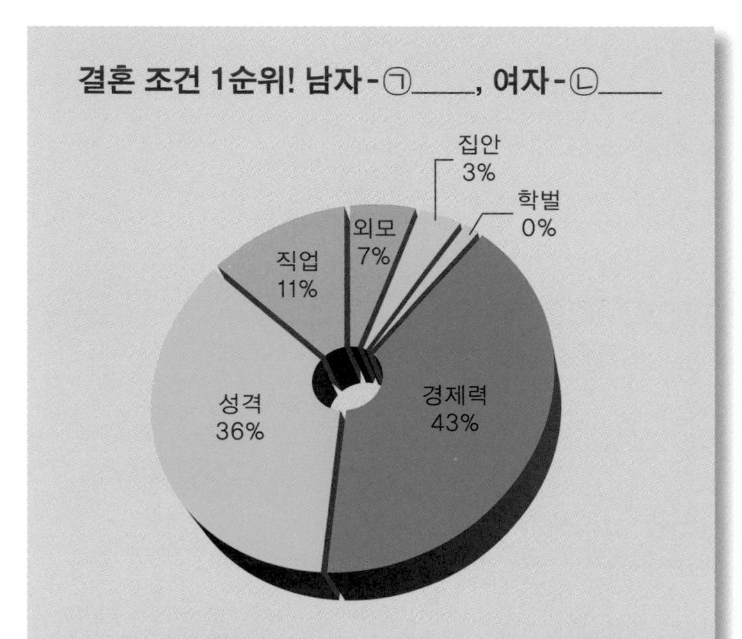

결혼하기 전에는 외모, 성격, 경제력, 직업 등 여러 가지 조건을 놓고 저울질을 하게 마련이다. 남녀 직장인들을 대상으로 "결혼 조건 1순위는?"이라는 설문을 실시한 결과 "경제력이 있어야 한다."고 응답한 사람이 237명으로 전체의 43%를 차지했다. 성별로 보면 남성 응답자들은 50% 이상이 '경제력'이 가장 중요하다고 응답했으며 '외모, 성격, 직업' 등이 그 뒤를 이었다. 반면에 여성 응답자들은 '성격'을 가장 중요한 조건으로 꼽았으며 '경제력, 직업, 외모' 등이 그 뒤를 이었다.

新語彙

- 저울질을 하다 權衡、掂量
- 마련이다 一定、必然
- 설문 問卷
- 실시하다 實施
- 차지하다 佔據
- 뒤를 잇다 後繼、接續在後
- 반면에 另一方面
- 꼽다 指出、選擇（理由）

- 여러분의 나라에서는 어떤 것을 가장 중요하다고 생각할 것 같은지 이야기해 보세요.
  請說說看在各位的國家會認為什麼是最重要的。

寫作_쓰기

1 여러분의 배우자 선택 조건에 대해 써 보세요.
請試著寫出各位擇偶的條件。

- 여러분이 배우자를 선택할 때 아래의 것들이 얼마나 중요하다고 생각해요?
  各位認為在擇偶時以下的選項有多麼重要呢？

  외모, 성격, 능력, 가치관, 기타

- 그 이유를 메모해 보세요.
  請試著簡單寫下理由。

- 여러분이 생각하는 배우자의 조건에 대한 글을 써 보세요.
  請試著寫一篇文章來說明各位的擇偶條件。

자기 평가 自我評價

● 연애 경험에 대해 이야기할 수 있어요? 各位能談論戀愛的經驗嗎？	非常棒 ●—●—●—●—● 待加強
● 결혼관에 대해 묻고 대답할 수 있어요? 各位能針對結婚觀詢問，並且回答嗎？	非常棒 ●—●—●—●—● 待加強
● 연애 경험이나 결혼에 대한 글을 읽고 쓸 수 있어요? 各位能讀懂，並且書寫有關戀愛經驗或結婚的文章嗎？	非常棒 ●—●—●—●—● 待加強

문법 文法

1 만에

- 만에表現從指定時間點到某事件所經過的時間長度。
- 主要使用-(으)ㄴ 지「時間」만에的型態。

(1) 가 : 약혼한 지 얼마 만에 결혼했어요?
　　나 : 약혼한 지 1년 만에 결혼했어요.
(2) 가 : 두 사람은 사귄 지 얼마 만에 결혼했어요?
　　나 : 5년 만에 결혼했어요.
(3) 가 : 한국에 얼마 만에 오셨어요?
　　나 : 지난번에 다녀간 지 3년 만에 왔어요.
(4) 가 : 두 사람은 헤어진 지 얼마 만에 다시 만났어요?
　　나 : ______________________________.

2 -(으)ㄹ수록

- -(으)ㄹ수록接在動詞、形容詞、「名詞＋이다」後，表現某事物在反覆或持續進行後，逐漸發生變化之意。
- 這分為兩種型態。
  a. 如果語幹以母音或ㄹ結尾時，使用-ㄹ수록。
  b. 如果語幹以ㄹ之外的子音結尾時，使用-을수록。
- 若為名詞，如同바쁜 때일수록、비싼 옷일수록一樣，-(으)ㄹ수록只用於表現程度。
- 使用-(으)면 -(으)ㄹ수록的型態。

(1) 가 : 여자 친구가 그렇게 좋아요?
　　나 : 네, 만나면 만날수록 더 좋아져요.
(2) 가 : 음식을 얼마나 준비할까요?
　　나 : 많으면 많을수록 좋으니까 넉넉하게 준비하세요.
(3) 가 : 가까운 사람일수록 더 예의가 필요해요.
　　나 : 네, 조심할게요.
(4) 가 : 철민 씨 정말 괜찮지요?
　　나 : 네, ______________________________.

新語彙

넉넉하다 充裕的、足夠的

3 -던

- -던接在動詞、形容詞、「名詞＋이다」後，用來修飾後面的名詞。指的是過去長期持續、重覆發生的事情或行為，也指尚未結束的事情。

(1) 가 : 여자 친구는 어떤 사람이에요?
나 : 제가 옛날부터 따라다니던 사람이에요.

(2) 가 : 나 여기 오다가 세은이를 만났어. 너도 누군지 알지?
나 : 그럼 알지. 우리 반에서 제일 예쁘던 애잖아.

(3) 가 : 우리 아이가 이번에 대학에 들어갔어요.
나 : 유치원 다니던 애가 벌써 대학생이 되었어요?

(4) 가 : 저 사람 아는 사람이에요?
나 : 네, ______________________________.

제10과 선물
禮物

目標

各位將能談論不同文化間的送禮文化。

主題	禮物
功能	說明送禮的文化、比較送禮的文化
活動	聽力：聆聽有關送禮文化的對話、聆聽廣播來信中有關無法忘懷的禮物 口說：說明送禮的文化、談論深留記憶的禮物 閱讀：閱讀一篇比較不同送禮文化的文章 寫作：書寫一篇文章來比較送禮文化的差異
語彙	特別的日子
文法	-(으)려다가、-지 알다/모르다、-도록 하다
發音	句子當中的詞組語調
文化	韓國有趣的送禮文化

제10과 선물 禮物

도입 引言

1. 이 사람들은 뭘 가지고 왔어요? 왜 이런 선물을 주었을까요?

2. 여러분 나라에는 특별한 의미가 있는 선물이 있어요?

대화 & 이야기 對話&敘述

1

수　미 : 다음 주에 제인 씨가 집들이한다는 이야기 들었지요?
케이코 : 네, 그런데 집들이 선물로 뭘 사 가지고 가면 좋을지 모르겠어요. 한국에서는 집들이 갈 때 보통 어떤 선물을 해요?
수　미 : 요즘은 시계나 화분 같은 것도 많이 사 가지만 보통은 휴지나 세제 같은 것을 사 가지고 가요.
케이코 : 화장지나 세제라고요? 무슨 특별한 이유가 있나 봐요.
수　미 : 네, 이사 간 집에서 모든 일이 잘 풀리라고 휴지를 주거나 비누 거품이 일어나는 것처럼 빨리 부자가 되라고 세제를 선물하는 거예요.
케이코 : 아, 휴지가 술술 풀리는 것처럼 말이지요? 재미있네요. 그럼 우리도 제인 씨에게 휴지하고 비누를 선물하도록 해요.
수　미 : 그렇게 해요. 선물의 의미를 알면 아마 제인 씨도 좋아할 거예요.

新語彙

집들이 喬遷宴
화분 花盆
세제 洗潔劑
풀리다 被化解、被消解
거품 泡沫
술술 流暢地、平順地

2

앙리 : 얼마 전에 결혼한 중국인 친구 집에 놀러 갔었는데 내가 실수를 좀 한 것 같아.
승철 : 실수를 했다고? 무슨 일이 있었는데?
앙리 : 처음으로 외국 친구 집에 초대를 받은 건데, 뭘 사 가는 게 좋을지 몰라서 고민을 많이 했어. 그러다가 신혼집에 어울릴 것 같은 시계를 사 가지고 갔거든…….
승철 : 근데 왜? 친구가 시계를 마음에 안 들어했어?
앙리 : 그건 아닌데, 시계를 한자로 쓰면 죽음이라는 말과 소리가 같은 경우가 있어서 중국에서는 선물을 잘 안 한다고 하는 이야기를 얼마 전에 들었거든.
승철 : 정말? 나도 그건 몰랐는데. 그냥 필요한 거 없냐고 물어보고 사지 그랬어?
앙리 : 필요한 걸 물어보려다가 놀라게 해 주고 싶어서 고민하고 사 갔는데…….

新語彙

신혼집 結婚新房
죽음 死亡

3

선물을 주고받는 것은 즐거운 일이지만 조금만 더 신경을 쓰면 좀 더 기분 좋게 마음까지 주고받을 수 있다고 생각한다.

정성이 담긴 선물은 가격이 조금 싸도 받는 사람을 행복하게 할 수 있다. 따라서 받는 사람에게 필요한 것이나 취향을 잘 생각해서 선물을 준비하도록 해야 한다. 이렇게 정성껏 준비한 선물은 가격만 비싼 성의 없는 선물보다 받는 사람의 기분을 좋게 할 것이다.

반면에 가격이 너무 비싼 선물은 받는 사람을 부담스럽게 할 수 있다. 그런 선물을 받으면 이렇게 비싼 선물을 한 의도가 뭘까, 다음에 나도 상대방에게 그 정도의 선물을 해 줘야 하는 것이 아닐까 하는 생각을 하게 된다. 그래서 선물은 주는 사람도 받는 사람도 부담이 없는 정도가 적절하다.

新語彙

정성 誠心、真誠
담기다 裝、盛
취향 志趣、趣向
정성껏 誠心地、真誠地
성의 없다 無誠意
부담스럽다 覺得負擔、有壓力
의도 意圖
적절하다 適切的、正好的

한국의 재미있는 선물
韓國有趣的送禮文化

- 여러분은 한국에서 시험을 앞둔 사람에게 어떤 선물을 주는지 알아요?
  各位知道在韓國會送給要考試的人什麼禮物嗎？

- 다음은 수험생에게 주는 선물에 대한 글입니다. 다음 글을 읽고 한국의 선물 문화에 대해 생각해 보세요.
  以下是有關送考生禮物的文章。請讀完以下的文章，並想想看韓國的送禮文化。

韓國人依傳統會送考生麥芽糖或年糕，用來祝其好運。這種送禮的文化蘊含著祝福考生金榜題名的心願，但這種文化正逐漸在改變當中。在今日，更流行送鏡子和叉子等如此特別的禮物。送鏡子是緣自於雙關語，因為動詞在시험을 보다（考試）和거울을 보다（照鏡子）兩個地方都可使用。而叉子因為具有叉中食物的能力，所以含有正確選擇答案之意。

- 여러분 나라에도 수험생에게 주는 선물이 있어요? 또 재미있는 의미가 있는 선물이 있어요? 한번 이야기해 보세요.
  在各位的國家也會送考生禮物嗎？還有其他具有有意義的禮物嗎？請試著說說看。

말하기 연습 口說練習

1 〈보기〉와 같이 이야기해 보세요.

> 보기
>
> **친구 아기 백일**
>
> 가 : 여기 웬일이세요?
> 나 : 친구 아기 백일이라서 선물 좀 사러 왔어요.

❶ 친구 집들이 ❷ 동생 아기 돌
❸ 결혼기념일 ❹ 어린이날
❺ 스승의 날 ❻ 어버이날

특별한 날 特別的日子

생일 生日
백일 小孩出生百日
돌 週歲
집들이 喬遷宴
명절 節日
어버이날 父母節
스승의 날 教師節
결혼기념일 結婚紀念日
성년의 날 成年節
어린이날 兒童節

2 〈보기〉와 같이 이야기해 보세요.

> 보기
>
> **백일 / 아기 옷을 선물하다**
>
> 가 : 백일에 보통 어떤 선물을 해요?
> 나 : 보통 아기 옷을 선물해요.

❶ 집들이 / 휴지나 세제를 주다
❷ 어버이날/ 카네이션을 드리다
❸ 성년의 날 / 장미하고 향수를 선물하다
❹ 돌 / 금반지나 아기 옷을 선물하다
❺ 명절 / 어른들께는 건강식품을 드리다
❻ 결혼식 때 / 돈으로 주다

文化提點

在某些特殊的日子，會送禮金來代替送禮。如果收到某人的禮金，常禮上，在下次對方的特別日子時，也會回送同等金額的禮金。

新語彙

카네이션 康乃馨
향수 香水
건강식품 健康食品

3 〈보기〉와 같이 이야기해 보세요.

보기

집들이 때, 휴지 / 일이 잘 풀리다

가 : 집들이 때에 휴지를 선물하는 특별한 의미가 있어요?
나 : 네, 일이 잘 풀리라는 의미예요.

新語彙
월급날 發薪日
내복 衛生衣褲
포크 叉子
찍다 插

❶ 돌, 금반지 / 부자가 되다
❷ 입학식 때, 가방 / 공부를 열심히 하다
❸ 첫 월급날, 내복 / 따뜻하게 지내시다
❹ 시험 보는 날, 포크 / 잘 찍다
❺ 결혼식 때, 돈 / 필요한 것을 사다
❻ 명절 때, 건강식품 / 건강하시다

4 〈보기〉와 같이 이야기해 보세요.

보기

중국, 친구 집에 갈 때 / 괘종시계

가 : 중국에서 친구 집에 갈 때 선물하면 안 되는 것이 뭐예요?
나 : 괘종시계를 선물하면 안 돼요.

新語彙
괘종시계 壁鐘
와인 葡萄酒

❶ 한국, 결혼할 때 / 가위나 칼
❷ 프랑스, 특별한 날에 / 와인
❸ 말레이시아, 특별한 날에 / 술
❹ 중국, 친구 생일에 / 우산
❺ 멕시코, 집에 초대 받았을 때 / 노란 장미
❻ 일본, 친구 집에 갈 때 / 하얀 꽃

5 〈보기〉와 같이 이야기해 보세요.

보기

한국, 신혼부부에게, 칼 / 두 사람이 헤어지는 것

가 : 한국에서 신혼부부에게 칼을 선물하면 안 되는 특별한 이유가 있어요?
나 : 칼을 선물하는 것은 두 사람이 헤어지는 것을 의미하기 때문이에요.

新語彙

인연을 끊다 （與某人）斷緣分
이별하다 離別、分別

❶ 영국, 특별한 날에, 백합 / 죽음
❷ 한국, 병문안 갈 때, 하얀 꽃 / 죽음
❸ 일본, 집들이에 갈 때, 칼 / 인연을 끊는 것
❹ 중국, 친구에게, 우산 / 이별하는 것
❺ 프랑스, 친한 친구에게, 빨간 장미 / 사랑을 고백하는 것
❻ 멕시코, 병문안 갈 때, 노란 장미 / 죽음

6 〈보기〉와 같이 이야기해 보세요.

보기

어버이날, 선물하다 / 옷, 건강식품

가 : 어버이날에 뭘 선물했어요?
나 : 옷을 선물하려다가 건강식품을 선물했어요.

新語彙

장난감 玩具
엿 麥芽糖

❶ 집들이 때, 사 가지고 가다 / 과일, 화장지
❷ 어린이날, 선물하다 / 장난감, 책
❸ 명절 때, 가져가다 / 과일, 건강식품
❹ 병문안을 갈 때, 가져가다 / 꽃, 과일
❺ 시험을 보기 전, 선물하다 / 엿, 포크
❻ 돌, 주다 / 반지, 돈

7 〈보기 1〉이나 〈보기 2〉와 같이 이야기해 보세요.

보기 1

스승의 날, 선물하다 / 카네이션	가 : 한국에서 스승의 날에 뭘 선물하는지 알아요? 나 : 네, 뭘 선물하는지 알아요. 보통 카네이션을 선물해요.

보기 2

스승의 날, 선물하다 / 모르다	가 : 한국에서 스승의 날에 뭘 선물하는지 알아요? 나 : 아니요, 뭘 선물하는지 몰라요.

❶ 시험 때, 주다 / 엿

❷ 어버이날, 선물하다 / 카네이션

❸ 병문안을 갈 때, 가져가다 / 모르다

❹ 돌 때, 선물하다 / 금반지

❺ 결혼식에 갈 때, 주다 / 돈

❻ 집들이 때, 가져가다 / 모르다

8 〈보기〉와 같이 이야기해 보세요.

보기

여자 친구 생일 / 장미꽃을 선물하다	가 : 여자 친구 생일에 뭘 선물해야 할지 모르겠어요. 나 : 장미꽃을 선물하도록 하세요.

新語彙

생활 生活
기억 記憶

❶ 어버이날 / 부모님이 좋아하시는 것을 선물하다

❷ 집들이 때 / 생활에 필요한 것을 사 가지고 가다

❸ 아버지 생신 / 건강에 도움이 되는 것을 사 드리다

❹ 친구 결혼식 때 / 부부가 함께 쓸 수 있는 것을 선물하다

❺ 스승의 날 / 선생님이 부담스러워하지 않는 선물을 하다

❻ 남자 친구 생일 / 기억에 남을 수 있는 것을 선물하다

9 친구가 다음과 같은 상황에서 어떤 선물을 하면 좋을지 고민하고 있습니다. 〈보기〉와 같이 친구가 좋은 선물을 할 수 있도록 조언해 보세요.

보기

가 : 한국에서 친구 결혼식에 갈 때 보통 뭘 선물해요?

나 : 보통 돈을 줘요.

가 : 결혼식 때 돈을 주는 특별한 의미가 있어요?

나 : 필요한 것을 사라는 의미도 있지만 큰일이 있을 때 서로 돕는다는 의미도 있어요.

가 : 또 어떤 선물을 해요?

나 : 집을 꾸미거나 부부가 함께 쓸 수 있는 것을 선물하기도 해요.

❶ 결혼식에 갈 때 ❷ 집들이 때

❸ 병문안을 갈 때 ❹ 아기 돌에

발음 發音

句子當中的詞組語調

집들이에 갈 때,
세제도 좋지만,
저는, 그림을
사 가려고요.

在句子當中換氣時，換氣前音節的語調可上揚（H）、下降（L），或是提高後再下降（HL）。雖然選擇哪種語調都無所謂，但上揚的語調（H）和提高後再下降的語調（HL）大都用在口語體，而下降語調則主要在正式場合中使用，表現出說話者堅定和權威的語氣。上揚的語調（H）表現溫柔有禮的口吻，而上揚再下降（HL）的語調則是為了明顯區分前後兩部分。

▶ 연습해 보세요.

(1) 집들이에 가려면 세제를 사 가세요.

(2) 마야 씨는 노래도 잘하고 운동도 잘해요.

(3) 그것도 좋은데 민호 씨가 좋아하는 책 같은 게 어때?

활동 活動

聽力_듣기

1 다음은 선물에 대해 이야기하는 대화입니다. 잘 듣고 아래의 내용이 맞으면 ○, 틀리면 ×에 표시하세요.

以下是有關送禮的對話。請仔細聽，下方內容正確的話，請標示O。錯誤的話，請標示X。

1) 여자는 부모님께 선물을 드리려고 한다. O ×

2) 한국에서는 선생님을 부모님처럼 생각하기도 한다. O ×

3) 여자는 카네이션과 가방을 살 것이다. O ×

2 다음은 라디오에 소개된 사연입니다. 잘 듣고 아래의 내용이 맞으면 ○, 틀리면 ×에 표시하세요.

以下是廣播中宣讀來信的內容。請仔細聽，下方內容正確的話，請標示O。錯誤的話，請標示X。

1) 김미연 씨는 얼마 전에 책을 선물로 받았다. O ×

2) 김미연 씨는 친구를 위해 직접 앨범을 만들었다. O ×

3) 김미연 씨의 친구는 앨범을 받고 감동했다. O ×

新語彙

고민하다 苦惱、苦悶
앨범 相冊、相簿
편집하다 編輯
펑펑 (울다) 大哭、痛哭
제작하다 製作
감동하다 感動

口說_말하기

1 여러분 나라에는 특별한 날 선물로 애용되는 것이나 선물을 하면 안 되는 것이 있어요? 그 이유는 무엇입니까? 친구와 이야기해 보세요.
在各位的國家中，有在特別的日子裡常送的禮物，或是不能送的禮物嗎？理由是什麼呢？請和朋友一起討論看看。

1) 특별한 선물로 애용되는 것이 있어요?
有常送的特別禮物嗎？

2) 그것을 선물하는 특별한 의미가 있어요?
送那件禮物有特別的意義嗎？

3) 특별한 날 선물하면 안 되는 것은 무엇입니까?
在特別的日子裡不能送的禮物是什麼？

4) 그것을 선물하면 안 되는 특별한 이유가 있어요?
不能送那件禮物有什麼特別的理由嗎？

2 여러분은 기억에 남는 선물이 있어요? 기억에 남는 선물에 대해 이야기해 보세요.
各位有印象深刻的禮物嗎？請說說看那印象深刻的禮物。

- 먼저 다음을 메모해 보세요.
  請先試著簡單寫下以下內容。

  1) 선물은 무엇이었습니까?

  2) 언제, 누구한테 받았어요?

  3) 왜 기억에 남아요?

  4) 그 선물은 어디에 있어요?

- 기억에 남는 선물에 대해 발표해 보세요.
  請試著發表各位印象深刻的禮物。

閱讀_읽기

1 다음은 선물 때문에 생긴 일에 대한 글입니다. 잘 읽고 질문에 대답하세요.
以下的文章是描述因送禮而發生了某事。請仔細閱讀完後，回答問題。

얼마 전 남자 친구의 생일날 나는 멋진 구두를 선물했다. 그런데 며칠이 지나도 남자 친구는 한 번도 그 구두를 신지 않는 것이었다. 나는 조금 서운하기도 하고 화가 나기도 해서 왜 내가 사 준 구두를 안 신느냐고 물었다. 그랬더니 사실 한국에서는 신발을 선물하면 그 신발을 신고 다른 사람에게 가라는 의미가 있기 때문에 신을 수가 없었다고 했다. 나는 내가 ㉠당황할까 봐 구두를 기쁘게 받아 줬던 남자 친구의 따뜻한 마음에 감동해서 다른 선물을 꼭 다시 사 줘야겠다고 생각했다.

그런데 어제 내가 구두를 산 가게에서 전화가 왔다. "손님, 얼마 전에 사셨던 구두를 잃어버리셨지요? 어떤 분이 가게 이름을 보고 여기로 가져오셨네요. 찾으러 오세요."

新語彙
서운하다 遺憾的、失望的

- ㉠의 이유는 무엇입니까? 이야기해 보세요.
  ㉠的理由是什麼呢？請試著說說看。

- 남자 친구가 구두를 신지 않은 이유는 무엇입니까? 이야기해 보세요.
  男友不穿皮鞋的理由是什麼呢？請試著說說看。

寫作_쓰기

1 여러분 나라와 한국의 선물 문화가 다른 것이 있어요? 선물과 관련된 문화 차이에 대해 써 보세요.
各位的國家與韓國的送禮文化有什麼不同嗎？請試著寫一篇有關送禮文化差異的文章。

- 다음에 대해 메모해 보세요.
  請簡單寫下以下的內容。

  1) 선물과 관련된 문화 차이를 느낀 적이 있어요? 어떤 것이었습니까?
     各位有感受過送禮文化的差異嗎？是什麼樣的差異呢？

  2) 왜 그런 차이가 생겼다고 생각해요?
     各位認為為什麼會有那樣的差異呢？

- 메모한 내용을 바탕으로 선물과 관련된 문화 차이에 대해 써 보세요.
  請以寫下的內容為基礎，試著寫一篇有關送禮文化差異的文章。

- 친구가 쓴 글을 읽고 새롭게 알게 된 사실이나 다른 생각이 있으면 이야기해 보세요.
  在讀完朋友所寫的文章後，如果有第一次聽到或是別的想法的話，請試著說說看。

자기 평가 自我評價

• 선물에 담긴 의미에 대해 이야기할 수 있어요? 各位能談論禮物所蘊含的意義嗎？	非常棒 ●—●—●—●—● 待加強
• 자기 나라의 선물 문화를 다른 나라의 선물 문화와 비교하면서 이야기할 수 있어요? 各位能比較，並且談論自己國家與其他國家送禮文化的差異嗎？	非常棒 ●—●—●—●—● 待加強
• 선물과 관련된 글을 읽고 쓸 수 있어요? 各位能讀懂，並且書寫有關禮物的文章嗎？	非常棒 ●—●—●—●—● 待加強

문법 文法

1 -(으)려다가

- -(으)려다가是-(으)려고 하다가的縮約式，接在動詞語幹後，表現說話者打算或計劃做某事，卻無法實行之意。-(으)려다가後面經常出現안、못、-지 않다、말다等否定性詞語。
- 這分為兩種型態。
  a. 如果語幹以母音或ㄹ結尾時，使用-려다가。
  b. 如果語幹以ㄹ之外的子音結尾時，使用-(으)려다가。
- -(으)려다가可用-(으)려다來代替，主要用於書面體。

(1) 가 : 어제 산 정장을 왜 안 입고 왔어요?
　나 : 일하는 데 불편할 것 같아서 입으려다가 말았어요.
(2) 가 : 이 케이크도 수잔 씨가 만든 거예요?
　나 : 아니요, 만들려다가 시간이 없어서 못 만들고 샀어요.
(3) 가 : 여자 친구 생일에 꽃을 보냈어요?
　나 : 아니요, 선물로 꽃을 보내려다가 옷을 사 줬어요.
(4) 가 : 방학 때 제주도에 다녀왔어요?
　나 : 아니요, ______________________.

2 -지 알다/모르다

- -지 알다/모르다接在動詞、形容詞、「名詞＋이다」後，表現說話者的認知或不知。
- 這分為以下幾種型態。

	現在	過去	未來／推測
動詞與 있다/없다	-는지 알다/모르다	-았/었/였는지 알다/모르다	-(으)ㄹ지 알다/모르다
形容詞與 名詞+이다	-(으)ㄴ지 알다/모르다		

(1) 가 : 돌 때 뭘 선물해야 하는지 알아요?
나 : 아니요, 뭘 선물해야 하는지 몰라요.
(2) 가 : 미라 씨가 얼마나 많이 아픈지 알아요?
나 : 아니요, 저도 잘 모르겠어요.
(3) 가 : 이 안에 든 것이 무엇인지 알아요?
나 : 아니요, 몰라요. 열어 볼까요?
(4) 가 : 마이클이 매운 음식도 잘 먹을지 모르겠네요.
나 : 걱정하지 마세요. 마이클 씨는 한국 음식을 다 잘 먹어요.
(5) 가 : 학생들이 이 책을 읽었는지 모르겠어요.
나 : 아마 읽었을 거예요.
(6) 가 : 미키코 씨도 방학에 고향에 돌아간다고 해요?
나 : 글쎄요. ______________________________.

3 -도록 하다

- -도록 하다接在動詞語幹後，用來間接表現命令、提議與意願。

(1) 가 : 영수 씨 집들이 선물로 뭘 사면 좋을까요?
나 : 세제랑 비누를 사도록 하죠.
(2) 가 : 오늘은 너무 늦었으니까 내일 다시 이야기하도록 하세요.
나 : 네, 알겠습니다.
(3) 가 : 내일은 몇 시까지 올 수 있어요?
나 : 가능하면 일찍 오도록 하겠습니다.
(4) 가 : 친구 결혼식 때 어떤 선물을 사는 게 좋을까요?
나 : ______________________________.

제 11 과 사건 · 사고
事件 · 事故

目標

各位將能夠談論事件或事故的原因和結果。

主題	事件和事故
功能	說明事件或事故發生的原因、說明事故的結果
活動	聽力：聆聽一段有關於遭小偷事故的對話、聆聽有關事故的新聞 口說：談論有關事件或事故的經驗 閱讀：閱讀有關事件的新聞報導 寫作：書寫有關事件或事故的經驗
語彙	事故、人命損失、財產損失
文法	-는 바람에、-(으)로 인해서、피동 표현
發音	漢字語 ㄹ之後的硬音化
文化	泰安的奇蹟

제11과 **사건 · 사고** 事件 · 事故

도입 引言

1. 무슨 일이 있었을까요?

2. 이런 사건이나 사고에 대해 한국어로 설명할 수 있어요?

대화 & 이야기

對話&敘述

1

윤호 : 수연아, 너네 하숙집에 도둑이 들었다면서? 괜찮아?
수연 : 응, 우리 방은 괜찮은데, 앞 방 언니 물건이 몇 개 없어졌어.
윤호 : 그런데 도둑이 어떻게 들어온 거야? 집에 사람이 아무도 없었어?
수연 : 아래층에 하숙집 아줌마도 있었는데 2층 창문으로 들어온 것 같아.
윤호 : 2층 창문이 열려 있었어?
수연 : 응, 어제 앞 방 언니가 환기를 시킨다고 창문을 열어 놓고 나가는 바람에 그렇게 됐어.
윤호 : 정말 놀랐겠다. 그래서 도둑은 잡혔어?
수연 : 아니, 아직. 지금 경찰이 조사 중이야.
윤호 : 그래도 사람은 안 다쳐서 다행이다.

新語彙

도둑이 들다 遭小偷
아래층 樓下
환기 換氣
잡히다 被抓到
조사 중 調查中

2

마이클 : 어, 저기 건물이 왜 그래? 완전히 다 탔네!
홍 위 : 너 이야기 못 들었어? 어제 저기 3층에 있는 실험실에서 화재가 났잖아.
마이클 : 그랬어? 어쩌다가 불이 났는데?
홍 위 : 어떤 선배가 실험을 한다고 불을 켜 놓았는데 불 끄는 것을 잊어버리고 퇴근하는 바람에 불이 번졌다고 해.
마이클 : 건물이 저렇게 다 탈 정도면 큰불이었겠네.
홍 위 : 응, 어제 소방차도 오고 난리도 아니었어. 불이 난 지 한 시간 만에 꺼지기는 했는데 건물 전체가 다 탔어. 다행히 사람들은 다 퇴근한 뒤라서 인명 피해는 없었다고 해.
마이클 : 실험실에 화재가 많이 난다고는 들었는데 이렇게 가까이에서 사고가 날 줄은 몰랐다. 앞으로 조심해야겠다.

新語彙

건물이 타다 建築物燒毀
화재 火災
어쩌다가 怎麼搞地
실험 實驗
번지다 蔓延
소방차 消防車
난리 混亂、動亂
인명 피해 生命損失

3

빗길 교통사고

오늘 오후 11시경 성북구 안암동에서 정모 씨가 몰던 승용차가 맞은편에서 오던 개인택시와 충돌했다. 경찰은 승용차가 커브를 돌다가 빗길에 미끄러지는 바람에 사고가 난 것으로 보고 있다.

이 사고로 인해 택시에 타고 있던 운전자 양모 씨 등 3명이 숨지고 정 씨와 같이 타고 있던 2명은 머리와 목 등을 다쳐 병원에 옮겨졌으나 생명에는 지장이 없는 것으로 알려졌다.

경찰은 커브를 돌 때 브레이크를 밟았으나 속력이 줄어들지 않았다는 정 씨의 진술을 토대로 브레이크 고장 등 정확한 사고 원인을 조사하고 있다.

新語彙

- 빗길 下雨道路
- 모 某（先生／小姐）
- 몰다 駕駛
- 충돌하다 碰撞
- 커브 彎道
- 미끄러지다 變滑
- 숨지다 死亡
- 지장이 없다 無礙、無傷
- 생명 生命
- 속력 速度
- 브레이크 煞車
- 진술 陳述
- 토대 基礎
- 사고 事故
- 원인 原因
- 조사하다 調查

태안의 기적 泰安的奇蹟

- 태안에서 있었던 사고에 대해 알고 있어요? 사진 속의 사람들이 무엇을 하고 있는지 알아요?
  各位知道在泰安發生的事故嗎？各位知道相片中的人在做什麼嗎？

- 우리 주위에서 발생하는 많은 사고는 사실 인간의 실수로 인한 경우가 많습니다. 그러나 사고의 원인보다 더 중요한 것은 사고 처리입니다. 다음 글을 읽고 한국인이 경험한 큰 사고는 무엇이며 이를 어떻게 극복했는지 알아보세요.
  在我們周遭發生的事故事實上有很多都是人類的疏失所造成的，但是比起事故的原因，事故的處理更加重要。請在讀完以下的文章後，試著瞭解韓國人經歷了什麼樣的事故，還有如何克服這些事故。

2007年12月，一艘運載起重機的平底船與在泰安附近海域航行的油輪相撞。因這起碰撞事故，導致12,547公噸的原油外洩，這是韓國史上最嚴重的原油外洩事件。其結果導致許多海岸被巨大焦油塊污染，當地的養殖場因為外洩的原油遭到巨大的損失。
海岸雖沾滿油污，但卻有數以千計的志工協助清理工作。在原油外洩後的一個月期間，大約有一千三百萬名志工參與了除污的工作。由於有許多的團體與個人的協助，泰安才能在短短一年之內快速地恢復原來的美麗風貌。泰安的奇蹟可看成是大眾通力合作而戰勝悲劇的一個例子。

- 여러분 나라에도 이처럼 안타까운 사건이 있어요? 어떤 사건인지 소개해 주세요.
  在各位的國家也有如此令人難過的事件嗎？請試著介紹看看是什麼事件。

말하기 연습 口說練習

1 그림을 보고 〈보기〉와 같이 이야기해 보세요.

보기

교통사고가 나다

가 : 무슨 일이에요?
나 : 교통사고가 났어요.

❶

도둑을 맞다

❷

불이 나다

❸

물에 빠지다

❹

소매치기를 당하다

사고 1 事故1

당하다 遭受（事故）
도둑을 맞다 遭小偷
넘어지다 跌倒
물에 빠지다 落水

新語彙

소매치기 扒手

2 〈보기〉와 같이 이야기해 보세요.

화재가 발생하다

가 : 큰 사고가 났다면서요?
나 : 네, 화재가 발생했다고 해요.

❶ 다리가 무너지다 ❷ 비행기가 추락하다
❸ 가스가 폭발하다 ❹ 건물이 무너지다
❺ 테러가 발생하다 ❻ 배가 침몰하다

사고 2 事故2

건물이 무너지다/붕괴되다 建築物倒塌／崩塌
가스가 폭발하다 瓦斯爆炸
불이 나다/화재가 발생하다 失火／發生火災
비행기가 추락하다 飛機墜落
배가 침몰하다 船隻沈沒
테러가 발생하다 發生恐怖攻擊

3 〈보기〉와 같이 이야기해 보세요.

보기

문을 안 잠그다

가 : 어떻게 하다가 사고가 났어요?
나 : 문을 안 잠그는 바람에 그렇게 됐어요.

❶ 발을 헛디디다
❷ 눈길에 미끄러지다
❸ 피곤해서 깜박 졸다
❹ 뒤에 오는 차가 끼어들다
❺ 난로를 켜 놓고 나가다
❻ 가스 위에 주전자를 올려놓고 자다

新語彙

헛디디다 踩空、失足
깜박 一下子、一時
끼어들다 插進、擠進
난로 暖爐
가스 瓦斯
주전자 茶壺、水壺

4 〈보기〉와 같이 이야기해 보세요.

보기

엔진 고장

가 : 어쩌다가 사고가 났어요?
나 : 엔진 고장으로 인해 사고가 났어요.

❶ 부주의
❷ 졸음운전
❸ 음주 운전
❹ 안전시설 부족

新語彙

엔진 引擎
부주의 不慎、大意
졸음운전 疲勞駕駛
음주 운전 酒駕
안전시설 安全設施

5 〈보기〉와 같이 이야기해 보세요.

보기
승객이 부상을 당하다
가 : 사람이 많이 다쳤어요?
나 : 승객이 부상을 당했어요.

❶ 전원 숨지다
❷ 운전자가 사망하다
❸ 2명이 실종돼서 찾고 있다
❹ 운전자가 다쳐 병원에 입원하다
❺ 1명이 사망하고 2명이 중상을 입다
❻ 부상자가 계속 나오고 있다

인명 피해 生命損失

죽다 死亡、過世
숨지다 氣絕、死亡
사망하다 死亡
사망자 死者
다치다 受傷
부상을 당하다 負傷
부상자 傷者
중상을 입다 受到重傷
실종되다 失蹤
실종자 失蹤者

6 〈보기〉와 같이 이야기해 보세요.

보기
도둑이 들다 / 노트북하고 카메라를 가져가다
가 : 도둑이 들었다면서요?
나 : 네, 노트북하고 카메라를 가져갔다고 해요.

❶ 불이 나다 / 1억 원의 재산 피해를 입다
❷ 교통사고가 나다 / 차가 부서지다
❸ 폭발이 일어나다 / 건물 유리창이 깨지다
❹ 화재가 발생하다 / 건물이 다 타다
❺ 열차 사고가 나다 / 열차 운행이 모두 중단되다
❻ 건물이 무너지다 / 난장판이 되다

재산 피해 財產損失

-의 재산 피해를 입다 受到~的財產損失
열차 운행이 중단되다 列車行駛中斷
유리창이 깨지다 玻璃窗破裂
차가 부서지다 汽車碎裂、毀壞
난장판이 되다 變得亂七八糟、混亂
건물이 타다 建築物燒毀

7 그림을 보고 〈보기〉와 같이 이야기해 보세요.

보기

도둑을 잡다

도둑을 잡았어요.
➡ 도둑이 잡혔어요.

❶

문을 열다

❷
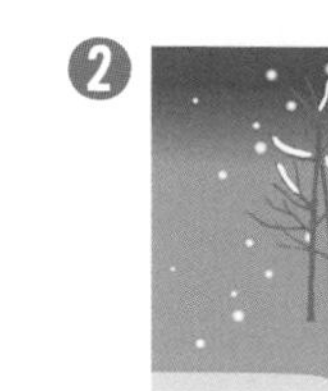
눈을 쌓다

❸

길을 막다

❹

다리를 끊다

피동 동사 1 被動詞1

쌓이다 被累積、被堆積
잡히다 被抓到
열리다 被開啟、被打開
닫히다 被關閉
밀리다 被推擠、被積壓
끊기다 被切斷、被中斷
막히다 被堵塞
들리다 被聽到
풀리다 被解開、被消除
팔리다 被販賣
안기다 被擁抱、被懷抱
덮이다 被覆蓋
놓이다 被放置、被擱置
쓰이다 被寫、被使用
쫓기다 被追趕

8 그림을 보고 〈보기〉와 같이 이야기해 보세요.

보기

편지를 찢다

편지를 찢었어요.
➡ 편지가 찢어졌어요.

❶

불을 끄다

❷
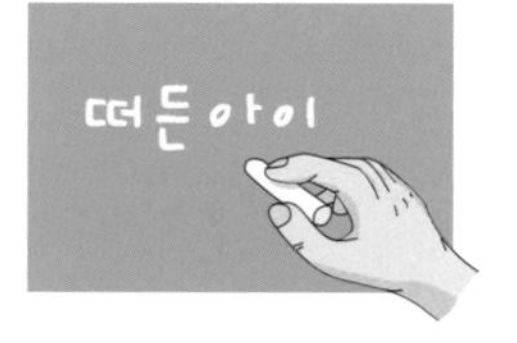

글씨를 쓰다

❸

가로등을 깨다

❹

길을 만들다

피동 동사 2 被動詞 2

꺼지다 被關閉、被熄滅
깨지다 被打破、被打碎
이루어지다 被形成、被實現
써지다 被寫
구부러지다 被彎曲
만들어지다 被製造、被製作
펴지다 被伸直、被展開
찢어지다 被撕破

9 다음 그림을 보고 사고가 일어난 경위와 결과에 대해 〈보기〉와 같이 설명해 보세요.

보기

가 : 도둑이 들었다면서요?
나 : 네, 밖에 잠깐 나갔다 왔는데 그 사이 들어온 것 같아요.
가 : 어떻게 들어온 거예요? 문을 안 잠갔어요?
나 : 제가 창문을 잠그는 걸 잊어버리는 바람에 창문으로 도둑이 들어왔나 봐요. 분명히 창문을 닫고 나갔는데 들어와 보니 이렇게 열려 있었어요.
가 : 사람은 안 다쳐서 다행인데 집이 엉망이네요.
나 : 네, 거울도 깨지고 서랍도 열려 있고요.

발음 發音

漢字語ㄹ之後的硬音化

발생	실종
[발쌩]	[실쫑]

若為漢字語的情況，ㄷ、ㅅ、ㅈ接在ㄹ終聲之後時，ㄷ、ㅅ、ㅈ會硬音化發成「ㄸ、ㅆ、ㅉ」的音。而ㄹ和ㄷ、ㅅ、ㅈ在口腔內的發音位置類似。

▶ 연습해 보세요.

(1) 가 : 실종 사건이 발생했어?
나 : 네, 그런데 실종자를 발견했어요.
(2) 가 : 네가 실수를 한 거야?
나 : 응, 내가 말실수를 좀 했어.
(3) 가 : 전보다 많이 발전했네요.
나 : 연습을 열심히 했거든요.

新語彙

엉망이다 亂七八糟

활동 活動

聽力_듣기

1 다음은 사고에 대해 이야기를 나누는 대화입니다. 잘 듣고 아래의 내용이 맞으면 O, 틀리면 ×에 표시하세요.
以下是針對事故的談話。請仔細聽，如果下方內容正確的話，請標示O。錯誤的話，請標示X。

1) 문을 잠그고 나갔지만 도둑이 들어왔다. O ×
2) 물건을 잃어버렸지만 인명 피해는 없었다. O ×
3) 잃어버린 물건은 경찰에 신고해서 다시 찾았다. O ×

新語彙
생활비 生活費
현관문 前門、玄關門
잠기다 被鎖上、被扣上

2 다음은 사고에 관한 뉴스입니다. 잘 듣고 질문에 대답하세요.
以下是有關事故的新聞。請仔細聽完後，回答問題。

- 다음 그림을 보며 어떤 사고인지 이야기해 보세요.
  請看以下的圖示，說說看是什麼樣的事故。

新語彙
수락산 水落山（山）
정상 頂峰、頂上
부근 附近
전미동 全美洞（行政區）
내부 內部
소방당국 消防當局
등산로 登山路
날이 건조하다 天氣乾燥

- 뉴스를 들으면서 사고의 원인이나 결과로 알맞은 것을 고르세요.
  請一邊聽新聞，一邊選出事故原因或結果的正確答案。

1) 첫 번째 뉴스
❶ 등산로가 미끄러워 사고가 났다.
❷ 이 사고로 인해 사망자가 발생했다.

2) 두 번째 뉴스
❶ 날이 건조해 화재가 났다.
❷ 이 화재로 인해 인명 피해가 발생했다.

口說_말하기

1 여러분은 어떤 사건・사고를 경험한 적이 있어요? 3~4명이 한 조가 되어 경험을 이야기해 보세요.
各位有經歷過什麼樣的事件或事故嗎？請以3～4人為一組，試著談論這些經驗。

- 다음에 대해 생각해 보세요.
  請想想看以下的問題。

  1) 무슨 사건・사고입니까?

  2) 언제, 어디에서 생긴 일입니까?

  3) 사건・사고의 원인은 무엇입니까?

  4) 사건・사고의 결과는 어떻게 됐어요?

- 여러분이 경험한 사건・사고에 대해 이야기해 보세요.
  請試著談論各位經歷過的事件或事故。

2 여러분 나라에서 최근에 일어났던 큰 사고에 대해 이야기해 보세요.
請試著談論最近各位國家中發生的重大事故。

- 여러분 나라에서 있었던 큰 사고에 대해 조사해 오세요.
  請調查一下各位國家中曾經發生的重大事故。

- 조사한 내용을 일시, 장소, 원인, 결과로 정리해 메모해 보세요.
  請將調查的內容，按照時間、場所、原因、結果整理後，簡單記下。

- 메모를 보며 한 사람씩 발표해 보세요.
  請看著寫下的內容，一位一位發表看看。

閱讀_읽기

1 다음은 사건에 관한 신문기사입니다. 잘 읽고 질문에 답하세요.
以下是有關某事件的新聞報導。請仔細閱讀後，回答問題。

- 먼저 제목을 읽어 보세요. 그리고 어떤 사건일지 이야기해 보세요.
  請先讀讀看標題，然後說說是什麼樣的事件。

NEWS

하필이면 여자 경찰관 주머니를……!

여성의 지갑만 주로 훔치던 소매치기가 하필이면 외출 나온 여자 경찰관의 지갑에 손을 대는 바람에 잡히게 되었다.

제주도에서 근무하는 김모(여. 34) 경찰은 서울에 연수를 받으러 와 수업이 끝난 후 서울 명동으로 외출을 나왔다.

김 순경은 쇼핑을 즐기던 중 한 남자가 자신을 살짝 스치고 지나갈 때 ㉠김새가 이상해 곧바로 가방을 살펴본 후 지갑이 없어진 것을 알았다. 주변을 살피다가 10m 뒤에서 자신의 지갑을 들고 서 있던 이모 씨(40)를 발견한 김 순경은 동료 여경들과 함께 이 씨를 붙잡아 인근 경찰서에 넘겼다.

경찰 관계자는 일반인이면 모르고 넘어갈 상황에서 여자 경찰관의 활약으로 소매치기를 잡을 수 있었다고 설명했다.

- 기사를 읽고 아래의 내용이 맞으면 O, 틀리면 X에 표시하세요.
  讀完報導後，如果下方內容正確的話，請標示O。錯誤的話，請標示X。

1) 제주도에서 일어난 사건이다. O X

2) 소매치기한 범인은 현장에서 잡혔다. O X

3) 잃어버린 지갑을 경찰관이 찾아 주었다. O X

- 전체 기사를 다시 읽으면서 ㉠의 의미를 추측해 보세요.
  請重新讀一遍報導，並且推測 ㉠ 的意義。

新語彙

하필이면 偏偏、何必
훔치다 偷竊
연수 研修、進修
순경 巡警
스치다 擦身而過
인근 鄰近
관계자 相關人士、有關人員
일반인 一般人
넘어가다 越過、翻過
활약 活躍
현장 現場

寫作_쓰기

1 자신이 경험한 사건 · 사고에 대한 글을 써 보세요.
請試寫一篇文章來敘述自身經歷的事件或事故。

- 다음 표를 완성해 보세요.
  請試著完成以下表格。

일시, 장소	
원인	
피해 상황	

- 위의 표를 바탕으로 자신이 경험한 사건 · 사고에 대한 글을 써 보세요.
  請以上方的表格為基礎，試著寫一篇文章來敘述自身經歷的事件或事故之文章。

자기 평가 自我評價

사건 · 사고의 경험을 이야기할 수 있어요? 各位能談論事故或事件的經驗嗎？	非常棒 ●—●—●—●—● 待加強
사고의 원인과 결과에 대해 설명할 수 있어요? 各位能說明事故的原因和結果嗎？	非常棒 ●—●—●—●—● 待加強
사건 · 사고에 관한 글을 읽고 쓸 수 있어요? 各位能讀懂，並且書寫有關事故或事件的文章嗎？	非常棒 ●—●—●—●—● 待加強

문법 文法

1 -는 바람에

- -는 바람에接在動詞語幹後，表現因為-는 바람에前面所提到的意外行為，而產生的結果。

(1) 가 : 어쩌다가 사고가 났어요?
　나 : 길에서 미끄러지는 바람에 사고가 났어요.
(2) 가 : 왜 늦었어요?
　나 : 버스를 잘못 타는 바람에 늦었어요.
(3) 가 : 아직 다 못 끝냈어요?
　나 : 네, 전화가 계속 오는 바람에 일을 할 수가 없었어요.
(4) 가 : 어쩌다가 사고가 났어요?
　나 : ______________________________.

2 -(으)로 인해서

- -(으)로 인해서接在名詞後，表現因為前面名詞的關係，而產生的結果。
- 這分為兩種型態。
  a. 如果名詞以母音或ㄹ結尾時，使用-로 인해서。
  b. 如果名詞以ㄹ之外的子音結尾時，使用-으로 인해서。
- 例如使用公文等正式的場合，較常使用-(으)로、-(으)로 인해的型態。

(1) 가 : 교통사고가 난 원인이 뭐예요?
　나 : 음주 운전으로 인해 사고가 난 것 같아요.
(2) 가 : 많이 아팠다면서요?
　나 : 네, 감기로 며칠 동안 고생했어요.
(3) 가 : 회사를 그만두신다고요?
　나 : 저로 인해 생긴 일이니 제가 책임을 져야지요.
(4) 가 : 사고의 피해가 어느 정도입니까?
　나 : ______________________________.

3 被動法

- 在主動（능동）句中，主語是由其本身的意志而行動。但相反地，在被動（피동）句中的主語則是受到他人行動的影響。

  엄마가 아기를 안았다.（主動）

  아기가 엄마에게 안겼다.（被動）

- 被動法可分為兩種。「接尾被動法」和「-아/어/여지다被動法」。

3-1 接尾被動法

- 在特定的動詞語幹後加上接尾詞-이-、-히-、-리-、-기-表現被動。這類型沒有規則可尋。
- 被動詞的範例

> 보이다, 쓰이다, 놓이다, 쌓이다, 섞이다, 깎이다, 바뀌다, 묶이다, 파이다
>
> 안기다, 씻기다, 감기다, 찢기다, 쫓기다, 끊기다
>
> 팔리다, 몰리다, 밀리다, 풀리다, 열리다, 걸리다, 들리다, 눌리다, 물리다
>
> 먹히다, 읽히다, 잡히다, 밟히다, 접히다, 닫히다, 묻히다, 박히다, 얹히다

(1) 가 : 영진 씨가 문을 열었어요?
    나 : 아니요, 제가 왔을 때 문이 열려 있었어요.
(2) 가 : 도둑을 어디에서 잡았다고 해요?
    나 : 현장에서 돌아다니다가 잡혔다고 해요.
(3) 가 : 그 동네에 비가 많이 왔다는데 괜찮아요?
    나 : 어제 내린 비로 강물이 넘쳐서 다리도 끊겼어요.
(4) 가 : 신발이 더러워졌네요.
    나 : 네, 아침에 버스 안에서 옆 사람에게 발을 ______________.

新語彙

섞이다 被混和、被摻和
깎이다 被削、被修
바뀌다 被改變、被交換
묶이다 被綑綁
파이다 被挖掘
씻기다 被洗刷
감기다 被纏繞
찢기다 被撕裂
물리다 被咬
먹히다 被吃
읽히다 被讀
밟히다 被踩
접히다 被折、被疊
묻히다 被埋
박히다 被釘、被鑲
얹히다 被放、被擱

3-2 -아/어/여지다 被動法

- -아/어/여지다接在主動句的敘述語後。此規則用於無法簡單使用接尾詞形成被動法的動詞。
- 被動詞的範例

> 써지다, 깨지다, 찢어지다, 주어지다, 펴지다, 이루어지다, 꺼지다

新語彙

주어지다 被給予

(1) 가 : 이제 산불이 꺼졌어요?
　나 : 아직이요. 바람이 불어서 잘 안 꺼지나 봐요.
(2) 가 : 저 이번 주 토요일에 은지 씨랑 데이트하기로 했어요.
　나 : 드디어 소원이 이루어졌네요. 축하해요.
(3) 가 : 주어진 시간이 얼마 없으니까 서두르세요.
　나 : 죄송한데 다른 종이를 주시겠어요? 이건 잘 찢어져서요.
(4) 가 : 이거 누가 깼어요?
　나 : 모르겠어요. 제가 봤을 때에도 이미 ______________.

MEMO

제 12 과 실수 · 후회
犯錯 · 後悔

目標

各位將能學會使用犯錯與後悔的相關表現。

主題	犯錯與後悔
功能	談論犯錯、談論後悔
活動	聽力：聆聽有關犯錯的事、聆聽有關後悔的事 口說：談論犯錯的經驗、談論有關後悔的事 閱讀：閱讀一篇有關犯錯的文章 寫作：書寫一篇文章來描述後悔的事
語彙	注意、不注意
文法	-느라고、-(으)ㄹ 뻔하다、-(으)ㄴ 채、-(으)ㄹ걸 그랬다
發音	ㄴ的添加
文化	'소 잃고 외양간 고친다'

제12과 **실수 · 후회** 犯錯 · 後悔

도입 引言

1. 이 사람은 지금 기분이 어떨까요? 이런 기분을 어떻게 이야기하면 좋을까요?

2. 여러분은 어떤 실수를 해 본 적이 있어요? 또 후회하는 일이 있어요?

대화 & 이야기

對話&敘述

1

동규 : 제니 씨는 한국 사람처럼 말을 잘하는 것 같아요.
제니 : 잘하기는요. 그동안 한국어를 잘 못해서 실수도 많이 했는데요.
동규 : 제니 씨가 그런 때가 있었어요?
제니 : 네, 처음에 한국어를 친구한테 배워서 반말밖에 몰랐거든요.
동규 : 정말이에요? 그래서 어떻게 되었어요?
제니 : 학교에서 높임말을 배우지 않았다면 높임말이 있다는 것도 모르는 채 살았을 거예요.
동규 : 그럼 이젠 그런 일이 없겠네요.
제니 : 그런데 급하거나 당황하면 가끔 반말이 먼저 튀어나와서 사장님께 반말로 이야기할 뻔한 적도 있어요.

新語彙

튀어나오다 跳出來、突出來

2

윤영 : 너, 그 남자 알지? 옛날에 나 쫓아다니던 남자 말이야. 그 남자를 어제 길에서 봤는데, 너무 멋있어져서 깜짝 놀랐어.
정화 : 정말? 그 사람 별로였잖아.
윤영 : 맞아. 나 쫓아다닐 때는 그랬었지. 그런데, 사람이 완전히 달라진 거 있지. 그때 그냥 한번 사귀어 볼걸 그랬어.
정화 : 그때는 취직 시험 준비하느라고 외모에 신경을 안 써서 그랬나?
윤영 : 그런가 봐. 내가 어려서 사람 볼 줄을 몰랐지. 게다가 얘기를 들어 보니까 좋은 회사에 취직도 했고 곧 결혼할 건가 봐.
정화 : 그래? 정말 아깝다. 그때 잘했으면 좋았을 텐데.
윤영 : 이제 와서 후회해도 소용없지, 뭐.

新語彙

게다가 加上、同時
아깝다 可惜的
후회하다 後悔
소용없다 沒用的、無用的

3

이제 다음 달이면 한국어 공부를 끝마치고 고향으로 돌아가야 하지만 여러 가지로 후회되는 일이 많다.

무엇보다도 한국어 공부를 열심히 하지 않아서 성적이 별로 좋지 않았다. 처음에 한국에 올 때는 한국에 있는 대학교에 가야겠다고 생각했다. 그렇지만 매일 밤늦게까지 친구들과 노느라고 공부는 별로 안 하고 수업 시간에도 지각하고 결석을 자주 해서 한국어 성적이 좋지 않았다.

또 하나는 친구를 많이 사귀지 못한 것이다. 한국에서는 한국 친구나 다른 외국인 친구들을 사귈 수 있는 기회가 많았다. 그렇지만 나는 늘 고향 친구들하고만 어울렸기 때문에 한국 친구나 다른 외국 친구들과 친해지지 못했다. 좀 더 여러 사람들과 친하게 지낼걸 그랬다. 그랬다면 지금 한국어 실력도 많이 늘었을 것이고 외국 친구들도 더 많이 사귀었을 것이다. 그리고 이렇게 많은 후회를 남긴 채 돌아가지 않아도 되었을 것이다.

新語彙

지각하다 遲到
결석하다 缺席
늘 總是

‘소 잃고 외양간 고친다’

「亡羊補牢」

- 여러분은 ‘소 잃고 외양간 고친다’라는 말을 들어 본 적이 있어요?
  各位有聽過「소 잃고 외양간 고친다」這句諺語嗎？
- 다음은 ‘소 잃고 외양간 고친다’라는 속담에 대한 소개입니다. 다음 글을 읽고 이 속담의 의미를 생각해 보세요.
  以下是有關「소 잃고 외양간 고친다」這句諺語的介紹。請仔細讀完以下的文章後，想想這句諺語的意義。

소 잃고 외양간 고친다這句諺語用在事情發生後，某人才慌亂地採取補救措施。換句話說，表現錯誤已經造成了，即使後悔也無濟於事之意。人們偶爾會對已發生的事感到後悔，但後悔改變不了結果。因此，事前必須謹慎，以免事後才後悔。

- 여러분 나라에도 이런 의미를 가진 속담이 있어요?
  各位的國家也有具此意義的諺語嗎？

말하기 연습 口說練習

1 〈보기〉와 같이 이야기해 보세요.

> 보기
> **옷에 커피를 쏟다**
> 가 : 어떻게 해요.
> 나 : 무슨 일인데요?
> 가 : 옷에 커피를 쏟았어요.

❶ 약속이 있는데 깜박 잊다
❷ 문을 안 잠그고 오다
❸ 메일을 잘못 보내다
❹ 전화기를 두고 오다
❺ 옷에 국물이 튀다
❻ 양말을 짝짝이로 신다

新語彙

쏟다 倒、澆
국물 湯
튀다 濺
짝짝이 不成雙的、不成對的

발음 發音

「ㄴ」的添加

웬일 안암역
[웬닐] [아남녁]

以合成語來說，如果後面所接的單字是以母音「ㅣ」（例：일、이야기）開頭，或是以滑音「j」（例：역、요）開頭，以及前面的單字有終聲時，則ㄴ會添加在兩個單字之間。但由於合成的程度在認知上可能會有差異，因此ㄴ的添加也極有可能不會發生。

▶ **연습해 보세요.**

(1) 가 : 여기에는 무슨 일이야?
나 : 할 이야기가 있어서요.
(2) 가 : 고려대역에서 내려요?
나 : 아니요, 안암역에서 내려요.
(3) 가 : 우리 가족 이름은 다 꽃 이름이에요.
나 : 정말요? 별일이네요.

2 〈보기〉와 같이 이야기해 보세요.

> 보기
> **친구한테 전화하다, 앞을 못 보다**
> 가 : 어쩌다가 그랬어요?
> 나 : 친구한테 전화하느라고 앞을 못 봤어요.

❶ 자다, 정신이 없다
❷ 무거운 짐을 들고 가다, 손을 쓸 수가 없다
❸ 전화를 하다, 사람이 오는 것을 못 보다
❹ 지하철에서 졸다, 방송을 못 듣다
❺ 전화를 받다, 신호를 못 보다
❻ 친구하고 떠들다, 선생님 말씀을 못 듣다

新語彙

신호 信號

3 〈보기〉와 같이 이야기해 보세요.

보기

자다가 버스에서 못 내리다 / 자다, 방송을 못 듣다	가 : 자다가 버스에서 못 내릴 뻔했어요. 나 : 어쩌다가 그랬어요? 가 : 자느라고 방송을 못 들었거든요.

❶ 교통사고가 나다 / 전화를 받다, 신호를 못 보다

❷ 앞에 오던 사람과 부딪히다 / 이야기를 하다, 앞을 못 보다

❸ 출석을 부를 때 대답을 못 하다 / 친구와 떠들다, 이름을 못 듣다

❹ 커피를 쏟다 / 다른 데 보다, 앞에 있는 계단을 못 보다

❺ 양말을 짝짝이로 신다 / 텔레비전을 보다, 정신이 없다

❻ 약속에 늦다 / 친구하고 이야기하다, 시간이 그렇게 된 줄 모르다

新語彙

부딪히다 碰撞
출석 出席

語言提點

「죽을 뻔하다（差點死掉）」此表現常用來誇大某事件幾乎要達到了某個狀態。

4 〈보기〉와 같이 이야기해 보세요.

보기

지퍼를 열다, 학교까지 오다	가 : 나 어떡해. 나 : 왜? 무슨 일인데? 가 : 지퍼를 연 채 학교까지 왔어.

❶ 전깃불을 켜 두다, 학교에 오다

❷ 지갑을 화장실에 두다, 그냥 나오다

❸ 안경을 쓰다, 세수를 하다

❹ 눈썹을 한쪽만 그리다, 외출하다

❺ 슬리퍼를 신다, 회사에 가다

❻ 옷을 거꾸로 입다, 여기까지 오다

新語彙

전깃불 電燈
눈썹 眉毛
슬리퍼 脫鞋
거꾸로 顛倒地

5 〈보기〉와 같이 이야기해 보세요.

보기

지갑을 잃어버리다, 정신 좀 차리다	또 지갑을 잃어버렸어요. 정신 좀 차려야겠어요.

❶ 약속을 잊어버리다, 항상 신경을 쓰다

❷ 메일에 파일을 첨부하는 것을 깜박하다, 정신을 차리다

❸ 옷에 국물을 흘리다, 앞으로 주의하다

❹ 길을 가다가 넘어질 뻔하다, 걸어다닐 때 딴 생각을 하지 말다

❺ 길 가던 사람과 부딪히다, 길에서 한눈팔지 말다

❻ 약속에 늦어서 친구가 화가 나다, 앞으로 조심하다

주의・부주의 注意・不注意

조심하다 小心
정신을 차리다 振作精神
주의하다 注意
신경을 쓰다 費心、操心
딴 생각을 하다 想別的東西
한눈팔다 東張西望、分心

新語彙

파일 檔案
첨부하다 附上、另附

6 〈보기〉와 같이 실수한 경험을 친구와 이야기해 보세요.

보기

버스에 가방을 두고 내리다

가 : 나 어떡해요.
나 : 무슨 일이 있어요?
가 : 네, 버스에 가방을 두고 내렸어요.
나 : 어쩌다가 그랬어요?
가 : 친구하고 전화하느라고 정신이 없어서 그랬어요. 어떻게 해요?
나 : 얼른 버스 회사에 전화해 보세요.

新語彙

얼른 快速地、趕快

❶ 길에서 넘어져서 다치다

❷ 신발을 신고 방 안에 들어가다

7 〈보기〉와 같이 이야기해 보세요.

> 보기
> **시험이 생각보다 어려웠다 / 공부를 열심히 하다**
> 가 : 시험이 생각보다 어려웠다면서요?
> 나 : 네, 공부를 열심히 할걸 그랬어요.

❶ 시험 성적이 너무 나쁘다 / 놀지 말고 공부하다

❷ 곧 고향으로 돌아가다 / 한국 여행을 많이 하다

❸ 할머니께서 돌아가셨다 / 자주 찾아뵈다

❹ 건강이 많이 안 좋아졌다 / 건강에 신경을 쓰다

❺ 남자 친구와 헤어졌다 / 조금만 참다

❻ 회사를 그만뒀다 / 일을 좀 더 잘하다

8 〈보기〉와 같이 이야기하고, 후회되는 일에 대해 친구와 이야기해 보세요.

> 보기
> **고등학교 때 열심히 공부하지 않다**
> 가 : 지금까지 살면서 가장 후회스러운 것이 뭐예요?
> 나 : 고등학교 때 열심히 공부하지 않은 것이 가장 후회돼요.

新語彙
- 후회스럽다 後悔的
- 돌보다 照顧、關照
- 저금을 하다 存錢

❶ 부모님 말씀을 잘 듣지 않다

❷ 건강을 돌보지 않다

❸ 여자 친구와 헤어지다

❹ 자주 여행을 하지 못하다

❺ 좋은 친구들을 많이 사귀지 않다

❻ 저금을 별로 못 하다

9 여러분이 한 일 중에 어떤 일이 후회돼요? 〈보기〉와 같이 후회되는 일에 대해 친구와 이야기해 보세요.

보기

가 : 미라 씨는 부모님께 잘못한 일 중에 가장 후회되는 일이 뭐예요?

나 : 부모님과 자주 이야기를 하지 못한 것이 가장 후회스러워요.

가 : 왜 부모님과 자주 이야기를 안 했어요?

나 : 친구들과 매일 노느라고 항상 늦게 들어갔거든요.

가 : 요즘은 부모님과 떨어져 사니까 부모님 생각이 많이 나지요?

나 : 네, 그래서 부모님 곁에 있을 때 좀 더 잘해 드릴걸 그랬다는 후회를 해요.

新語彙

곁 身邊、身旁

❶ 부모님에게 잘못한 일

❷ 친구에게 잘못한 일

❸ 최선을 다하지 못한 일

활동 活動

聽力_듣기

1 다음은 어떤 사람의 실수에 대해 이야기하는 대화입니다. 잘 듣고 아래의 내용이 맞으면 ○, 틀리면 ×에 표시하세요.
以下是某人在談論犯錯的對話。請仔細聽，如果下方內容正確的話，請標示O。錯誤的話，請標示X。

1) 남자는 길에서 친구를 만났다. ○ ×
2) 남자는 길에서 만난 사람에게 인사를 했다. ○ ×
3) 여자는 남자의 말을 듣고 깜짝 놀랐다. ○ ×

新語彙
비슷하다 相似的、差不多的

2 다음은 우정에 대한 어떤 사람의 생각을 설명하는 이야기입니다. 잘 듣고 질문에 대답하세요.
以下的內容是說明某人對於友情的想法。請仔細聽完後，回答問題。

1) 무엇에 대한 이야기입니까?
□ 실수 □ 후회

2) 이 사람은 앞으로 친구와 의견이 다를 때 어떻게 할 것입니까?
□ 내 의견을 들어 달라고 한다
□ 친구의 의견을 들어주려고 한다.

新語彙
입장 立場
심각하다 嚴重的
의견 意見
후회가 들다 後悔
사소하다 瑣碎的、細微的

口說_말하기

1 여러분은 어떤 실수를 한 적이 있어요? 친구들과 이야기해 보세요.
各位有犯過什麼樣的錯呢？請和朋友們說說看。

- 다음에 대해 생각해 보세요.
  請想想看以下的問題。

  1) 언제, 누구한테 실수를 했어요?

  2) 어떤 실수를 했어요?

- 옆 친구와 실수한 일에 대해 이야기해 보세요.
  請和旁邊的朋友說說看曾經犯錯的事。

2 여러분은 가장 후회되는 일이 무엇입니까? 3~4명이 한 조가 되어 이야기해 보세요.
各位最後悔的事是什麼呢？請以3～4人為一組，試著說說看。

- 다음을 메모해 보세요. 請簡單寫下以下問題的答案。

후회되는 일이 뭐예요?	
왜 그렇게 했어요?	
그런 후회를 다시 안 하려면 어떻게 해야 돼요?	

- 친구들과 후회되는 일에 대해 이야기해 보세요.
  請和朋友一起談談後悔的事。

- 친구들의 이야기를 듣고 여러분도 그런 비슷한 후회를 한 적이 있는지 이야기해 보세요.
  請在聽完朋友的談話後，試著說說看各位是否也有類似的後悔經驗。

閱讀_읽기

1 다음을 잘 읽고 질문에 답하세요.
請仔細讀完後，回答問題。

사람들은 언제나 실수를 하지 않으려고 노력한다. 그러나 실수가 언제나 나쁜 것만은 아니다. 인류의 역사에는 우연한 실수가 위대한 발견으로 이어진 경우가 많다.

콜럼버스가 아메리카 대륙을 발견한 것도 인도로 가던 중에 아메리카 대륙을 인도라고 믿은 실수에서 비롯된 것이었다. 또한 노벨이 발명한 다이너마이트에 없어서는 안 될 물질인 '젤라틴' 역시 우연한 실수로 얻어진 것이다. 노벨이 깜박 잊고 손의 상처에 약을 바른 채 실험을 하다가 그 물질이 굳어 우연히 얻어진 것이었다. 그리고 해열제로 많은 사람들이 사용하고 있는 '아스피린' 역시 약국의 주인이 '나프탈렌'을 잘못 알아듣고 준 '안티피린'이라는 약에서 힌트를 얻어 만들어진 약이다.

新語彙

- 인류 人類
- 발견 發現
- 대륙 大陸
- 비롯되다 始於
- 발명하다 發明
- 다이너마이트 炸藥
- 물질 物質
- 젤라틴 明膠、凝膠
- 얻다 得到
- 굳다 堅硬
- 해열제 退燒藥
- 아스피린 阿斯匹靈
- 나프탈렌 樟腦丸
- 힌트 提示

1) 이 글의 제목으로 알맞은 것을 고르세요.
請選出此文章合適的標題。

❶ 다이너마이트의 역사

❷ 위대한 발명가의 일생

❸ 실수가 만들어 낸 발견과 발명

2) 이 글에서 소개하고 있는 발견과 발명이 무엇인지 이야기해 보세요.
請說說看此文章中介紹的發現與發明是什麼。

3) 이 외에 여러분이 알고 있는 실수에 의한 발견 · 발명에 대해 이야기해 보세요.
除此之外，請說說看各位所知因犯錯而發現或發明的東西。

寫作_쓰기

1 여러분은 지금까지 살면서 가장 후회되는 일이 무엇입니까? 후회하는 일에 대해 써 보세요.
各位活到現在最後悔的事是什麼？請寫寫看後悔的事。

- 가장 후회하는 일을 세 가지 정도 메모해 보세요.
  請簡單寫下三個最後悔的事。

- 왜 그런 일이 생겼어요? 그리고 그 일이 없었다면 지금 어떻게 되었을까요? 메모해 보세요.
  為什麼會發生那樣的事呢？還有如果那件事沒有發生的話，現在會怎麼樣呢？請簡單寫下。

- 메모한 내용을 바탕으로 여러분이 후회하는 일에 대해 써 보세요.
  請以寫下的內容為基礎，寫一篇文章來談論各位後悔的事。

자기 평가 自我評價

- 실수한 일에 대해 이야기할 수 있어요?
  各位能談論犯過的錯嗎？ 非常棒 ●—●—●—●—● 待加強
- 후회하는 일에 대해 이야기할 수 있어요?
  各位能談論後悔的事嗎？ 非常棒 ●—●—●—●—● 待加強
- 실수와 후회에 대한 글을 읽고 쓸 수 있어요?
  各位能讀懂，並且書寫有關犯錯與後悔的文章嗎？ 非常棒 ●—●—●—●—● 待加強

문법 文法

1 -느라고

- -느라고接在動詞語幹後，表現因為前句的關係，而導致後句無法順利完成。
- 主要使用「A하느라고 B를 안/못했다」的型態（用於想同時做兩件事，A做到了，而B無法如願），或「A하느라고 바쁘다/힘들다/피곤하다/정신이없다/늦다/잊어버리다」的型態。

(1) 가 : 부모님이 옆에 계실 때 좀 더 잘해 드리지 못해서 후회돼요.
　　나 : 다 그렇지요. 저도 공부하느라고 부모님께 전화도 한 번 못 드렸어요.
(2) 가 : 영진 씨는 요즘 많이 바빠요?
　　나 : 네, 결혼 준비하느라고 정신이 없던데요.
(3) 가 : 김 선생님께 전화드렸어요?
　　나 : 아니요, 다른 일을 하느라고 아직 못 했어요.
(4) 가 : 어제 왜 학교에 안 왔어요?
　　나 : ________________________________.

2 -(으)ㄹ 뻔하다

- -(으)ㄹ 뻔하다接在動詞語幹後，寫成-(으)ㄹ 뻔했다的型態，表現過去的事情差一點就達成的狀態。
- 這分為兩種型態。
  a. 如果語幹是以母音或ㄹ結尾時，使用-ㄹ 뻔하다。
  b. 如果語幹是ㄹ之外的子音結尾時，使用-을 뻔하다。

(1) 가 : 왜 그렇게 얼굴이 빨개졌어요?
　　나 : 방금 전에 길에서 넘어질 뻔했거든요.
(2) 가 : 많이 아팠지요?
　　나 : 네, 너무 아파서 죽을 뻔했어요.
(3) 가 : 영화 재미있었어요?
　　나 : 네, 너무 감동적이어서 울 뻔했어요.
(4) 가 : 수미 씨 만나고 왔어요?
　　나 : 네, 그런데 수미 씨가 장소를 잘못 알아서 ____________________.

3 -(으)ㄴ 채

- -(으)ㄴ 채接在動詞語幹後，表現在第二個動作進行時，前面的動作已經結束，並保持其狀態。
- 這分為兩種型態。
  a. 如果語幹以母音或ㄹ結尾時，使用-ㄴ 채。
  b. 如果語幹以ㄹ之外的子音結尾時，使用-은 채。
- -(으)ㄴ 채로型態裡的-로被刪除。

(1) 가 : 안경이 왜 그래요?
나 : 정신이 없어서 안경을 쓴 채 세수를 했어요.
(2) 가 : 감기에 걸렸나 봐요.
나 : 네, 어제 창문을 열어 놓은 채 잤거든요.
(3) 가 : 한국에서 살면서 재미있는 실수를 한 적이 있어요?
나 : 한국 친구 집에 갔을 때 신발을 신은 채 들어간 적이 있어요.
(4) 가 : 집에서 나올 때 불은 다 끄고 나왔지요?
나 : 어쩌지요? 깜박하고 ________________.

4 -(으)ㄹ걸 그랬다

- -(으)ㄹ걸 그랬다接在動詞語幹後，表現某人因沒做某事而感到遺憾或後悔之意。
- 這分為兩種型態。
  a. 如果語幹以母音或ㄹ結尾時，使用-ㄹ걸 그랬다。
  b. 如果語幹以ㄹ之外的子音結尾時，使用-을걸 그랬다。

(1) 가 : 길이 많이 막혔나 봐요.
나 : 네, 지하철을 타고 올걸 그랬어요.
(2) 가 : 날씨가 생각보다 춥네요.
나 : 네, 옷을 많이 입을걸 그랬어요.
(3) 가 : 음식이 모자라는 것 같아요.
나 : 좀 많이 만들걸 그랬어요.
(4) 가 : 기차표가 없어요?
나 : 네, ________________.

新語彙
모자라다 短缺

제 13과 직장
職場

目標

各位將能談論自己希望的職場。

主題	職場
功能	說明職場選擇的基準、針對職場選擇給予忠告
活動	聽力：聆聽有關職場選擇基準的對話 口說：說明希望的職場、發表有關職場選擇基準的問卷調查結果 閱讀：閱讀一篇有關職場選擇的新聞報導 寫作：書寫一篇有關職場選擇基準的文章
語彙	職場選擇的條件、工作條件
文法	-다면、-다 보니、-지
發音	焦點部分的語調
文化	韓國大學生職場選擇基準的改變

제13과 **직장** 職場

도입 引言

1. 이 사람들은 무엇을 하고 있을까요?

2. 여러분은 어떤 직장에 다니고 싶어요?

대화 & 이야기

對話&敘述

1

산드라 : 미키 씨는 졸업한 후에 어떤 곳에서 일하고 싶어요?

미 키 : 저는 좀 안정된 직장에서 일하고 싶어요. 아무리 좋은 곳이라도 언제 그만둬야 할지 모른다면 다니고 싶지 않을 것 같거든요.

산드라 : 안정된 직장이라면 은행이라든지 학교 같은 곳 말이에요?

미 키 : 그렇죠. 그런 곳은 보수도 괜찮고 안정된 직장이라고 하잖아요.

산드라 : 사실 저도 그런 직장에서 일하고 싶기는 한데 제 적성에는 안 맞을 것 같아요.

미 키 : 그럼 산드라 씨는 어떤 일을 하고 싶은데요?

산드라 : 글쎄요, 제가 좀 활동적인 사람이다 보니 사무실에 가만히 앉아서 하는 일은 오래 못 할 것 같아요. 그보다는 좀 더 활동적인 일을 하고 싶어요.

新語彙

- 안정되다 安定
- 보수 報酬、酬勞
- 적성 性向
- 맞다 符合、相符
- 활동적이다 活躍的、好動的

2

영진 : 수미야, 너 지난주에 면접 본 거 어떻게 됐어?

수미 : 그렇지 않아도 말씀 드리려고 했어요. 사실 얼마 전에 면접 본 회사 두 군데서 합격이라는 연락을 받았는데 그게 좀 고민이에요.

영진 : 두 군데 모두 합격했는데 뭐가 문제야?

수미 : 한 회사는 하고 싶던 일이기는 한데 보수가 좀 적은 것 같고, 한 회사는 보수는 많은데 일이 별로 마음에 안 들어서요.

영진 : 너는 어느 쪽이 더 중요하다고 생각하는데?

수미 : 사실 저는 보수가 적어도 하고 싶은 일을 할 수 있는 회사에 가는 게 어떨까 생각하고 있어요.

영진 : 글쎄, 적성도 중요하지만 보수가 어느 정도인지 꼭 확인해 보고 결정해라. 사실 보수가 적으면 성취감도 적을 수 있잖아.

수미 : 그렇죠. 요즘 경제 상황이 안 좋다 보니 그 정도로 보수가 많은 회사를 찾는 것이 쉽지 않은 것 같아요.

新語彙

- 군데 地方
- 고민 苦惱、苦悶
- 확인해 보다 確認看看
- 성취감 成就感
- 경제 상황 經濟情況

3

사람들은 직장을 선택할 때 여러 가지 조건에 대해 생각한다. 안정성을 가장 중요한 조건으로 생각한다면 안정된 직장을 선택할 것이고 보수가 중요하다고 생각하는 사람이라면 월급이나 보너스가 많은 회사를 선택할 것이다. 그렇지만 나는 현재보다는 앞으로 발전 가능성이 있는 곳인지가 가장 중요하다고 생각한다.

우리 아버지께서는 30년 동안 한 회사에서 일을 하시다가 얼마 전에 정년퇴직을 하셨다. 아버지께서 처음 회사에 입사하셨을 때는 별로 크지도 않고 이름도 알려지지 않은 회사에서 일을 해야 하는 것이 조금 불안하셨다고 한다. 그렇지만 지금 그 회사는 누구나 알아주는 큰 회사가 되었고 나도 아버지께서 그 회사에서 일하시는 것이 자랑스러웠다.

나도 곧 직장에 다녀야 하기 때문에 나에게 정말 좋은 직장이 어떤 곳일지에 대해 생각하고 있다. 아버지의 모습을 옆에서 지켜보다 보니 현재보다는 앞으로 나를 발전시킬 수 있고 미래가 밝은 직장을 찾아야겠다는 생각이 든다. 이런 직장을 찾는다면 나도 우리 아버지처럼 열심히 일하면서 나의 일에서 보람을 느낄 수 있을 것이다.

新語彙

월급 月薪
보너스 獎金、紅利
발전 가능성 發展的可能性
정년퇴직 屈齡退休
입사하다 進公司
불안하다 不安的
자랑스럽다 引以為傲的、值得驕傲的
보람을 느끼다 覺得有成就感

한국 대학생들의 달라진 직장 선택의 기준

韓國大學生職場選擇基準的改變

- 여러분은 직장을 선택할 때 가장 중요한 기준이 무엇이라고 생각해요?
  各位認為選擇職場時最重要的基準是什麼呢？

- 다음은 최근 달라진 직장 선택의 기준에 관련된 글입니다. 다음 글을 읽고 한국 대학생들의 직장 선택에 대해 생각해 보세요.
  以下是有關最近職場選擇基準變化的文章。請讀完以下文章後，想想看韓國大學生的職場選擇。

職場選擇的版圖會隨著社會和經濟環境的變化而改變。老一輩的人視安定為最高基準，但年輕世代在選擇職場時，則以年薪為第一考量。
根據「職場選擇的優先順位」的問卷調查結果，顯示36%的大學生選擇「比平均薪俸高」為最優先的考量事項。其次，24.3%的人選擇「福利」，這表示年輕世代關心休閒和尋找自我成長的生活。這份問卷說明許多大學生認為自己的生活品質要比安定的職場生活要來得重要。

- 여러분 나라에서 사람들은 직장을 선택할 때 무엇을 가장 중요한 기준이라고 생각해요?
  在各位的國家一般人在選擇職場時認為什麼才要最重要的基準呢？

말하기 연습 口說練習

1 〈보기〉와 같이 이야기해 보세요.

> 보기
> **적성에 맞다**
> 가 : 어떤 일을 하고 싶어요?
> 나 : 적성에 맞는 일을 하고 싶어요.

❶ 전공을 살릴 수 있다 ❷ 성격에 맞다
❸ 보수가 좋다 ❹ 안정적이다
❺ 발전 가능성이 많다 ❻ 창조적이다

직장 선택의 조건 職場選擇的條件

- 적성에 맞다 符合性向
- 전공을 살리다 活用專業
- 성격에 맞다 符合性格
- 보수가 좋다 報酬優渥
- 안정적이다 安定的
- 발전 가능성이 많다 發展可能性高
- 창조적이다 創造性的
- 장래성이 있다 有前途的

2 〈보기〉와 같이 이야기해 보세요.

> 보기
> **적성**
> 가 : 직장을 선택할 때 무엇이 제일 중요하다고 생각해요?
> 나 : 무엇보다도 적성이 제일 중요하다고 생각해요.

❶ 보수 ❷ 안정성
❸ 장래성 ❹ 회사의 규모
❺ 근무 조건 ❻ 회사 분위기

근무 조건 工作條件

- 근무 시간 工作時間
- 승진 晉升、高昇
- 보수 報酬
- 분위기 氣氛
- 규모 規模
- 복지 福利
- 전망 前景、展望

3 〈보기〉와 같이 이야기해 보세요.

> 보기
>
> **안정성, 언제 그만둬야 할지 늘 걱정해야 하다**
>
> 가 : 직장을 선택할 때 뭐가 제일 중요하다고 생각해요?
>
> 나 : 안정성이 제일 중요하다고 생각해요. 왜냐하면 언제 그만둬야 할지 늘 걱정해야 한다면 일하고 싶지 않을 것 같기 때문이에요.

❶ 보수, 돈을 많이 못 받다

❷ 장래성, 발전할 수 없다

❸ 회사 분위기, 즐겁게 일할 수 없다

❹ 근무 조건, 환경이 좋지 않다

❺ 적성, 하고 싶은 일이 아니다

❻ 회사 규모, 회사가 너무 작다

新語彙

발전하다 發展

환경 環境

4 〈보기〉와 같이 이야기해 보세요.

> 보기
>
> **월급이 많다 < 적성에 맞다**
>
> 가 : 월급이 많은 직장하고 적성에 맞는 직장 중에 어디가 더 좋을까요?
>
> 나 : 월급보다는 적성이 더 중요한 것 같아요.

❶ 월급이 많다 〈 장래성이 있다

❷ 적성에 맞다 〉 근무 조건이 좋다

❸ 장래성이 있다 〉 안정성이 있다

❹ 근무 조건이 좋다 〈 월급이 많다

❺ 회사 분위기가 좋다 〈 규모가 크다

❻ 장래성이 있다 〉 보수가 좋다

발음 發音

焦點部分的語調

월급이 중요한 게 아니라 적성이 중요해요.

焦點經常是由一個句子當中所要強調的部分所組成的。當在發焦點部分的音時，必須加強語調，並一口氣發完後接的字音。

▶ **연습해 보세요.**

(1) 가 : 저는 안정성이 중요하다고 생각합니다.
나 : 안정성보다는 **장래성**이 중요하지요.

(2) 가 : 노래를 잘하는 사람인가 봐요.
나 : 그냥 노래를 **좋아하는** 사람이에요.

(3) 가 : 한국어를 잘하나 봐요.
나 : **시험**은 잘 보는데, **말**은 못 해요.

5 〈보기〉와 같이 이야기해 보세요.

보기

보수 / 적성에 맞지 않다

가 : 저는 보수가 제일 중요하다고 생각해요.

나 : 보수만 생각하고 직장을 고르다 보면 적성에 맞지 않을 수도 있어요.

❶ 안정성 / 발전 가능성이 없다

❷ 장래성 / 보수가 많지 않다

❸ 근무 조건 / 적성에 안 맞다

❹ 적성 / 근무 조건이 좋지 않다

❺ 회사 분위기 / 근무 조건이 나쁘다

❻ 보수 / 발전 가능성이 없다

6 〈보기〉와 같이 이야기해 보세요.

보기

어릴 때부터 자동차에 관심이 많다, 자동차 회사에서 일하게 되다

가 : 그 직장을 선택한 이유가 뭐예요?

나 : 어릴 때부터 자동차에 관심이 많다 보니 자동차 회사에서 일하게 되었어요.

新語彙

관심이 생기다 有興趣

무용 舞蹈

❶ 컴퓨터 게임을 자주 하다, 이 일을 하게 되다

❷ 한국어를 배우다, 한국어 선생님이 되다

❸ 외국 여행을 좋아해서 여행을 자주 다니다, 여행사에서 일하게 되다

❹ 영화를 자주 보다, 영화를 만드는 일에 관심이 생기다

❺ 책을 읽는 것을 좋아하다, 이런 일에 관심을 갖게 되다

❻ 어릴 때부터 무용을 배우다, 이 일을 하게 되다

7 〈보기〉와 같이 이야기해 보세요.

보기	
보수가 적당하다, 알아보다	가 : 직장을 구할 때 꼭 생각해야 할 것에는 뭐가 있을까요? 나 : 보수가 적당한지 알아보세요.

新語彙

적당하다 適當的

❶ 근무 시간이 적당하다, 알아보다

❷ 교통이 편리하다, 확인해 보다

❸ 분위기가 어떻다, 알아보다

❹ 복지가 잘되어 있다, 물어보다

❺ 구체적으로 어떤 일을 하다, 물어보다

❻ 야근을 많이 하다, 확인해 보다

8 〈보기〉와 같이 이야기해 보세요.

보기	
보수가 좋다 / 하고 싶은 일이다	가 : 보수가 좋아서 이 회사로 결정하려고 해요. 나 : 보수만 보고 결정하지 말고 하고 싶은 일인지 꼭 생각해 보세요.

❶ 보수가 많다 / 안정성이 있다

❷ 안정성이 있다 / 장래성이 있다

❸ 회사 규모가 크다 / 꼭 하고 싶은 일이다

❹ 장래성이 있다 / 적성에 맞다

❺ 근무 조건이 좋다 / 회사 분위기가 나한테 맞다

❻ 회사 분위기가 좋다 / 발전 가능성이 있다

9 직장을 선택할 때 꼭 생각해야 할 것이 무엇입니까? 그 이유는 무엇입니까? 〈보기〉와 같이 친구와 이야기해 보세요.

보기

가 : 영수 씨는 어떤 일을 하고 싶어요?

나 : 저는 안정적인 일을 하고 싶어요. 미라 씨는 어때요?

가 : 저는 안정성보다는 장래성이 더 중요한 것 같아요.

나 : 그렇지만 언제 그만둬야 할지 늘 걱정해야 한다면 일하고 싶지 않을 것 같아요.

가 : 그렇기는 하지만 발전할 수 없다면 보람을 느끼지 못할 것 같아요.

활동 活動

聽力_듣기

1 다음은 원하는 직장에 대한 생각을 이야기하는 대화입니다. 잘 듣고 질문에 대답하세요.
以下是談論理想職場的對話。請仔細聽完後，回答問題。

1) 남자는 어떤 일을 하고 싶어요?

□ 창조적인 일　　□ 전공을 살릴 수 있는 일

2) 남자는 직장을 구할 때 어떤 점이 가장 중요해요?

□ 연봉　　□ 적성

新語彙

광고 廣告
연봉 年薪

2 다음은 구직 게시판에 올라온 동영상의 내용입니다. 잘 듣고 질문에 대답하세요.
以下是求職告示板上上傳的影片內容。請仔細聽完，回答問題。

1) 이 사람에게 어울리는 직장은 어디입니까?

□ 광고 회사　　□ 은행

2) 이 사람이 직장을 선택할 때 중요하다고 생각하는 것은 무엇입니까?

□ 안정성　　□ 장래성

新語彙

앞두다 前夕
동영상 影片
구직 求職
반복되다 反覆
도전하다 挑戰

口說_말하기

1 여러분은 어떤 일을 하고 싶어요? 친구들과 직장 선택의 조건을 위한 설문지를 만들어 보세요.
各位想做什麼工作呢？請和朋友針對職場選擇的條件一起設計問卷。

- 어떤 질문이 필요할지 이야기해 보세요.
  請說說看需要如何的提問。

- '직장 선택의 조건'에 대한 설문지를 함께 만들어 보세요.
  請針對「職場選擇的條件」一起設計問卷看看。

- 설문지를 가지고 설문 조사를 해 보세요.
  請帶著問卷做做看問卷調查。

2 여러분의 설문 조사 결과를 친구들 앞에서 발표해 보세요.
各位請試著在朋友們面前發表問卷調查結果。

- 다른 조의 설문 발표를 들어 보세요.
  請聽聽其他組別的問卷發表。

- 여러분의 조와 다른 의견이 있다면 이야기해 보세요.
  如果與各位的小組有意見不同的話，請試著說說看。

閱讀_읽기

1 다음 신문기사를 잘 읽고 질문에 답하세요.
請仔細讀完以下的新聞報導後，回答問題。

NEWS

" ______________________________ "

작년 2월 대학을 졸업한 이성민(남, 27) 씨는 여러 대기업에 지원을 했지만 모두 낙방을 했다. 눈높이를 낮출 수밖에 없다고 생각한 그는 올해 1월 중소기업에 지원해 입사에 성공했다. 그는 "대기업에 취직하지 못한 것이 조금 아쉬웠지만 막상 일을 시작해 보니 내가 주도적으로 할 수 있는 업무가 많아 좋다"고 했다. 비슷하게 얼마 전 중소기업에 입사한 한영진(여, 25) 씨도 "가족 같은 분위기에서 업무를 배울 수 있어 큰 도움이 된다"고 말했다.

전문가들은 이미 '평생직장'의 개념이 사라지고 있는 만큼 '평생 직업'을 찾는 게 중요하다고 말한다. 희망하는 직종을 선택했다면, 관련 우량 중소기업에 들어가 전문성을 키우는 게 장기적으로 경력을 쌓는 데 도움이 된다는 설명이다. 중소기업은 인원이 적기 때문에 승진도 대기업에 비해 빠르고 자신의 능력을 발휘할 기회도 많다. 대기업은 대리급으로 승진하는 데 4~6년이 걸리지만 중소기업은 그 절반인 2~3년이면 가능하다.

1) 중소기업의 장점이 무엇입니까?
中小企業的優點是什麼呢？

2) 이 기사의 제목은 무엇일까요?
這報導的標題是什麼呢？

❶ 대기업의 안정성

❷ 평생직장의 필요성

❸ 중소기업의 선호 이유

3) '평생직장'과 '평생 직업'의 차이점에 대해 이야기해 보세요.
請說說看「終生職場」與「終生職業」的差異。

新語彙

- 낙방을 하다 落榜
- 눈높이 眼光
- 중소기업 中小企業
- 지원하다 報名
- 주도적 主導的
- 직종 職業的種類
- 우량 優良
- 경력을 쌓다 累積經歷
- 능력을 발휘하다 發揮能力

寫作_쓰기

1 여러분의 직장 선택의 기준에 대해 써 보세요.
請寫一篇文章來說談談各位選擇職場的基準。

- 여러분이 직장을 선택할 때 가장 중요하다고 생각하는 것을 메모해 보세요.
  請簡單寫下各位選擇職場時認為最重要的東西。

- 그 직장과 일을 선택한 이유를 메모해 보세요.
  請簡單寫下選擇那職場或工作的理由。

- 메모한 내용을 바탕으로 여러분이 찾는 직장에 대해 써 보세요.
  請以寫下的內容為基礎，試著寫一篇文章來談談各位尋找的職場。

자기 평가 自我評價

- 자신이 원하는 직장에 대해 이야기할 수 있어요?
  各位能談論自己理想的職場嗎？ 非常棒 ●—●—●—●—● 待加強
- 직장 선택에 대해 충고하는 이야기를 할 수 있어요?
  各位能夠對於職場的選擇給予忠告嗎？ 非常棒 ●—●—●—●—● 待加強
- 직장 선택과 관련된 글을 읽고 쓸 수 있어요?
  各位能讀懂，並且書寫有關職場選擇的文章嗎？ 非常棒 ●—●—●—●—● 待加強

문법 文法

1 -다면

- -다면接在動詞、形容詞、「名詞＋이다」後，表現前面的假設可能產生後面的結果。比起-(으)면有更強烈的假設意味。因此，如果是絕無可能的情況，則必須使用-다면。
- -다면是在-면之前接上-다而成。如果是名詞，則使用-(이)라면。

(1) 가 : 직장을 선택할 때 뭐가 제일 중요하다고 생각해요?
나 : 적성이요. 적성에 안 맞는다면 오래 일을 할 수 없을 것 같거든요.
(2) 가 : 우리 5시쯤 만나는 게 어때?
나 : 너만 좋다면 나는 상관없어.
(3) 가 : 앞으로 뭘 해야 할지 모르겠어요.
나 : 내가 너라면 그렇게 걱정하지 않을 거야.
(4) 가 : 내일 비가 많이 오면 어떻게 하지요?
나 : ______________________________.

2 -다 보니

- -다 보니接在動詞、形容詞、或「名詞＋이다」後，表現因持續的行動或情況，而得到意外的結果。

(1) 가 : 소라 씨는 원래부터 광고 회사에 다니고 싶었어요?
나 : 아니요, 광고 동아리 활동을 하다 보니 자연스럽게 관심을 갖게 되었어요.
(2) 가 : 지윤 씨가 오늘 저녁에 맛있는 거 사 준다고 했어요.
나 : 살다 보니 별일이 다 있네요.
(3) 가 : 내일이 어머니 생신인 거 알고 있지요?
나 : 요즘 좀 바쁘다 보니 어머니 생일도 깜박했네요.
(4) 가 : 양복을 입으면 불편하지 않아요?
나 : ______________________________.

3 -지

- -지接在動詞、形容詞、「名詞＋이다」後，在疑問句中做為알아보다、확인하다、생각하다、물어보다等後接動詞的目的語。
- 這分為如下幾種型態。

	現在	過去	未來／推測
動詞與 있다/없다	-는지	-았/었/였는지	-(으)ㄹ지
形容詞與 名詞＋이다	-(으)ㄴ지		

(1) 가: 회사를 선택할 때 무엇을 알아봐야 할까요?
　나: 우선 네가 어떤 일을 하고 싶은지 잘 생각해 봐.
(2) 가: 내일 산에 가려고 해요.
　나: 내일 비가 오는지 확인해 보세요.
(3) 가: 지난주에 어머니한테 보낸 소포가 아직 도착하지 않았다고 해요.
　나: 우체국에 전화해서 무슨 문제인지 알아보는 게 좋겠어요.
(4) 가: 영희가 아까부터 기분이 안 좋은 것 같아요.
　나: 학교에서 무슨 일이 있었는지 물어봐야겠어요.
(5) 가: 언제 사무실에 가야 되는지 알아요?
　나: ______________________________.
(6) 가: 어머니한테 드릴 선물을 사려고 하는데 뭘 사면 좋을까요?
　나: ______________________________.

제 14 과 여행 계획
旅行計畫

目標

各位將能交換旅行資訊與訂定旅行計畫。

主題	旅行計畫
功能	訂定旅行計畫、推薦旅行場所
活動	聽力：聆聽有關旅行計畫的對話、聆聽打電話到旅行社預約的對話 口說：訂定旅行計畫、推薦旅行地點 閱讀：閱讀旅行廣告 寫作：書寫一篇推薦旅行地點的文章
語彙	旅行的種類、旅行商品的特徵、旅行經費、住宿處
文法	-(으)ㄹ 만하다、-대요、-냬요、-재요、-(으)래요、-는 대로
發音	ㄴ-ㄹ
文化	韓國的地方特徵

제14과 **여행 계획** 旅行計畫

도입 引言

1. 이 사람들은 지금 무엇에 대해 이야기하고 있을까요 ?

2. 여러분은 여행 계획을 세울 때 어떤 이야기를 해요 ? 그리고 어디에서 여행 정보를 얻어요 ?

대화 & 이야기 對話&敘述

1

다카코 : 투이, 지난번에 경주에 같이 여행 가자고 했잖아. 그거 빨리 가는 게 좋을 것 같아.

투　이 : 왜? 방학 때 가기로 했잖아.

다카코 : 오늘 친구한테 들었는데 경주는 이맘때 가는 게 가장 좋대. 벚꽃도 피고, 날씨도 좋아서.

투　이 : 나도 경주의 벚꽃이 볼 만하다고 들은 적이 있어. 그럼 이번 주 금요일에 출발하는 건 어때? 이왕 갈 거면 예쁠 때 가는 게 좋잖아.

다카코 : 그럴까? 그런데 성수기라 숙소랑 기차편이 있을지 모르겠다. 수업이 끝나는 대로 인터넷으로 좀 알아봐야겠어.

투　이 : 나랑 같이 알아보자. 그리고 정 안 되면 찜질방에서라도 자면 되잖아.

新語彙

- 이맘때 這時候
- 이왕 既然
- 성수기 旺季
- 정 真地
- 찜질방 汗蒸幕、桑拿房

2

직원 : 안녕하세요. 뭘 도와 드릴까요?

위엔 : 다음 주말에 제주도 여행을 가려고 하는데요.

직원 : 네, 여기 보시면 금요일 오전에 출발해서 일요일에 돌아오는 2박 3일 상품이 있는데, 어떠세요?

위엔 : 음, 생각보다 비싸지 않네요. 이 비용에 숙박비도 포함되어 있는 거지요?

직원 : 네, 항공료, 숙박비가 포함된 가격입니다. 요즘이 비수기라서 평소보다 좀 저렴하게 나왔어요.

위엔 : 숙소는 어디예요?

직원 : 공항 근처에 있는 코리아 호텔인데 이 가격에 이만큼 편안한 곳은 없을 거예요. 게다가 최근에 보수를 해서 깨끗하고 직원들도 친절해요.

위엔 : 네, 그럼 이것으로 예약해 주세요.

新語彙

- 여행 상품 旅行商品
- 포함되다 包含
- 비수기 淡季
- 저렴하다 低廉的
- 보수 維修、修繕

3

전주에 가면 맛과 멋을 모두 즐길 수 있다. 전주 시내 중심에 위치한 한옥마을은 고풍스러운 풍경, 푸짐한 음식, 다양한 볼거리를 모두 갖춘 곳으로 유명하다. 마을 입구의 안내소를 찾으면 하루 세 차례씩 해설을 들으며 곳곳을 돌아볼 수 있다.

숙소는 한옥마을 근처에 호텔이나 여관도 많이 있지만 전통 한옥에서 하룻밤도 경험해 볼 만하다. 겉모습은 전통식이지만 내부에는 현대식 시설도 잘 구비되어 있다. 그러나 휴가철은 방 잡기가 쉽지 않으니 계획을 세우는 대로 숙소 예약을 하는 게 좋다.

그리고 가장 중요한 맛집! 전주에서는 대부분 식당의 음식이 맛있고 값도 싼 것으로 유명한데, 이름 난 비빔밥 집들도 대부분 한옥마을 근처에 자리 잡고 있다.

新語彙

한옥마을 韓屋村
고풍스럽다 古意盎然的
푸짐하다 豐盛的、豐厚的
볼거리 可看的、景觀
갖추다 具備、備齊
입구 入口
해설 解說
여관 旅館
하룻밤 一晚
시설 設施
구비되다 具備、具有
휴가철 假期

문화 한국 지방의 특징 韓國的地方特徵

- 여러분은 한국의 어디 어디를 가 봤습니까? 지역마다 다른 특징을 알고 있습니까?
  各位去過韓國哪裡呢？各位知道每個區域的不同特徵嗎？

- 한국은 크게 경기도, 강원도, 충청도, 경상도, 전라도, 제주도로 나뉩니다. 다음을 읽으면서 한국 6도의 특징을 알아보세요.
  韓國大致尚可分為京畿道、江原道、忠清道、慶尚道、全羅道、濟州道等六道。請一邊讀以下的內容，一邊找尋這六道的特徵。

京畿道：
環繞著首爾特別市。境內有許多河川和肥沃的土地，因此農作物生產富饒。以稻米和瓷器聞名。

江原道：
因擁有山嶽和綿長的海岸線，所以一年四季都是觀光名勝，也是觀看日出的最佳場所。

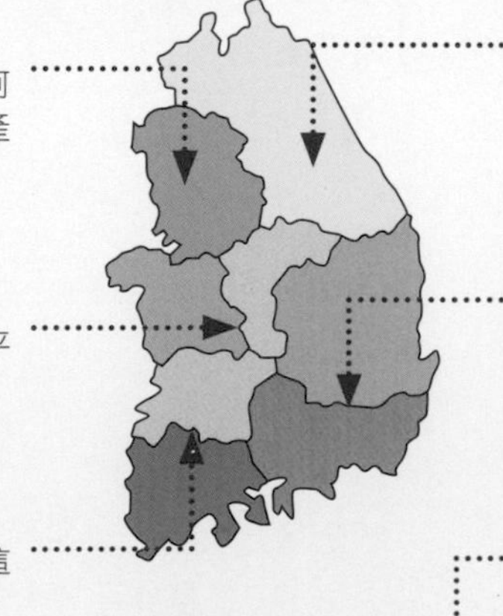

忠清道：
位於韓國的內陸地區。是儒生、平原、清澈湖水的故鄉。

慶尚道：
擁有秀麗的山嶽和海洋。新羅時代的首都慶州也在這裡，是韓國傳統文化保存相當良好的地區。

全羅道：
是廣闊平原和人情味的故鄉。在這裡可以嚐遍所有韓國的美味佳餚。

濟州道：
因火山爆發而形成的島嶼。擁有綺麗的風景，是國際級的觀光勝地。

- 여러분은 이 중에서 어디에 가 봤어요? 어디를 가 보고 싶어요? 이 외에도 여러분이 알고 있는 한국의 지역적 특징에 대해 이야기해 보세요.
  各位在這些地方中去過哪裡呢？想去哪裡呢？除此之外，請各位對於所知道的韓國地區特徵做一敘述。

말하기 연습 口說練習

1 〈보기〉와 같이 이야기해 보세요.

보기

신혼여행 / 제주도

가 : 신혼여행을 가려고 하는데 어디가 좋을까요?
나 : 제주도는 어때요? 요즘 그쪽으로 많이 가던데요.

❶ 수학여행 / 경주
❷ 배낭여행 / 동남아 일주
❸ 엠티 / 지리산
❹ 피서 / 강원도
❺ 가족 여행 / 일본
❻ 야유회 / 남이섬

여행의 종류 旅行的種類

배낭여행 背包旅行
패키지여행 套裝旅行
자유 여행 自助旅行
신혼여행 新婚旅行
수학여행 校外教學旅行
가족 여행 家族旅行
엠티(MT) 訓練會、宿營
야유회 郊遊會
국내 여행 國內旅行
해외여행 海外旅行

新語彙

동남아 東南亞
일주 一周、一圈
피서를 가다 去避暑

2 〈보기〉와 같이 이야기해 보세요.

보기

저렴하다

가 : 중국 여행을 가려고 하는데요. 좋은 상품이 있어요?
나 : 이번에 저렴한 상품이 나왔어요.

❶ 알뜰하다
❷ 알차다
❸ 실속이 있다
❹ 고급스럽다
❺ 환상적이다
❻ 일정이 여유롭다

여행 상품의 특징 旅行商品的特徵

실속이 있다 有內容、實惠
저렴하다 低廉的
알뜰하다 精打細算的
고급스럽다 高級的
환상적이다 夢幻的
화려하다 華麗的
(일정이) 여유롭다 （行程）自由
알차다 充實的、踏實的

3 〈보기〉와 같이 이야기해 보세요.

보기 1

여행비 ⊃ 렌터카 비용

가 : 여행비에 렌터카 비용도 포함되어 있는 거지요?
나 : 네, 여행비에 포함되어 있습니다.

보기 2

여행비 / 렌터카 비용

가 : 여행비에 렌터카 비용도 포함되어 있는 거지요?
나 : 아니요, 그건 별도입니다.

❶ 여행 상품 / 식비
❷ 여행 상품 ⊃ 여행자 보험
❸ 숙박비 ⊃ 조식
❹ 여행비 / 가이드 팁
❺ 여행비 ⊃ 여행자 보험
❻ 항공료 ⊃ 세금

여행 경비 旅行經費

식비 餐費
조식 早餐
중식 午餐
석식 晚餐
항공료 機票費用
숙박비 住宿費
보험료 保險費
대여료 租借費
팁 小費
렌터카 비용 租車費用

新語彙

별도 另外、額外
세금 稅金

4 〈보기〉와 같이 이야기해 보세요.

보기

강원도 / 가 보다, 경치가 정말 좋다

가 : 강원도는 어때요?
나 : 가 볼 만해요. 경치가 정말 좋아요.

❶ 그 나라 음식 / 먹다, 맛과 냄새가 독특하다
❷ 그 호텔 / 묵다, 생각보다 깨끗하다
❸ 그곳 / 가다, 생각보다 멀지 않다
❹ 식물원 / 가 보다, 시간 때우기에도 좋다
❺ 와인 공장 / 체험해 보다, 신기하고 값도 비싸지 않다
❻ 배낭여행 / 해 보다, 재미있고 생각보다 힘들지 않다

新語彙

독특하다 獨特的
식물원 植物園
시간을 때우다 打發時間
와인 공장 葡萄酒工廠
체험하다 體驗

5 〈보기〉와 같이 이야기해 보세요.

보기

다른 곳에서는 볼 수 없는 신기한 풍경이 많다

가 : 왜 그곳으로 가요?
나 : 친구가 그러는데 다른 곳에서는 볼 수 없는 신기한 풍경이 많대요.

❶ 편안하게 쉬기에 좋다
❷ 영화 촬영지로 유명하다
❸ 옛 모습이 많이 남아 있다
❹ 시설이 잘되어 있다
❺ 유명한 박물관과 볼거리가 많다
❻ 지금이 가장 아름다울 때이다

6 〈보기〉와 같이 이야기해 보세요.

보기

호텔, 깨끗하다

가 : 숙소는 어디예요?
나 : 호텔인데 이만큼 깨끗한 곳은 없을 거예요.

❶ 여관, 저렴하다 ❷ 펜션, 아름답다
❸ 콘도, 편리하다 ❹ 호텔, 경치가 좋다
❺ 여관, 쾌적하다 ❻ 펜션, 교통이 편하다

숙소 住宿處

여관 旅館
호텔 飯店
콘도 度假村
민박 民宿
펜션 別墅
모텔 汽車旅館

新語彙

쾌적하다 舒適的

7 〈보기〉와 같이 이야기해 보세요.

보기

성수기, 숙소 / 찜질방에서라도 자다

가 : 성수기라서 숙소가 있을지 모르겠다.
나 : 정 안 되면 찜질방에서라도 자면 되잖아.

❶ 비수기, 여행 상품 / 자유 여행이라도 하다
❷ 주말, 교통편 / 히치하이크라도 하다
❸ 연휴, 기차편 / 차를 갖고 가다
❹ 성수기, 비행기 좌석 / 밤늦게 출발하다
❺ 휴가철, 숙소 / 민박이라도 구하다
❻ 연말연시, 문을 연 식당 / 직접 해서라도 먹다

新語彙

히치하이크 搭便車
연말연시 歲末歲首、年節

8 〈보기〉와 같이 이야기해 보세요.

보기

일이 끝나다, 여행을 떠나다

가 : 어떻게 할 거예요?
나 : 일이 끝나는 대로 여행을 떠나려고요.

❶ 비행기 표를 사다, 짐을 싸다
❷ 날씨가 풀리다, 떠나다
❸ 친구와 연락이 되다, 출발하다
❹ 짐을 풀다, 구경을 시작하다
❺ 휴가 일정이 잡히다, 비행기 표를 예약하다
❻ 비행기 표를 구하다, 떠나다

新語彙

짐을 싸다 打包行李
날씨가 풀리다 天氣變暖
짐을 풀다 解開行李
일정이 잡히다 安排好行程

발음 發音

ㄴ-ㄹ

연락	신라
[열락]	[실라]

當前音節的終聲是ㄴ，而後音節是以ㄹ開頭時，則ㄴㄹ會發成「ㄹㄹ」的音。

▶ **연습해 보세요.**

(1) 신라호텔에서 연락이 왔어요.
(2) 신랑이 전라도 사람이에요.
(3) 온라인으로 볼 수 있어서 편리해요.

9 다음 여행지로 좋은 장소를 〈보기〉와 같이 추천해 주세요.

보기

가 : 신혼여행을 가려고 하는데 어디가 좋을까요?
나 : 제주도는 어때요? 한국 사람들에게 인기 있는 장소인데요.
가 : 제주도는 뭐가 유명한데요?
나 : 경치도 좋고 맛있는 음식도 많이 있어서 한번 가 볼 만해요. 그리고 최근에는 걸어 다니기 좋은 길도 생겼대요.
가 : 숙소는 어디가 좋을까요?
나 : 호텔이랑 여관도 많은데 제주도는 특히 아름답고 고급스러운 펜션도 많아요.

❶ 졸업 여행

❷ 값싼 배낭여행

❸ 가족 여행

활동 活動

聽力_듣기

1 다음은 여행 계획에 대한 대화입니다. 잘 듣고 아래의 내용이 맞으면 ○, 틀리면 ×에 표시하세요.
以下是有關旅行計畫的對話。請仔細聽，下方內容正確的話，請標示O。錯誤的話，請標示X。

1) 두 사람은 외국인들 대상의 축제 계획을 짜고 있다. ☐O ☐×
2) 부산은 문화를 체험할 장소가 많아 학생들이 좋아한다. ☐O ☐×
3) 여행 장소는 정했지만 무엇을 할지는 아직 정하지 못했다. ☐O ☐×

新語彙
- 대상 對象
- 계획을 짜다 訂定計畫

2 다음은 여행 상품을 예약하는 대화입니다. 잘 듣고 아래의 내용이 맞으면 ○, 틀리면 ×에 표시하세요.
以下是預約旅行商品的電話。請仔細聽，下方內容正確的話，請標示O。錯誤的話，請標示X。

1) 남자는 기차 여행을 예약하려고 전화했다. ☐O ☐×
2) 남자는 아침에 해 뜨는 것을 볼 예정이다. ☐O ☐×
3) 남자가 예약한 상품에는 교통비와 입장료가 포함되어 있다. ☐O ☐×

新語彙
- 눈꽃 雪花
- 무박 不住宿
- 동해 東海
- 일출 日出
- 당일 當日
- 왕복 往返
- 트레킹 徒步旅行
- 조각 공원 雕刻公園

口說_말하기

1 다음 주에 3일 정도 여유가 생겨 친구와 여행을 가려고 해요. 갈 만한 여행 장소와 일정을 정해 보세요.
下週因為有3天左右時間上的餘裕，所以打算和朋友一起去旅行。請試著決定值得去的旅行場所和行程。

- 갈 수 있는 시간은 금, 토, 일, 3일이고 비용도 넉넉하지 않아요. 상황에 맞춰 아래 항목에 대해 생각해 보세요.
能去的時間只有星期五、六、日3天，且費用也不夠充裕。請配合實際狀況，針對下方的提問思索看看。

1) 여행지는?

2) 숙소는?

3) 그곳에서 할 수 있는 활동은?

4) 여행 경비를 줄일 수 있는 방법은?

- 위의 내용을 바탕으로 친구와 여행 계획을 세워 보세요.
請以上方的內容為基礎，試著和朋友一起訂定旅行計畫。

2 여러분 나라의 추천할 만한 여행 장소에 대해 이야기해 보세요.
請說說看各位國家值得推薦的旅行場所。

- 먼저 아래 항목에 대해 메모해 보세요.
請先針對以下項目簡單寫下內容。

1) 장소

2) 여행 기간

3) 숙소

4) 유명 관광지

5) 음식

6) 꼭 해 볼 만한 체험

7) 기타

- 다른 나라 친구에게 여러분 나라의 여행지를 소개해 주세요.
請跟外國朋友介紹各位國家的旅行勝地。

- 친구의 발표를 듣고 어느 곳에 가고 싶다는 생각을 했는지 이야기해 보세요.
在聽完朋友的發表後，說說看各位最想去哪一個地方。

閱讀_읽기

1 다음은 여행 광고입니다. 잘 읽고 질문에 대답하세요.
以下是旅行的廣告。請仔細讀完後，回答問題。

- 여행을 가려고 할 때 어디에서 정보를 얻어요? 인터넷에서 여행 광고를 찾아본 적이 있어요?
  打算去旅行的時候，可在哪裡得到資訊呢？各位曾在網路上搜尋旅行廣告嗎？

- 여행 광고에 주로 나오는 표현으로 무엇이 있을까요? 다음의 광고를 보고 확인해 보세요.
  在旅行廣告中，常出現的表現有什麼呢？請看完以下的廣告後，確認看看。

- 다음의 경우라면 어떤 여행 상품을 선택하는 게 좋을까요? 골라 보세요.
  如果是以下的情況，選擇什麼樣的旅行商品會比較好呢？請選選看。

  1) 하루 만에 여행을 다녀오고 싶어요. 기차도 타면 더 좋겠어요.
  2) 봄을 느낄 수 있는 곳에 가고 싶어요. 자고 와도 돼요.
  3) 등산도 하고 농촌 생활도 경험해 보고 싶어요.

- 각각 고른 상품이 같은지 친구와 이야기해 보세요. 각각의 여행 상품의 장단점에 대해 이야기해 보세요.
  請和朋友一起討論各自選擇的商品是否相同。
  請試著說說各旅行商品的優缺點。

新語彙

체험 體驗
대관령 大關嶺（山脈）
들판 田野
양떼 羊群
목장 牧場
허브 芳草、藥草
전라남도 全羅南道
임실 任實（城市）
산머루 野葡萄
남이섬 南怡島（島嶼）
통영 統營（城市）
외도 外島（島嶼）
유람선 遊艇、遊覽船
대둔산 大芚山（山脈）
케이블카 纜車
농촌 農村

寫作_쓰기

1 여러분의 나라를 친구가 여행을 가려고 해요. 좋은 여행 장소를 추천하는 글을 써 보세요.
朋友打算到各位的國家旅行。請寫一篇文章來推薦好的旅行場所。

- 어떤 장소에서 어떤 일정으로 보내면 좋을지 생각해 보세요.
  請想想看要去哪裡，還有要如何安排行程。

- 관련된 자료와 정보를 미리 조사해 오세요.
  請事先調查看看相關的資料與資訊。

- 친구에게 이메일로 여행 정보를 보내 주세요.
  請用電子郵件寄送旅行資訊給朋友。

자기 평가 自我評價

- 여행 계획을 세울 수 있어요?
  各位能訂定旅行計畫嗎？ 非常棒 ●—●—●—●—● 待加強
- 여행 광고를 읽고 이해할 수 있어요?
  各位能讀懂旅行廣告嗎？ 非常棒 ●—●—●—●—● 待加強
- 여행 장소를 추천하는 글을 쓸 수 있어요?
  各位能書寫推薦旅行場所的文章嗎？ 非常棒 ●—●—●—●—● 待加強

문법 文法

1 -(으)ㄹ 만하다

- -(으)ㄹ 만하다接在動詞語幹後，表現有做某件事的價值。
- 這分為兩種型態。
  a. 如果語幹以母音或ㄹ結尾時，使用-ㄹ 만하다。
  b. 如果語幹以ㄹ之外的子音結尾時，使用-을 만하다。

(1) 가 : 제주도는 어때요?
    나 : 경치도 좋고 음식도 맛있고 가 볼 만한 곳이에요.
(2) 가 : 이거 먹어 보고 싶은데 너무 맵지 않을까요?
    나 : 한번 드셔 보세요. 맵지만 먹을 만해요.
(3) 가 : 이 책이 요즘 인기가 있어서 샀는데 좀 어렵지요?
    나 : 이 정도면 저도 읽을 만한데요.
(4) 가 : 여름휴가로 가 볼 만한 곳 좀 추천해 주세요.
    나 : ______________________________.

2 -대요, -냬요, -재요, -(으)래요

- -대요、-내요、-재요、-(으)래요是-다고 해요、-냐고 해요、-자고 해요、-(으)라고 해요的縮約形，在非正式的場合轉達他人的話語時使用。

(1) 가 : 그곳에 볼 만한 게 있어요?
    나 : 그렇대요. 공기도 정말 맑고 경치가 아주 끝내준대요.
(2) 가 : 부산에 가면 이 식당에 꼭 가 보자.
    나 : 왜? 그렇게 유명해?
    가 : 응, 값도 싸고 음식도 진짜 맛있대.
(3) 가 : 내일 스케줄이 어떻게 되냬요.
    나 : 7시에 아침 식사하고, 먹자마자 바로 출발할 거래요.
(4) 가 : 가고 싶은 장소 정했어요?
    나 : 친구들이 이번에는 강원도 쪽으로 가재요.
(5) 가 : 비행기 표를 안 샀으면 빨리 사래요. 다음 주부터 항공료가 오른대요.
    나 : 그래요? 빨리 알아봐야겠네요.

(6) 가 : 영진 씨 시험 결과가 어떻게 됐대요?
나 : 저도 궁금해서 물어봤는데 안 가르쳐 주던데요.
(7) 가 : 그곳은 뭐가 유명해요?
나 : 저도 잘은 모르는데 ______________________________.
(8) 가 : 영진 씨가 뭐래요?
나 : ______________________________.

3 -는 대로

● -는 대로接在動詞語幹後，表現前面的狀況一結束，就馬上動作之意。

(1) 가 : 혼자서 여행을 간다고 하니 엄마는 너무 걱정된다.
나 : 도착하는 대로 전화드릴게요. 걱정하지 마세요.
(2) 가 : 숙소는 언제쯤 예약하면 될까요?
나 : 예약이 빨리 끝나니까 일정이 잡히는 대로 바로 예약하세요.
(3) 가 : 이 일이 마무리되는 대로 여기를 떠날 거예요.
나 : 이제 좀 친해졌는데, 아쉽네요.
(4) 가 : 결혼은 언제쯤 하실 거예요?
나 : ______________________________.

제 15과 명절
節日

目標

各位將能談論在節日裡做了什麼事，以及傳統節日的風俗習慣。

主題	節日
功能	節日的問候、説明節日的風俗習慣
活動	聽力：聆聽一段有關節日連假中做了什麼事的對話、 聆聽有關節日風俗習慣的發表 口説：介紹自己國家的節日 閱讀：閱讀一篇説明端午節的文章 寫作：寫一篇介紹自己國家節日的文章
語彙	節日、傳統
文法	-더라、-까지、-는/(으)ㄴ데도、-(이)나
發音	ㄹ-ㄴ
文化	韓國的節日飲食

제15과 **명절** 節日

도입 引言

1. 사람들이 무엇을 하고 있어요? 무슨 날일까요?

2. 한국에서는 설날에 사람들이 무엇을 하는지 알고 있어요? 여러분 나라에서는 설날에 무엇을 해요?

대화 & 이야기 對話&敘述

1

영진 : 린다 누나, 새해 복 많이 받으세요.
린다 : 고마워. 영진이 너도. 너는 설날에 고향에 갔다 왔지?
영진 : 네, 고향에 가서 가족들도 만나고 성묘도 갔다 왔어요.
린다 : 성묘가 뭐야?
영진 : 성묘는 조상들 산소에 가서 인사를 드리는 거예요. 린다 누나는 설 연휴 동안 뭐 했어요?
린다 : 나는 은지 집에 초대 받아서 갔었어. 그런데 은지가 한복을 입으니까 딴 사람 같더라.
영진 : 그래요? 저도 한번 보고 싶네요. 은지 집에 가서 뭐 했어요?
린다 : 떡국도 먹고 세배도 하고 은지네 가족들하고 윷놀이도 했어.
영진 : 세뱃돈은 받았어요?
린다 : 응, 부모님께서 세뱃돈까지 주셨어.

新語彙

- 새해 복 많이 받으세요. 新年快樂。
- 설날 大年初一
- 성묘 掃墓
- 조상 祖先
- 산소 墳墓、墓地
- 인사를 드리다 問安、問候
- 설 연휴 春節連假
- 초대를 받다 接受邀請
- 세배 拜年
- 윷놀이 擲柶遊戲
- 세뱃돈 壓歲錢

2

사토 : 영진 씨, 고향에 언제 내려가요?
영진 : 저는 안 내려가요. 큰집이 서울이라서 부모님께서 서울로 올라오세요.
사토 : 그래요? 잘됐네요. 명절만 되면 고향에 내려가는 사람들 때문에 고속도로가 정말 많이 막히잖아요.
영진 : 맞아요. 그래도 명절에 가족들도 보고 친척들도 만나면 좋잖아요. 그래서 그렇게 길이 막히는데도 사람들이 고향에 내려가는 거겠지요?
사토 : 그렇기는 해요.
영진 : 그런데 사토 씨는 추석 때 뭐 할 거예요?
사토 : 저는 갈 데도 없고 집에서 텔레비전이나 보려고요.
영진 : 그러지 말고 경복궁이나 남산 한옥마을 같은 데 가면 외국인들을 위한 문화 행사가 많으니까 한번 가 보세요.

新語彙

- 큰집 長房
- 고속도로 高速公路
- 친척 親戚
- 추석 中秋節
- 남산 한옥마을 南山韓屋村
- 문화 행사 文化活動

3

한국에서는 설날과 추석이 가장 큰 명절이다. 명절이 되면 조상들께 감사도 드리고 조상들이 후손들을 잘 보살펴 주기를 바라는 마음에서 차례를 지낸다. 옛날 사람들은 조상들이나 여러 신들의 보살핌 덕분에 건강하고 행복하게 살 수 있다고 생각했기 때문에 명절을 조상들께 감사하면서 보냈다.

하지만 요즘의 명절 모습은 과거와 조금은 달라진 것 같다. 최근에는 차례를 지내지 않는 집도 늘었고, 연휴를 이용해 여행을 떠나는 집도 있기 때문이다. 그러나 현재에도 변하지 않는 명절의 모습은 길이 그렇게 막히는데도 모든 사람들이 고향에 내려가 가족이나 친척들을 만나서 서로의 안부를 묻고 덕담을 주고받는다는 것이다. 이런 것을 보면 과거나 현대나 변함없는 명절의 의미는 아마도 가족들이 만나서 서로의 사랑을 확인하는 것이 아닐까 한다.

新語彙

- 후손 子孫、後代
- 보살피다 照顧、照應
- 신 神
- 달라지다 變化、改變
- 모습 模樣、樣子
- 서로 相互、互相
- 덕담 吉利話、祝福的話
- 변함없다 沒有變化的、始終不變的

문화 한국의 명절 음식 韓國的節日飲食

● 한국의 명절 음식으로는 어떤 것이 있는지 알아요? 다음 음식은 어떤 명절에 먹는 음식인지 맞혀 보세요.
各位知道韓國的節日飲食有哪些呢？請各位猜猜看以下的飲食是在什麼節日中吃的呢？

ⓐ 
ⓑ 

ⓒ 

ⓓ 

설날 • 정월대보름 • 추석 • 동지

● 다음 설명을 읽고 한국의 대표적인 명절 음식에 대해 알아보세요.
請讀完以下的說明後，瞭解一下韓國的代表性節日飲食。

*설날: 떡국 (ⓓ) - 白色的年糕湯象徵純潔。韓國人在大年初一早上吃年糕湯意味著好的心情和開始。

*추석: 송편 (ⓑ) - 韓國人在中秋節用剛收成的稻米做成半月形的年糕，稱為「송편（松糕）」。

*정월대보름: 오곡밥과 9가지 나물 (ⓐ), 부럼, 귀밝이술
- 在春季新鮮的蔬菜長成之前，韓國人吃用前一年冬天儲藏的穀物和曬乾的蔬菜做成的五穀飯和涼拌菜。正月十五早上，成年人喝「귀밝이술」（耳聰酒）」，他們相信此酒能使聽力變好。另外，據說「부럼（堅果）」對皮膚很好，他們相信這一天吃堅果類的話，能夠預防春天時皮膚長膿瘡。

*동지: 팥죽 (ⓒ) - 冬至是一年當中白天最短的一天。韓國人認為紅色可去除厄運，所以在這一天吃紅豆粥，並且撒一些紅豆粥在屋子的四周。

● 여러분 나라의 대표적인 명절 음식으로는 어떤 것이 있어요? 그 음식을 먹는 이유가 무엇입니까?
各位國家具代表性的節日飲食有哪些？吃那些食物的理由是什麼呢？

말하기 연습 口說練習

1 〈보기〉와 같이 이야기해 보세요.

보기	
설날 / 음력 1월 1일	가 : 설날이 언제예요? 나 : 음력 1월 1일이에요.

❶ 추석 / 음력 8월 15일

❷ 정월대보름 / 음력 1월 15일

❸ 단오 / 음력 5월 5일

❹ 동지 / 양력 12월 22일쯤

명절 節日

설날 大年初一
추석 中秋節
정월대보름 元宵節
단오 端午節
동지 冬至

2 〈보기〉와 같이 이야기해 보세요.

보기	
설날 / 부모님께 세배를 하다, 떡국을 먹다	가 : 설날에 뭐 했어요? 나 : 부모님께 세배도 하고 떡국도 먹었어요.

❶ 추석 / 차례를 지내다, 친척집에 가다

❷ 설날 / 친척집에 가다, 성묘를 하러 가다

❸ 추석 / 송편을 먹다, 윷놀이를 하다

❹ 정월대보름 / 오곡밥을 먹다, 나물을 먹다

❺ 정월대보름 / 오곡밥을 먹다, 부럼을 깨다

❺ 추석 / 송편을 먹다, 달 보고 소원을 빌다

명절 풍습 節日的風俗習慣

세배하다 拜年
차례를 지내다 祭祀
성묘하다 掃墓
덕담을 하다 說吉祥話
친척집에 가다 拜訪親戚家
고향에 내려가다 下故鄉、回故鄉
세뱃돈을 받다 拿壓歲錢
떡국/송편/팥죽/오곡밥/나물을 먹다 吃年糕湯／松糕／紅豆粥／五穀飯／拌涼菜
부럼을 깨다 嗑堅果類（保護自己免於皮膚疾病）
윷놀이를 하다 玩擲柶遊戲
소원을 빌다 許願

3 〈보기〉와 같이 이야기해 보세요.

보기

성묘 / 설날이나 추석, 성묘를 하러 가다, 조상들 산소에 가는 것	가: 성묘가 뭐예요? 나: 설날이나 추석에 성묘를 하러 가는데, 성묘는 조상들 산소에 가는 거예요.

❶ 부럼 / 정월대보름, 부럼을 깨서 먹다, 호두나 땅콩 같은 것

❷ 세배 / 설날 아침, 어른들께 세배를 하다, 설날에 어른들께 하는 인사

❸ 덕담 / 설날 아침, 세배를 하면 어른들이 덕담을 하다, 다른 사람이 잘되기를 바라는 말

❹ 차례 / 명절 아침, 차례를 지내다, 명절에 조상들께 드리는 제사

❺ 세뱃돈 / 설날 아침, 어른들께 세배를 하다, 세배를 받고 어른들이 주시는 돈

❻ 오곡밥 / 정월대보름, 오곡밥을 먹다, 다섯 가지 곡식으로 만든 밥

新語彙

호두 核桃
땅콩 花生
제사 祭祀
곡식 穀物

발음 發音

ㄹ-ㄴ

설날 [설랄]　돌아갈 날 [도라갈 랄]

當前面音節的終聲是ㄹ，並且後面接著的音節是以ㄴ開頭時，則ㄹ-ㄴ就會發成「ㄹㄹ」的音。

▶ **연습해 보세요.**

(1) 가: 설날에 뭐 했어요?
나: '별난 여자'라는 영화를 봤어요.

(2) 가: 이번 축제 때 부를 노래 제목이 뭐야?
나: '널 남겨 두고'라는 노래야.

(3) 가: 영진이가 왜 갑자기 널 남처럼 대하니?
나: 그걸 나도 모르겠어.

4 〈보기〉와 같이 이야기해 보세요.

보기

윷놀이를 해 보다 / 정말 재미있다	가: 윷놀이를 해 봤어? 나: 응, 해 봤는데 정말 재미있더라.

❶ 팥죽을 먹어 보다 / 참 맛있다

❷ 성묘하러 가다 / 길이 많이 막히다

❸ 송편을 만들어 보다 / 정말 힘들다

❹ 어젯밤에 보름달을 보다 / 참 밝고 크다

❺ 설날에 입을 한복을 사다 / 조금 비싸다

❻ 떡국을 먹다 / 맛이 참 좋다

5 〈보기〉와 같이 이야기해 보세요.

보기

설날, 차례를 지내다 / 성묘를 하다

가 : 설날에 차례를 지냈어요?
나 : 네, 차례를 지내고 성묘까지 했어요.

新語彙

외가 外公家、外婆家

1. 설날, 큰집에 가다 / 외가에 가다
2. 추석, 차례를 지내다 / 윷놀이를 하다
3. 정월대보름, 오곡밥을 먹다 / 부럼을 먹다
4. 설날, 세배를 하다 / 세뱃돈을 받다
5. 추석, 송편을 사다 / 한복을 사다
6. 정월대보름, 오곡밥을 만들다 / 떡을 만들다

6 〈보기〉와 같이 이야기해 보세요.

보기

설날 / 고향에 갔다 오다 / 친척들도 많이 만나다

가 : 설날 연휴에 뭐 했어요?
나 : 고향에 갔다 왔어요.
가 : 그래요? 그럼 친척들도 많이 만났겠네요.

新語彙

돌아다니다 串門子、到處走

1. 추석 / 시험이 있어서 고향에 못 가다 / 송편도 못 먹다
2. 설날 / 친척집을 돌아다니면서 세배하다 / 세뱃돈도 많이 받다
3. 추석 / 가족들하고 윷놀이를 하다 / 재미있다
4. 설날 / 성묘를 갔다 오다 / 고생하다

7 〈보기〉와 같이 이야기해 보세요.

보기

설날이다, 고향에 안 내려가다 / 중요한 시험이 있다

가 : 설날인데도 고향에 안 내려가요?
나 : 네, 중요한 시험이 있어서요.

新語彙

기차표 火車票
날이 흐리다 天氣陰沈
부모님 댁 父母親家

1. 길이 막히다, 차를 가지고 고향에 가다 / 기차표가 없다
2. 설날이다, 떡국을 못 먹었다 / 집에 못 갔다
3. 정월대보름이다, 보름달을 볼 수가 없었다 / 날이 흐렸다
4. 추석이 지났다, 성묘하러 가다 / 추석 때 못 갔다
5. 정월대보름이다, 오곡밥을 안 먹다 / 우리 가족이 오곡밥을 안 좋아하다
6. 추석이다, 부모님 댁에 안 가다 / 부모님이 우리 집에 오시다

8 〈보기〉와 같이 이야기하고, 명절 계획에 대해 친구와 묻고 대답해 보세요.

보기

도서관에서 공부를 하다

가 : 명절에 뭐 하면서 보낼 거예요?
나 : 저는 도서관에서 공부나 하려고요.

新語彙

밀리다 被累積、被堆積

1. 서울 구경을 하다
2. 친구하고 영화를 보다
3. 집에서 텔레비전을 보다
4. 집에서 책을 읽다
5. 집에서 밀린 숙제를 하다
6. 가까운 데 여행을 가다

9 여러분 나라에서는 설날과 추석 때 무엇을 하는지 〈보기〉와 같이 친구와 이야기해 보세요.

보기

한국 설날	가 : 한국 사람들은 설날에 보통 뭘 해요? 나 : 설날이 되면 한국 사람들은 대부분 고향에 내려가요. 설날 아침에 차례도 지내고 세배도 하고 떡국도 먹어요. 가 : 차례가 뭐예요? 나 : 차례는 설날이나 추석 때 조상들께 드리는 제사예요.

新語彙

대부분 大部分

활동 活動

聽力_듣기

1 두 사람이 설날 연휴를 어떻게 보냈는지 이야기하고 있습니다. 잘 듣고 아래의 내용이 맞으면 ○, 틀리면 ×에 표시하세요.
兩個人正在談論春節連假是怎麼度過的。請仔細聽，下方內容正確的話，請標示O。錯誤的話，請標示X。

1) 두 사람은 설날에 모두 고향에 갔다 왔다. ○ ×
2) 남자는 설날에 불꽃놀이를 했다. ○ ×
3) 여자는 중국에서 불꽃놀이를 본 적이 있다. ○ ×
4) 여자는 설날에 떡국을 먹었다. ○ ×

新語彙
- 불꽃놀이 放煙火
- 폭죽을 터트리다 放爆竹、放鞭炮
- 양력 陽曆

2 외국인 학생이 나라마다 다른 설날의 풍습에 대해 발표하고 있습니다. 잘 듣고 질문에 대답하세요.
外國學生正針對各國不同的大年初一之風俗習慣發表。請仔細聽完後，回答問題。

- 다른 나라에서는 설날에 무엇을 하고 지내는지 알고 있어요? 이 발표에는 어떤 내용이 들어 있을까요?
各位知道其他國家大年初一是怎麼過的嗎？在這發表裡會有什麼內容呢？
- 다음 발표를 잘 듣고 질문에 대답하세요.
請仔細聽完以下的發表後，回答問題。

新語彙
- 풍습 風俗習慣
- 차이 差異
- 우선 首先
- 음력 陰曆
- 시기 時期
- 소나무 松樹
- 꽂다 插
- 공통점 共同點
- 차이점 差異點

1) 이 사람의 중심 생각을 고르세요.
請選擇這個人的中心想法。

❶ 명절의 의미는 나라마다 다르다.
❷ 세계의 문화는 차이점보다 공통점이 많다.
❸ 설날이 가장 중요한 명절이 되는 것은 당연하다.
❹ 문화는 겉으로 보면 다른 것 같지만 사실은 같은 것이다.

2) 이 사람이 이야기하고 있는 나라마다 다른 설날의 날짜와 풍습을 정리해 보세요.
請整理一下這個人所述各國不同的大年初一日期與風俗習慣。

	날 짜
자기 나라	
한국	음력 1월 1일
중국	
태국, 미얀마	

	풍 습
자기 나라	
한국	차례
중국	
일본	

口說_말하기

1 여러분 나라의 명절에 대해 이야기해 보세요.
請說說看各位國家的節日。

- 여러분 나라에는 어떤 명절이 있습니까? 사람들은 명절을 어떻게 보내요? 간단히 메모해 보세요.
  在各位的國家有什麼樣的節日呢？人們是怎麼過節日的呢？請簡單記下來。

명 절	명절 음식	풍 습
설날	떡국	가족, 차례, 성묘, 세배, 세뱃돈, 윷놀이

- 메모한 내용을 바탕으로 옆 친구와 어떤 명절이 있는지, 명절에 먹는 음식은 무엇인지, 사람들은 어떻게 명절을 보내는지 묻고 대답해 보세요.
  請以寫下的內容為基礎，與旁邊的朋友提問與回答看看有什麼樣的節日、在這些節日吃的食物有什麼，還有人們是怎麼度過的。

- 여러분 나라의 명절과 친구 나라의 명절은 어떤 차이가 있어요? 발표해 보세요.
  各位國家的節日與朋友國家的節日有什麼樣的差異呢？請發表看看。

2 여러분 나라의 명절을 슬라이드 자료를 이용해 반 친구들에게 소개해 보세요.
請試著使用幻燈片的資料，向班上的朋友們介紹一下各位國家的節日。

- 여러분 나라의 명절을 다른 나라의 친구들에게 소개하려고 해요. 명절을 소개했을 때 친구들이 잘 이해할 수 없을 것 같은 내용이 있어요? 여러분 나라의 명절을 소개하는 데 필요한 사진 자료를 인터넷에서 찾아보세요.
  各位打算向其他國家的朋友介紹自己國家的節日。在介紹節日時，會有朋友們不太能理解的內容嗎？請在網路上找找介紹各位國家的節日時需要的照片資料。

- 발표할 내용을 슬라이드로 만들어 발표해 보세요.
  請將要發表的內容製作成幻燈片發表看看。

- 발표를 듣고 궁금한 것이 더 있으면 질문해 보세요.
  聽完發表後，如果有想知道的東西，請提問看看。

- 친구들의 발표 중에서 가장 좋은 발표는 무엇이었습니까?
  在朋友們的發表當中，最好的發表是什麼呢？

閱讀_읽기

1 다음은 단오에 대해 설명한 글입니다. 잘 읽고 질문에 답하세요.
以下是說明端午節的文章。請仔細讀完後，回答問題。

- 다음 글에는 어떤 내용이 들어 있을까요?
  在以下的文章中會有什麼樣的內容呢？

- 여러분의 예상이 맞는지 다음 글을 잘 읽고 질문에 답하세요.
  請讀完以下的文章後，回答問題，並確認各位的預測是否正確。

단오는 음력 5월 5일로 한국의 4대 명절 중의 하나였다. 그러나 요즘은 단오가 언제인지도 알지 못하는 사람들이 많다.

단오의 '단'은 '처음'이라는 뜻이고, '오'는 '5'를 말한다. 즉 단오는 처음 5일이라는 뜻인데, 음력 5월 5일은 여름에 들어가기 바로 전으로 예전에는 이때 그 해의 농사가 잘되기를 바라는 뜻으로 조상들에게 제사도 지내고 여러 가지 행사를 많이 했다. 단오 때 여자들은 창포물에 머리를 감고 한복을 예쁘게 입고 그네를 뛰고, 남자들은 씨름 대회를 했다. 어른들은 아랫사람들에게 여름을 시원하게 보내라는 의미로 부채를 선물하기도 했다. 이 외에도 여러 가지 단오 음식이 많았는데 요즘은 단오 음식을 먹는 사람들이 거의 없는 것 같다.

新語彙

4대 四大
창포물 菖蒲水
그네를 뛰다 盪鞦韆
씨름 摔角、角力
아랫사람 晚輩、下屬
부채 扇子

1) 위 글을 읽고 알 수 있는 것은 무엇입니까?
讀完以上文章後，可以知道什麼？

❶ 단오의 의미 ❷ 단오가 시작된 해
❸ 단오 때 먹는 음식 ❹ 단오를 알지 못하게 된 이유

2) 단오 날의 풍습으로 맞는 것을 모두 고르세요.
請選出端午節全部的風俗習慣。

ⓐ 
ⓑ 
ⓒ 
ⓓ 
ⓔ 
ⓕ 

寫作_쓰기

1 여러분 나라의 명절에 대해 소개하는 글을 써 보세요.
請寫一篇文章來介紹各位國家的節日。

- 명절에 대한 글에는 어떤 내용이 들어갈까요? 그런 내용을 설명하는 데 필요한 구체적인 내용을 메모해 보세요.
  在介紹節日的文章裡會有什麼樣的內容呢？請簡單寫下說明那內容時所需的具體內容。

- 다른 나라의 사람들이 여러분 나라의 명절에 대해 어느 정도 알고 있다고 생각해요? 여러분이 메모한 것 중에서 설명이 필요한 것과 그렇지 않은 것을 표시해 보세요.
  各位認為其他國家的人對於自己國家的節日瞭解到什麼程度呢？請在各位記下的內容中，標示出需要說明與不需要說明的部分。

- 여러분 나라의 명절을 소개하는 글을 써 보세요.
  請寫一篇文章來介紹各位國家的節日。

자기 평가 自我評價

● 명절에 무엇을 했는지 묻고 대답할 수 있어요? 各位能提問，並且回答在節日做了什麼嗎？	非常棒 ●—●—●—●—● 待加強
● 여러분 나라의 명절 풍습에 대해 설명할 수 있어요? 各位能說明各位國家節日的風俗習慣嗎？	非常棒 ●—●—●—●—● 待加強
● 명절을 소개하는 글을 읽고 쓸 수 있어요? 各位能讀懂，並且書寫說明節日的文章嗎？	非常棒 ●—●—●—●—● 待加強

문법 文法

1 -더라

- -더라接在動詞、形容詞、「名詞＋이다」後，表現說話者回想起過去實際經歷過的事物。
- -더라接在語幹後，表現過去持續的狀態或動作。-았/었/였더라表現已經結束的狀態，-겠더라則表現當時某人的推測。

조금 전에 영진이를 봤는데, 집에 가더라.
영진이 교실에 갔는데, 영진이는 벌써 집에 갔더라.

- -더라除了說話者想將自身客觀化的情況外，主語不能使用第一人稱。

어젯밤에 꿈을 꿨는데, 내가 춤을 되게 잘 추더라.

新語彙

되게 非常、十分

- -더라用於非正式的談話，且不能對年長者使用。

(1) 가 : 설날에 뭐 했어?
나 : 친구들하고 윷놀이를 했는데, 참 재미있더라.
(2) 가 : 영진이가 도서관에서 공부하고 있더라.
나 : 그래? 추석인데도 시험 때문에 고향에 못 갔나 보네.
(3) 가 : 사토하고 만났니?
나 : 사무실에 가 봤는데, 벌써 퇴근했더라.
(4) 가 : 린다는 내일 시험이 세 과목이래.
나 : 나도 들었어. 정말 힘들겠더라.
(5) 가 : 혜원이 못 봤니?
나 : ______________________________.
(6) 가 : 부산 여행은 어땠어?
나 : ______________________________.

2 -까지

- -까지接在名詞後，表現除了那些已經含有的事物外，「這個也」的意思。

(1) 가 : 설날에 영진 씨 집에 갔다면서요?
　　나 : 네, 같이 세배도 하고 세뱃돈까지 받았어요.
(2) 가 : 설날에 뭘 했는데 그렇게 피곤해해요?
　　나 : 설날에 부모님 집에도 가고 큰집에도 가고 외가까지 갔다 왔거든요.
(3) 가 : 어제 모임에 사람들이 많이 왔어요?
　　나 : 네, 어제는 선생님까지 오셨어요.
(4) 가 : 오늘 날씨가 어떻대요?
　　나 : 비도 오고 ______________________________.

3 -는/(으)ㄴ데도

- -는/(으)ㄴ데도接在動詞、形容詞、「名詞＋이다」後，表現某事預期當然會發生，但實際上卻沒有發生。
- 現在時態時，如果前面所接的是動詞語幹，或是以있다、없다結尾的形容詞語幹，使用-는데도；除此之外的形容詞則使用-(으)ㄴ데도。-(으)ㄴ데도根據形容詞語幹的終聲，可分為兩種型態。
  a. 如果形容詞語幹以母音或ㄹ結尾時，使用-ㄴ데도。
  b. 如果形容詞語幹以ㄹ之外的子音結尾時，使用-은데도。
- -는데도之後，可接表現過去時態的-았/었/였-，或表現推測的-겠-。

(1) 가 : 명절이 되면 고속도로가 막히는데도 사람들이 고향에 많이 내려가요.
　　나 : 명절이 아니면 고향에 가기 어려우니까 그럴 거예요.
(2) 가 : 추석인데도 고향에 안 내려가요?
　　나 : 네, 다음 주가 시험이라서요.
(3) 가 : 영진 씨가 장학금을 받았어요?
　　나 : 아니요, 성적이 좋은데도 못 받았어요.
(4) 가 : 아들이 내려온대요?
　　나 : 네, 바쁘면 오지 말라고 했는데도 오겠다고 하네요.
(5) 가 : 감기 다 나았어요?
　　나 : 아니요, ______________________________ 아직 많이 아파요.
(6) 가 : 동규 씨는 정말 부지런한 것 같아요.
　　나 : 맞아요. ______________________________ 항상 일찍 와요.

4 -(이)나

- -(이)나接在名詞後，表現該名詞沒什麼大不了的，或不是沈重的負擔。
- 根據前面的名詞有無終聲，可分為兩種型態。
  a. 如果名詞以母音結尾時，使用-나。
  b. 如果名詞以子音結尾時，使用-이나。
- 此助詞常用於命令、提議、或表現意志的句子，但不建議對年長者使用。

(1) 가 : 추석 때 뭐 할 거야?
　　나 : 그냥 집에서 텔레비전이나 보려고.

(2) 가 : 오늘 뭐 할까?
　　나 : 이따가 친척들 오면 윷놀이나 하자.

(3) 가 : 시간 있으면 차나 한잔 할까?
　　나 : 그래, 좋아.

(4) 가 : 주말에 뭐 할 거예요?
　　나 : ______________________________.

MEMO

聽力腳本 듣기 대본

제 1 과 새로운 생활

CD1. track 8~9

1

가: 새 학기가 시작되었네요. 린다 씨는 이번 학기에 특별한 계획이 있어요?

나: 저는 그동안은 한국어 공부만 열심히 했는데, 이번 학기에는 한국에 대해서 좀 더 알고 싶어요.

가: 한국을 더 알기 위해서 무슨 계획을 세웠어요?

나: 특별한 계획은 아직 없지만, 여행을 많이 하려고 해요. 그런데 학기 중에는 먼 곳에 가기가 힘들기 때문에 먼저 서울 근처를 여행할 생각이에요. 마사토 씨는 이번 학기에 뭘 할 계획이에요?

가: 전 생활 습관을 좀 바꿔 보려고 해요. 그동안 늦게 자서 아침에 일어나기가 힘들었어요. 그런데 이번 학기부터는 아무리 힘들어도 일찍 일어나려고 해요.

2

저는 내년에 한국 대학에 입학해서 공부할 꿈을 가지고 있습니다. 그래서 이번 학기부터는 대학에 입학하기 위해 준비를 할 예정입니다.

한국 대학교에 입학하기 위해서는 말도 잘해야 하지만 책을 빨리 읽는 것도 중요합니다. 그래서 이번 학기에는 빨리 읽는 연습을 많이 할 계획입니다. 쉬운 신문기사나 잡지에 실린 글을 빨리 읽어 보려고 합니다. 그리고 쉬운 한국 문학 작품도 읽어 볼 생각입니다.

제 2 과 요리

CD1. track 16~17

1

가: 마이클 씨는 뭐 먹을래요?

나: 글쎄요. 이 아귀찜은 뭐예요?

가: '아귀'라는 생선을 찐 건데요. 콩나물이 아주 많이 들었어요. 고춧가루하고 여러 가지 양념으로 아주 맵게 만든 거예요.

나: 그래요? 그럼 안 되겠다.

가: 매운 걸 안 좋아하면 생선구이는 어때요?

나: 양념은 뭘로 하는 거예요?

가: 보통 생선구이는 다 그냥 소금으로만 간을 해요.

나: 그럼, 저는 생선구이로 할게요.

2

안녕하세요. 오늘은 '겨울 연가' 드라마 촬영지로 유명한 춘천의 대표적인 음식, 닭갈비 만드는 법에 대해 소개해 드리겠습니다. 재료로는 닭고기, 양파하고 파 등 좋아하는 야채를 준비하세요. 그리고 양념으로는 고추장, 고춧가루, 간장, 다진 마늘, 다진 양파, 참기름, 설탕을 준비하세요.

먼저 닭고기를 먹기 좋은 크기로 썰어 놓으세요. 그리고 여러 가지 양념으로 양념장을 만들어서 썰어 놓은 고기하고 잘 섞으시면 됩니다. 그리고 여러 가지 야채들을 씻어서 먹기 좋은 크기로 썰어 두세요.

이제 재료 준비가 다 끝났네요. 그럼, 이제 프라이팬에 기름을 조금 넣고 양념한 고기를 넣고 볶습니다. 이때 센 불로 볶는 것이 좋습니다. 고기가 조금 익으면 다른 야채들을 넣고 볶으면 완성됩니다. 닭갈비! 이제 집에서도 즐길 수 있으시겠지요? 오늘 저녁은 닭갈비를 한번 준비해 보세요.

제 3 과 소식 · 소문

CD1. track 24~25

1

가: 윤아가 대학원에 입학했다고 하는 소식 들었어?

나: 정말? 처음 듣는 얘긴데. 그럼 직장은 그만둔 거야?

가: 응. 회사를 그만두고 대학원에 입학했다고 했어.

나: 그랬구나. 윤아한테 요즘 통 소식이 없어서 궁금해하고 있었는데 회사를 그만두었구나. 그런데 윤아가 그 회사에 다니는 걸 좋아했었잖아.

가: 그래서 나도 그 이야기를 듣고 좀 놀랐는데 사실 윤아가 옛날부터 공부를 더 하고 싶어했잖아.

나: 그래도 사람들이 부러워하는 직장을 그만두고 공부를 다시 시작했다고 하는 이야기는 좀 놀랍다. 윤아를 만나면 공부 열심히 하라고 전해 줘.

2

가: 그 얘기 들었어? 김소라 씨하고 박영진 씨 말이야. (나: 두 사람이 뭐?) 요즘 사람들이 둘이 사귀는 거 같다고 난리야. (다: 설마.) 진짜라니까. 글쎄 어제도 커피숍에서 봤는데 둘이 다정하게 앉아 있는 거야. (다: 그게 뭐?) 참, 가만히 좀 있어 봐. 며칠 전에도 식당에서 봤는데, 두 사람만 왔냐고 물어보니까 좀 당황하는 것 같았어. 김소라 씨는 얼굴이 빨개지고 박영진 씨는 막 웃고. (나: 정말?)

다: 설마. 그냥 친한 사이겠지. 둘이 같이 다닌다고 다 사귀는 건 아니잖아. 두 사람이 네가 이런 말 하고 다니는 거 알면 기분 나쁠 수도 있으니까 조심해라. 하여튼…….

제 4 과 성격

CD1. track 32~33

1

가: "스타와 함께!" 오늘 이 시간에는 요즘 큰 인기를 얻고 있는 고주원 씨를 모셨습니다. 안녕하세요? 주원 씨.

나: 네. 안녕하세요.

가: 이번 영화에서 활발하고 사교적인 역할을 하셨잖아요. 그런데 실제 성격은 어떠세요?

나: 좀 내성적인 편이에요.

가: 오, 그래요? 그런데 영화를 보면 전혀 그런 느낌이 안 들던데요. 아무하고나 잘 지내고, 아무 데서나 잘 살 것 같았는데. 본인 성격과 반대인 역할을 해서 힘들었겠어요?

나: 네. 원래 제 말이 좀 느린 편이거든요.

가: 아, 좀 그러신 것 같네요.

나: 오늘은 굉장히 빨리 말하고 있는 거예요.

가: 하하, 이게 빠른 거예요?

나: 네. 연기할 때는 괜찮은데 평소에는 말을 빨리 하지를 못해요. 저 때문에 답답하시죠?

가: 하하. 아니에요. 오히려 느긋한 모습이 더 멋있으세요.

2

제가 생각하는 제 성격의 장점은 고집이 세다는 것입니다. 모두들 고집이 센 성격은 다른 사람과 어울리기 어렵다고 말하는데 저는 그렇지 않다고 봅니다.

고집이 세다는 것은 그 일에 대해 관심을 갖고 있다는 것이고 다른 사람을 설득할 정도로 자신의 선택에 확신이 있다는 것입니다. 요즘 자기 주관이 없이 주위 사람의 의견만 따라가는 사람이 많은데, 이럴 때일수록 저처럼 자신만의 고집을 갖고 있는 사람이 필요하다고 생각합니다.

반면 제 성격의 단점은 꼼꼼하다는 것입니다. 어떤 일을 할 때 작은 실수 하나도 참지 못해 저뿐만 아니라 주위 사람들까지 괴롭힐 때가 있습니다. 일에 실수가 없는 것은 좋지만 너무 꼼꼼해서 여유가 없다는 이야기를 자주 들었습니다. 그래서 여유를 갖고 느긋한 성격으로 바꾸려고 노력하고 있습니다.

제 5 과 생활 예절

CD1. track 40~41

1

가: 다니엘 씨, 무슨 기분 나쁜 일이 있었어요?

나: 저 사람이 제 팔을 쳤는데 아무 말도 안 하고 가잖아요. 왜 한국 사람들은 이럴 때 미안하다고 안 해요?

가: 그랬어요? 근데 저 사람도 미안한 마음이 없는 건 아닐 거예요. 그냥 말로 표현을 잘 못해서 그래요.

나: 미안하다는 말이 어려운 것도 아닌데 왜 못해요? 한 마디만 하면 짜증나는 일도 없을 텐데요.

가: 그 마음도 충분히 알겠는데요. 한국 사람들은 말로 표현하는 것보다 마음이 더 중요하다고 생각해서 그래요. 말하지 않아도 이해할 거라고 생각하는 거죠.

나: 흠. 어쨌든 미안한 마음은 있다는 거죠? 사실 지금까지는 제가 외국인이라서 무시하는 건 줄 알았어요.

2

안녕하십니까? 오늘도 저희 고려극장을 찾아 주신 관객 여러분께 감사 드립니다. 공연을 시작하기 전 편안한 관람을 위한 몇 가지 안내 말씀을 드리겠습니다.

첫째, 공연 중에는 휴대폰을 꺼 주십시오. 진동 소리도 방해가 될 수 있습니다.

둘째, 공연 중 사진 촬영은 안 됩니다. 공연이 끝난 후에 시간을 드릴 테니까 그때 해 주세요.

셋째, 나가실 때 잃어버리는 물건은 없는지 확인하시고 소지품은 꼭 챙겨 가세요.

넷째, 앞 좌석을 발로 차지 마세요. 앞 사람이 깜짝 놀란답니다.

그리고 마지막으로! 공연이 재미있으시면 큰 소리로 웃고 박수 쳐 주세요.

그럼 이제 공연을 시작하겠습니다.

제6과 미용실

1 CD1. track 48~49

가: 어서 오세요. 어떻게 해 드릴까요?
나: 짧게 자르고 파마 좀 하려고요.
가: 지금 이 상태로 파마해도 예쁠 것 같은데……
나: 머리가 너무 기니까 머리를 감고 말리는 데 시간이 너무 오래 걸려서 머리를 좀 짧게 자르려고요. 이상할까요?
가: 아니에요. 손님은 얼굴이 작아서 단발머리도 잘 어울릴 거예요. 그런데 파마를 하면 앞머리를 자르는 게 손질하기 좋으실 거예요.
나: 앞머리는 한 번도 안 잘라 봤는데 괜찮을까요?
가: 걱정하지 마세요. 예쁘게 잘라 드릴게요.

2

가: 다음은 인천에서 김미영 씨가 보낸 사연입니다. 김미영 씨는 어울리는 머리 모양을 찾고 싶다고 하셨네요. 사진을 보니까 김미영 씨는 얼굴이 좀 길고 하얀 편이신 것 같은데요. 이런 분들에게는 어떤 머리 모양이 어울릴까요?
나: 김미영 씨 같은 경우는 얼굴이 좀 긴 편이시니까 지금처럼 긴 생머리를 하면 얼굴이 더 길어 보일 수 있습니다. 얼굴이 좀 긴 분들은 굵은 웨이브 파마를 하고 앞머리를 잘라 보세요. 굵은 웨이브 파마를 하면 머리가 옆으로 퍼져서 얼굴이 덜 길어 보이는 효과가 있습니다. 그리고 앞머리를 자르면 얼굴이 작아 보이겠지요? 그리고 염색을 하시려면 까만색처럼 어두운 색보다는 밝은 색이 좋습니다.

제7과 한국 생활

1 CD1. track 56~57

가: 크리스틴 씨는 언제부터 한국에 관심을 갖게 되었어요?
나: 제가 한국에 처음 온 게 2002년 여름이에요. 그때 아시아 지역을 여행 중이었는데, 마침 한국에서 월드컵이 있어서 축구 구경도 할 겸 한국에 왔지요.
가: 그때 좋은 인상을 받았나 봐요. 이렇게 한국어 공부까지 하는 것을 보면.
나: 물론이에요. 온 국민이 빨간색 티셔츠를 입고 응원하는 모습은 지금도 잊을 수 없어요. 그렇게 열정적인 사람들은 처음 봤거든요.
가: 한국에서 살면서 혹시 생각이 달라지진 않았어요?
나: 생활하다 보면 화가 날 때도 있고, 실망할 때도 있는데 그건 어느 나라나 똑같은 것 같아요. 그리고 한국에 산 지 오래돼서 그런지 요즘에는 외국에 있다는 사실을 잊을 때도 있어요. 그만큼 익숙해졌나 봐요.

2

한국에 온 지 벌써 육 개월이 지났습니다. 낯선 한국 생활에도 많이 익숙해졌고, 한국어도 자연스럽게 사용할 수 있게 됐습니다. 가끔은 고향에 있는 가족이나 친구와 이야기할 때도 한국어가 나오기도 합니다. 여러분도 이럴 때가 있지요?

특히 제가 자주 사용하는 한국어는 바로 '어'입니다. 짧은 이 단어는 여러 상황에서 통할 수 있고 아주 요긴합니다.

예를 들어 '응'이라는 말 대신 '어'라고 할 수도 있고, '뭐라고?'라는 말을 대신하려면 '어?'라고 끝을 올리면 됩니다. 심지어 내 친구는 전화를 받을 때 처음부터 끝까지 '어. 어? 어! 어.'로 끝낸 적도 있습니다. 대단하지 않아요?

제가 이렇게 '어'라는 말을 좋아하고 많이 써서 그런지 지금은 고향에 있는 제 가족들도 '어'라고 말하면 무슨 뜻인지 아는 것 같습니다.

제8과 분실물

1 CD1. track 64~65

가: 네. 지하철 유실물 보관소입니다.
나: 오늘 오전에 지하철에서 가방을 놓고 내렸는데요.
가: 잃어버린 가방이 어떻게 생겼습니까?
나: 어깨에 메는 배낭인데요. 진한 파란색이에요.
가: 다른 특징은 없습니까?
나: 산 지 오래돼서 좀 낡았고요, 앞에 가죽 장식으로 고려대학교 글자가 쓰여 있어요.
가: 안에 뭐가 들었습니까?
나: 전자 사전 하나하고, 책 몇 권이요.
가: 잠시만 기다리세요. 곧 확인해 드리겠습니다.

2

분실물 신고가 들어왔네요. 2013번님께서 방금 전 버스에 노트북 가방을 놓고 내리셨다고 합니다. 종로에서 안암동으로 가는 100번 버스인데요. 버스 맨 뒤에 앉아 계셨다고 하네요.

"깜박 졸다가 그만 놓고 내렸어요. 노트북 안에 중요한 자료가 다 들어가 있는데 눈앞이 깜깜합니다. 노트북은 까만색이고요. 가방은 분홍색입니다. 가방 손잡이에 전화번호가 쓰인 이름표도 있어요. 제발 찾아 주세요."

네. 애타게 노트북 가방을 찾고 계시는 사연이었습니다. 100번 버스에서 분홍색 노트북 가방을 보신 분은 방송국으로 연락 주세요. 음악 한 곡 들을까요?

제 9 과 연애 · 결혼

CD2. track 7~8

1

가: 마이클 씨는 여자 친구를 어떻게 만났어요?

나: 학교에서 친하게 지내던 친구예요.

가: 그럼 사귄 지 오래됐어요?

나: 아니요. 사귄 건 대학교 3학년 때부터니까 이제 1년쯤 됐네요.

가: 여자 친구의 어떤 점이 좋아요? 예뻐요?

나: 글쎄요. 예쁘지는 않지만 마음도 잘 맞고 보면 볼수록 귀여워요.

가: 그럼, 이 여자 친구하고 결혼할 생각도 있어요?

나: 아직 둘 다 어려서 잘은 모르겠지만 이 사람이라면 결혼해서도 행복할 것 같기는 해요.

2

가: 네, 니콜라 씨의 생각 잘 들었습니다. 다른 분들도 새로운 사람을 만날 때 그 사람의 외모나 성격이 제일 중요하다고 생각하십니까? 네, 마이클 씨, 말씀해 주시겠습니까?

나: 저는 니콜라 씨와는 생각이 좀 다릅니다. 물론 외모나 성격이 중요하기는 합니다. 그렇지만 예쁜 것보다 평생의 동반자로서 미래의 계획을 함께 세울 수 있는 사람을 만나고 싶습니다. 시간이 갈수록 더 든든한 동반자로 평생을 함께 하고 싶은 믿음이 가는 사람 말입니다. 그리고 저는 능력이 중요하다고 생각합니다. 성격도 좋고 착한데 능력이 없는 사람은 글쎄요……? 그래서 저는 나이가 나보다 어려도 내가 믿을 수 있는 능력이 있는 사람을 만나서 사귀어 보고 싶습니다.

제 10 과 선물

CD2. track 15~16

1

가: 다음 주가 스승의 날이잖아요. 우리 반 선생님께 선물을 하려고 하는데 뭘 사야 할지 모르겠어요. 한국에서는 스승의 날 보통 뭘 선물해요?

나: 특별히 선물하는 것은 없지만 카네이션을 드리기도 해요.

가: 카네이션이요? 카네이션은 어버이날 선물로 많이 한다고 들었는데요.

나: 맞아요. 한국에서는 선생님은 부모님과 같다고 생각하는 사람이 많아서 그런 거 같아요.

가: 그럼, 카네이션하고 작은 선물을 하나 준비해야겠네요. 수업할 때 들고 다니는 작은 가방 같은 거 어때요? 좋아하실까요?

나: 그거 좋겠네요. 선생님께서도 받고 부담스러워하실 것 같지 않고 선생님께 필요한 거기도 하니까요.

2

오늘은 '선물'에 얽힌 사연들을 소개해 드리고 있는데요. 안암동에 사시는 김미연 씨의 사연은 잊지 못할 선물에 대한 것입니다. 그런데 김미연 씨가 받은 선물이 아니라, 준 선물인데 하도 힘들게 만들어서 잊지 못한다고 하네요.

"안녕하세요? 저는 안암동에 사는 김미연입니다. 얼마 전 가장 친한 친구의 생일 선물 때문에 고민을 한 적이 있습니다. 저는 친구에게 뭔가 특별한 선물을 해 주고 싶었습니다. 어떤 선물이 좋을지 몰라서 그냥 친구가 좋아하는 책을 사 주려다가 뭔가 특별한 선물을 하기로 마음을 바꿨습니다. 그래서 10년 전부터 함께 찍은 사진들을 모아 앨범을 만들었습니다. 직접 컴퓨터로 편집도 하고 친구와의 추억에 대한 메모도 적었습니다. 그리고 축하 편지도 썼습니다. 그 선물을 받고 친구가 펑펑 울었습니다. 선물을 준비하느라고 힘들었지만 감동의 눈물을 흘리는 친구를 보며 저도 함께 울었습니다."

와, 친구가 직접 제작한 기념 앨범이라니 정말 특별한 선물이 되었겠네요. 두 분을 위해 음악 선물을 드리도록 하겠습니다. 같이 듣죠. 유엔이 부릅니다. '선물'

제 11 과 사건 · 사고

CD2. track 23~24

1

가: 유미 씨, 무슨 일이에요? 전화를 많이 했네요.

나: 집에 도둑이 들었어요.

가: 언제요? 다치지는 않았어요?
나: 네. 제가 외출했을 때 들어왔나 봐요. 밖에 나갔다가 들어와 보니 방이 엉망인 거예요.
가: 사람이 안 다쳐서 다행이긴 한데, 잃어버린 게 뭐예요?
나: 책상 위에 있던 노트북하고, 서랍 속에 있던 생활비를 가져갔어요.
가: 신고는 했어요?
나: 네, 방금 전에 경찰이 와서 조사하고 갔어요.
가: 그런데 어떻게 들어왔을까요? 혹시 문을 안 잠그고 나갔어요?
나: 아니요. 나갈 때 문을 잠갔는데, 창문으로 들어온 것 같아요. 제가 돌아왔을 때에도 현관문은 잠겨 있었거든요.

2

오늘의 사건, 사고 뉴스를 말씀 드리겠습니다.

오늘 낮 2시 반쯤 서울 수락산 정상 부근에서 42살 김모 씨가 10미터 아래로 떨어졌습니다. 이 사고로 김 씨가 머리를 크게 다쳐 근처 병원에서 치료를 받고 있습니다. 경찰은 김 씨가 산을 내려오다 눈길에 미끄러진 것으로 보고 있습니다.

또한 오늘 새벽 1시 50분쯤 전주시 전미동 가정집에서 불이 나 안에서 자고 있던 70살 정모 씨가 숨졌습니다. 또 집 내부가 불타 500만 원의 재산피해가 났습니다. 경찰과 소방당국은 주방 쪽에서 불이 시작된 것으로 보고 정확한 화재 원인을 조사하고 있습니다.

제12과 실수 · 후회

CD2. track 31~32

1

가: 철수 씨 무슨 일 있어요? 얼굴이 빨개졌어요.
나: 네. 사실은 좀 전에 학교에 오다가 제 친구하고 정말 비슷한 사람을 봤거든요.
가: 그런데 왜요?
나: 그 사람이 입은 옷이랑 머리 모양이 제 친구랑 정말 비슷해서 저는 제 친구인 줄 알았지 뭐예요.
가: 그런데 아니었어요?
나: 네. 저는 제 친구인 줄 알고 인사를 했는데 다른 사람이잖아요.
가: 하하, 정말 그 사람도 깜짝 놀랐겠네요.
나: 네. 정말 창피해서 죽을 뻔했어요.
가: 누구나 한 번쯤 그런 실수를 하니까 너무 창피하게 생각하지 말고 잊어버리세요.

2

저한테는 만난 지 10년 된 친구가 있습니다. 그 친구와 저는 중학교 때 같은 반에서 만났습니다.

우리는 친구가 된 후로 지금까지 좋은 친구 사이로 지냈습니다. 성격이 서로 다르기 때문에 가끔 생각의 차이가 있을 때가 있지만 대부분 서로의 입장을 잘 이해하는 편이었습니다.

그런데 며칠 전에는 상황이 심각해져서 큰소리를 내게 됐고 결국 서로 기분이 상한 채 헤어졌습니다. 생각해 보면 별일 아닌데 큰소리를 내고 내가 너무 심하게 이야기한 것 같습니다. 좀 참고 친구의 의견을 잘 들어줄걸 그랬다는 후회가 듭니다.

사소한 일 때문에 좋은 친구와 사이가 멀어진 것 같아서 정말 후회가 됩니다. 조금 더 생각하고 말할걸 그랬다는 생각에 잠도 잘 안 옵니다. 내일 아침에 친구에게 전화를 해야겠습니다.

제13과 직장

CD2. track 39~40

1

가: 철수 씨는 어떤 일을 하고 싶어요?
나: 저는 광고를 만드는 일처럼 창조적인 일을 하고 싶어요. 대학교에서 광고 동아리를 하다 보니 자연스럽게 그쪽에 관심을 갖게 된 것 같아요.
가: 광고 회사의 경우 연봉은 괜찮은데 스트레스를 많이 받는다고 들었는데요.
나: 글쎄요, 저는 돈보다 제가 하고 싶은 일을 하고 싶어요.
가: 저는 너무 힘들거나 스트레스를 받는 일을 못 하겠더라고요.
나: 물론 처음에는 힘들겠지만 적성에 맞는 일을 즐겁게 할 수 있다면 스트레스도 없겠지요.
가: 어쨌든 하고 싶은 일을 하기 위해서 노력하는 철수 씨가 부럽네요. 꼭 좋은 결과 있었으면 좋겠어요.

2

안녕하세요? 저는 대학 졸업을 앞둔 학생입니다. 이렇게 동영상을 올리는 이유는 남들과 다른 자기소개를 하고 싶어서입니다. 저는 저에게 맞는 직장을 찾고 싶습니다.

저는 예전부터 창조적인 일을 하고 싶었습니다. 매일 반복되는 일이나 다른 사람과 똑같은 일을 해야 한다면 별로 하고 싶지 않을 것 같습니다. 그리고 똑같은 장소에 앉아서 컴퓨터를 가지고 일을 하거나 다른 사람과 의견을 나눌 기회도 없이 혼자서 일을 해야 한다면 정말 답답할 것 같습니다. 저는 직장을 구할 때 지금 당장 돈을 벌 수 있는 일보다는 시간이 갈수록 내가 발전하고 있다는 것을 느낄 수 있는 일을 하고 싶습니다. 다른 사람들은 안정된 직장에서 일하고 싶다고 하지만 저는 늘 도전할 수 있고 그 도전을 통해 나를 발전시킬 수 있는 일을 찾고 싶습니다.

여러 기업인 여러분, 저에게 도전의 기회를 주시지 않겠습니까? 여러분의 선택을 기다리겠습니다.

제14과 여행 계획

CD2. track 47~48

1

가: 이번 졸업여행 장소는 어디가 좋을까요?

나: 부산 쪽은 어때요? 그쪽에 사시는 분 이야기를 들으니 요즘 축제도 있어서 볼 만한 게 많대요.

가: 부산 좋네요. 바다도 있고 구경할 게 많아서 학생들도 좋아할 것 같은데요. 그런데 그곳에 뭔가 체험해 볼 만한 게 있을까요?

나: 잘은 모르지만 외국인들 대상의 체험 프로그램이 있다고 들었어요. 정 안 되면 저희들이 직접 프로그램을 짜도 되고요.

가: 그래요. 그럼 장소는 부산으로 하고 부산에 대한 정보를 각자 좀 알아본 후 다시 이야기하지요. 정리되는 대로 다시 모입시다.

2

가: 네, 눈꽃여행 전문 하늘여행사입니다.

나: 눈꽃기차여행에 관해 문의드리려고요. 1박 2일 상품이 많던데 무박으로 가는 상품도 있습니까?

가: 네, 무박 2일 상품이 있는데요. 밤 10시에 출발해서 다음날 아침 동해 일출을 볼 수 있는 상품이 있고요. 아니면 오전 8시에 출발해 저녁 10시쯤 서울 도착 예정인 당일 코스도 있습니다.

나: 당일 코스는 가격이 어떻게 돼요?

가: 성인 1인당 8만 원인데요. 왕복 기차표와 태백산 눈꽃 트레킹 요금, 그리고 중식이 포함된 가격입니다. 눈 조각 공원 입장료는 별도입니다.

나: 네. 그럼 다음 주 금요일로 어른 두 명 예약해 주세요.

제15과 명절

CD2. track 55~56

1

가: 샤오칭! 설 연휴 잘 보냈어?

나: 응, 중국에 가서 맛있는 음식도 먹고 재미있게 놀다 왔어.

가: 그랬어? 좋았겠다. 그런데 뭐가 그렇게 재미있었어?

나: 오래간만에 가족하고 친척들 만나서 맛있는 음식도 먹고, 이야기도 많이 하고...... 참! 그리고 밤에는 불꽃놀이도 했어.

가: 불꽃놀이? 나도 전에 사진으로 본 적이 있는데, 정말 멋있더라.

나: 사실 그렇게 멋있는 불꽃놀이는 아니고, 그냥 폭죽을 터트리면서 소원을 비는 거야. 그런데 요코, 너는 고향에 갔다 왔어?

가: 아니, 일본은 설날이 양력 1월 1일이야.

나: 그럼, 좀 쓸쓸했겠다.

가: 아니야. 하숙집 아주머니가 떡국을 주셔서 맛있게 먹고 하숙집 친구들하고 윷놀이도 했어.

나: 윷놀이까지 했어?

가: 응. 아주머니가 가르쳐 주셨는데, 아주 재미있었어.

2

한국에서는 설날이 가장 큰 명절입니다. 설날은 새해가 시작되는 날이기 때문에 다른 나라에서도 마찬가지일 것입니다.

그렇지만 설날의 날짜와 풍습 등은 나라마다 차이가 있습니다. 우선 우리나라에서는 설날이 1월 1일이지만, 한국과 중국에서는 음력 1월 1일이 설날이라고 합니다. 또 태국과 미얀마에서는 4월에 설날이 있다고 합니다. 태국과 미얀마에서는 4월을 한 해가 시작되는 달이라고 보기 때문인데요. 나라에 따라 1년이 시작되는 시기까지 다르게 본다는 것에 나는 무척 놀랐습니다.

또한 설날의 풍습도 많이 다릅니다. 한국에서는 설날 아침에 차례를 지내지만, 우리나라 사람들은 교회에 가고, 중국에서는 집집마다 폭죽을 터트리고, 일본에서는 집 앞에 소나무를 꽂아둔다고 합니다. 그런데 이런 풍습들이 모두 가족들의 건강과 행복을 기원하는 의미가 있다고 합니다. 이렇게 나라마다 풍습이 다른데도 그 의미는 하나라는 것을 알고 나는 다시 한 번 놀랐습니다.

正確解答 정답

제1과 새로운 생활

〔듣기〕

1 1) ② 2) ③

2 1) × 2) × 3) ○

〔읽기〕

1 1) 내용을 외우기 위해 수백 번 원고를 읽고, 친구가 녹음해 준 테이프를 듣고 따라했다.
2) 한국어 통역가가 되는 것
3) 한국어를 더 정확하고 유창하게 하기 위해 한국으로 유학을 가려고 계획하고 있다.

제2과 요리

〔듣기〕

1 1) ○ 2) ○ 3) ×

2 1) ⓓ → ⓑ → ⓔ → ⓒ → ⓐ

〔읽기〕

1 1) ③
2) (1) ○ (2) × (3) ×

제3과 소식 · 소문

〔듣기〕

1 1) × 2) ○ 3) ○

2 1) ○ 2) × 3) ×

제4과 성격

〔듣기〕

2 1) × 2) ○ 3) ×

제5과 생활 예절

〔듣기〕

1 1) × 2) × 3) ○

2 1) ○ 2) × 3) ×

〔읽기〕

1 1-ⓐ 2-ⓓ 4-ⓑ 6-ⓒ

제6과 미용실

〔듣기〕

1 1) ⓒ 2) ⓑ

2 1) ○ 2) × 3) × 4) ○

〔읽기〕

1 1) 내 얼굴형에 어울리는 머리 모양
2) ③

제7과 한국 생활

〔듣기〕

1 1) ○ 2) ○ 3) ×

2 1) × 2) ○ 3) ×

〔읽기〕

1 1) ③ 2) ④

제8과 분실물

〔듣기〕

1 1) (1) × (2) × (3) ○
2) ⓑ

2 1) (1) × (2) × (3) ○
2) ⓒ

〔읽기〕

1 1) ㉠ 지갑을 찾습니다!
㉡ 전자 사전의 주인을 찾습니다!
2) ㉠
㉡ 

제9과 연애 · 결혼

〔듣기〕

1 1) ○ 2) ○ 3) ×

2 1) ① 2) ③

〔읽기〕

1 ㉠-경제력 ㉡-성격

제10과 선물

〔듣기〕

1 1) × 2) ○ 3) ○

2 1) × 2) ○ 3) ○

제11과 사건 · 사고

〔듣기〕

1 1) ○ 2) ○ 3) ×

2 1) ① 2) ②

〔읽기〕

1 (1) × (2) ○ (3) ×

제12과 실수 · 후회

〔듣기〕

1 1) × 2) ○ 3) ×

2 1) ☐ 실수 ☑ 후회

2) ☐ 내 의견을 들어 달라고 한다.

☑ 친구의 의견을 들어주려고 한다.

〔읽기〕

1 1) ③

제13과 직장

〔듣기〕

1 1) ☑ 창조적인 일 ☐ 전공을 살릴 수 있는 일

2) ☐ 연봉 ☑ 적성

2 1) ☑ 광고 회사 ☐ 은행

2) ☐ 안정성 ☑ 장래성

〔읽기〕

1 2) ③

제14과 여행 계획

〔듣기〕

1 1) × 2) × 3) ○

2 1) ○ 2) × 3) ×

제15과 명절

〔듣기〕

1 1) × 2) ○ 3) × 4) ○

2 1) ④

2)

· 날짜	
자기 나라	1월 1일
한국	음력 1월 1일
중국	음력 1월 1일
태국, 미안마	4월

· 풍습	
자기 나라	교회
한국	차례
중국	폭죽 (불꽃놀이)
일본	집 앞, 소나무

〔읽기〕

1 1) ①

2) ⓐ, ⓑ, ⓒ, ⓔ, ⓕ

索引 찾아보기

ㄴ

ㅅ

ㅇ

ㅊ

ㅋ

수

國家圖書館出版品預行編目資料

高麗大學韓國語 3 / 高麗大學韓國語文化教育中心編著；
朴炳善、陳慶智譯
--初版--臺北市：瑞蘭國際, 2015.04
288面；21 x 29.7公分--（外語學習系列；16）
ISBN：9789865639174（第3冊：平裝）
1.韓語 2.讀本

803.28 104003143

外語學習系列 16

高麗大學韓國語 3

編著｜高麗大學韓國語文化教育中心、金貞淑、鄭明淑、宋錦淑、李裕景
翻譯、審訂｜朴炳善、陳慶智・責任編輯｜潘治婷
校對｜朴炳善、陳慶智、潘治婷・排版｜余佳憓

瑞蘭國際出版
董事長｜張暖彗・社長兼總編輯｜王愿琦
編輯部
副總編輯｜葉仲芸・副主編｜潘治婷・副主編｜鄧元婷
設計部主任｜陳如琪
業務部
副理｜楊米琪・組長｜林湲洵・組長｜張毓庭

出版社｜瑞蘭國際有限公司・地址｜台北市大安區安和路一段104號7樓之1
電話｜(02)2700-4625・傳真｜(02)2700-4622・訂購專線｜(02)2700-4625
劃撥帳號｜19914152 瑞蘭國際有限公司・瑞蘭國際網路書城｜www.genki-japan.com.tw

法律顧問｜海灣國際法律事務所　呂錦峯律師

總經銷｜聯合發行股份有限公司・電話｜(02)2917-8022、2917-8042
傳真｜(02)2915-6275、2915-7212・印刷｜科億印刷股份有限公司
出版日期｜2015年04月初版1刷・定價｜650元・ISBN｜978-986-5639-17-4
2021年09月三版1刷